1. Auflage
© 2020 Impressum
Haffner Verlag, Eschenstrasse 3, 85464 Neufinsing

ISBN
Paperback: 978-3-9821432-3-1
Hardcover: 978-3-9821432-5-5
e-Book: 978-3-9821432-4-8

Definition: Wahrheit
Substantiv, feminin [die]
das Wahrsein; die Übereinstimmung einer Aussage mit
der Sache, über die sie gemacht wird; Richtigkeit.

Wahre Wasser

Inhaltsverzeichnis

Kapitel 1 – Schrödingers Katze 5

Kapitel 2 – New York, New York 39

Kapitel 3 – Schieflage 70

Kapitel 4 – Wer einmal lügt 111

Kapitel 5 – Nichts als die Wahrheit 141

Kapitel 6 – Der Einzug des Teufels 178

Kapitel 7 – Zahltag 226

Kapitel 8 – Unter der Rose 275

Kapitel 1 – Schrödingers Katze

23. August, 23:40 Uhr. Hektisch wischte er sich den Schweiß von der Stirn. Seine Drüsen schienen die Produktion in einem noch nie dagewesenen Ausmaß auf das Maximum erhöht zu haben. Sein Ohr juckte, aber Jacob nahm den Kopfhörer nicht ab. Nicht noch einmal. Die tiefe, regelmäßige Vibration, die das Geräusch der Rotorblätter in seiner Magengegend auslöste, war kaum zu ertragen. Er sah wieder nach unten. Der Helikopter hatte die zulässige Höhe von 3.500 Meter schon seit mehreren Minuten überschritten und näherte sich konstant der 5.000-Meter-Marke. Und obwohl der Pilot mehrfach mahnte, ja fast schon bettelte, nicht noch höher steigen zu müssen, folgte er der Anweisung des Mannes. Jacob öffnete den Mund, doch es half nichts. Es schmerzte und fühlte sich an, als würde jemand mit einer Saugglocke unerbittlich an seinen Ohren pumpen. Jacob tippte dem Piloten, der den Pitch fest in seiner Hand hielt und zu sich zog, auf die Schulter. Der Mann sah ihn mit schmerzverzerrtem Gesicht an. Dem Angestellten des Nachrichtensenders, der tagtäglich seine Flüge im Namen des medialen Auges vollzog, war anzusehen, dass auch er an dem Unterdruck litt. Jacob signalisierte ihm, den Hubschrauber ein wenig nach unten zu manövrieren. Der Pilot nickte und leitete unverzüglich den Sinkflug ein. Er kannte den Namen des Mannes nicht und letztendlich war es ihm auch egal. Zu viel war in den letzten Stunden passiert, er konnte sich mit solchen Details nicht aufhalten. Wieder wischte Jacob sich den Schweiß von der Stirn. Vorsichtig wagte er wieder einen Blick aus dem Fenster. Während

seine Augen den Boden suchten, umfasste seine Hand verkrampft den schmalen Sitz, auf dem er saß. Jacob hasste nicht nur das Fliegen, vielmehr hatte er eine Todesangst davor. Sein Blick blieb an der bizarren Szenerie, die sich unter ihm abspielte, haften. Für einen Augenblick entspannte sich sein Körper, auch das Pochen in seinen Schläfen schien in diesem Moment der Vergangenheit anzugehören. Seine verkrampfte Hand, die sich in den Stoffsitz gekrallt hatte, löste sich und Jacob zog seine Augenbrauen hoch. Sie waren seinetwegen da. Der Helikopter flog zu schnell, sodass er nicht die Zeit hatte, die Fahrzeuge zu zählen.

»Wir bekommen Besuch«, hallte die blecherne Stimme plötzlich in seinen Kopfhörern wider.

Er erschrak und sah, wie der Pilot nach links zeigte. Seine Augen folgten dem Deut und er erkannte einen Polizeihubschrauber, unweit von ihnen.

»Hängen Sie ihn ab.« Jacob blickte wieder auf seine Füße. Dieser Trick hatte bei den vier Flügen mit Linienmaschinen, die er bis jetzt in seinem Leben absolviert hatte, immer funktioniert. Die beunruhigenden Geräusche der startenden Turbinen und das Rumpeln der Gepäckstücke, die in den Bauch der Maschine eingeladen wurden, diesen schrecklichen Lärm konnte er ausblenden, wenn er sich auf seine Füße konzentrierte. Er hasste seine Familie dafür, dass sie damals nicht in Texas geblieben war, und dennoch verbot es ihm seine Moral, den zwei Beerdigungen wegen seiner Phobie vor der Luftfahrt nicht beizuwohnen.

»Sir, die Kraftstoffmenge wird dafür nicht ausreichen«, erwiderte der Pilot und sah ängstlich in die Augen von Jacob.

»Hängen Sie den Hubschrauber ab«, wiederholte er überdeutlich und laut seine Worte, während seine linke Hand in seiner Jackentasche verschwand.

Der Pilot nickte und tat, was man von ihm verlangte.

Er zog seine Hand wieder langsam aus seiner Jackentasche und widmete sich wieder seinen Füßen.

An diesem 23. August um 23:44 Uhr veränderte der Pilot den Anstellwinkel aller Rotorblätter nach rechts unten und verschwand in der Dunkelheit.

Teilnahmslos starrte Olivia Connor in den Fernseher. Ihr Blick wanderte abwechselnd auf das kleine Stück Papier, das sich auf dem überladenen Wohnzimmertisch befand, zurück zum Fernseher und wieder auf den Zettel. Behutsam justierte sie den rosa Zettel mit ihrem Zeigefinger vor sich aus. Er lag vor ihr, akkurat und exakt stimmig zur Tischkante. Die Fernsehzeitung klebte nun schon seit einer Woche auf dem kleinen Wohnzimmertisch fest und auch die verteilten Erdnüsse fanden seit etlichen Tagen den Weg nicht mehr zurück in die Schüssel. Olivia betrachtete die Fernbedienung in ihrer linken Hand. Staub hatte sich zwischen den gummierten Tasten und dem Plastik gesammelt. Ein Hundehaar klebte auf der Sieben und endete bei der Fünf. Wieder berührte sie mit dem Finger ihrer rechten Hand vorsichtig die untere Kante des rechteckigen Zettels vor sich und justierte noch einmal nach. Ja, es war stimmig zur Tischkante, daran bestand kein Zweifel. Ihre Augen blieben wieder an dem Fernseher haften. Sie räusperte sich leise und gehemmt, als würde sie in einer Bibliothek die mitlesende Gemeinschaft nicht stören wollen. Olivia zog ihr T-Shirt gerade und schob ihre verschwitzten Haare hinter ihre Ohren. Es war ein langer und arbeitsreicher Tag gewesen. Das Leben als Ehefrau eines Ranchers war anstrengend und zehrte die über Nacht erlangte Energie komplett auf, sodass Olivia meist gegen halb neun todmüde im Bett lag und sich nach dem erholsamen Schlaf sehnte. Doch heute schien alles anders. Ihre Arme und ihr Rücken schmerzten von den großen Kübeln voll Mais und Kraftfutter, die sie zu den Trögen der Rinder getragen hatte. Das Ehepaar besaß eine stattliche Anzahl von fünfzig Rindern, die täglich bis zu siebzehn Kilogramm verzehrten.

»William, kommst du bitte einmal?«, wisperte Olivia vor sich hin.

Sie liebte ihr Leben und ihre Tiere. Es war vor drei Jahren, als Olivia beschloss, den Rindern keine Namen mehr zu geben. Es war nicht gut. Nicht gut für ihr Seelenheil, es brachte die herzliche Frau doch immer wieder aus dem Gleichgewicht. Natürlich kam immer wieder der Tag, an dem Toni mit dem Tiertransporter kam und ihre Rinder die Rampe hinaufführte.

»William? Gütiger Gott. William?«, hauchte Olivia kraftlos aus.

Die Achtundvierzigjährige hatte gelernt, sich zu verabschieden. Es war nun einmal der Lauf des Lebens und dennoch galt für die gebürtige Amerikanerin als oberste Priorität, dass es ihren Tieren gut ging, solange sie auf der Ranch lebten. Olivia gab alles, damit es ihnen an nichts fehlte und sie zufrieden auf der großen Ranch ihr Leben verbrachten. So grotesk es für ihren Bekanntenkreis auch klang, so war die Rancherin eine Frau, die für ihre Tiere litt und lebte.

»William?«

Als ob ihr täglicher Neun-Stunden-Tag, umgeben von Mist, Mais und Rindern, nicht genügte, so beherbergte die herzliche Frau in dem gemeinsamen Haus vier Katzen und drei Hunde. Der damalige Streit mit William war nach endlosen Diskussionen und bitteren Tränen beigelegt worden und sie hatten sich auf einen Kompromiss geeinigt: Olivia hatte ihrem liebevollen Gatten zugestimmt, keine arme Seele mehr aus dem Tierheim zu retten, solange nicht eines der sieben Haustiere das Zeitliche gesegnet hatte.

Das klischeebehaftete Bild eines texanischen Ranchers, der mit Cowboyhut, Dreitagebart und Grashalm im Mundwinkel auf dem Pferd saß, passte auf William Connor genauso gut wie Schnee im August. William hatte nichts anderes in seinem Leben gelernt und dennoch glich seine Optik eher John Lennon als dem Marlboro-Mann, was seinen besten Freund Jacob dazu brachte, ihn nach ein paar Bier John-Boy Walton zu nennen. Ein Witz, der immer nur einseitige Lacher erntete. William sah darüber hinweg, dass sich Jacob über seine eigene Pointe regelmäßig wegschmiss. Nach achtunddreißig Jahren Freundschaft hatte er gelernt, das eine oder andere seines Freundes gekonnt zu ignorieren, schließlich teilte auch William beizeiten aus.

»WILLIAM!! GÜTIGER GOTT. WILLIAM!!« Olivia schrie hysterisch los und weitete ihre Augen.

Der Schrei durchzuckte seinen Körper. William erschrak so sehr, dass er die Glühbirne fallen ließ.

»Verdammt noch mal.« Fluchend wurde er Zeuge, wie das Leuchtmittel zersprang und den Verandaboden mit seinen Scherben übersäte. Genervt blickte William auf die leere Fassung der schmucken Lampe, die den Außenbereich des Hauses an den lauen Sommerabenden hätte erhellen sollen. Er drückte die Klinke nach unten und eilte durch den Flur des Hauses ins Wohnzimmer.

»Warum zum Teufel schreist du denn so? Das war die letzte Birne. Jetzt muss ich morgen in die Stadt, um eine neue zu besorgen«, nörgelte William vor sich hin und betrachtete den blonden Hinterkopf seiner Frau, die regungslos dasaß und augenscheinlich weiter in den Fernseher starrte. William neigte seinen Kopf verwundert zur Seite und schob die Augenbrauen nach oben.

»Verzeihung, herzallerliebste Frau. Sie haben geläutet? Mit Verlaub, da draußen liegen ein paar Scherben herum. Ich sollte das wegräumen, bevor eines deiner Fellknäule hineintappt. Was meinst du?«, witzelte William los und schob mit seinem Finger die Brille wieder nach oben. Im Grunde genommen war der zweiundfünfzigjährige Mann der große Jackpot für jede Frau. Seine Charakterzüge ließen keinen Jähzorn oder gar Aggressivität zu. Dazu lachte William zu oft und zu gerne. Die Arbeit war hart genug und er wollte sein Leben nicht mit negativen Gedanken vergeuden. Immer noch saß Olivia still da. Seine Augen wanderten zu der alten Wanduhr und dem Pendel, das unermüdlich seinen Dienst leistete. Er mochte diese Uhr nicht, aber das Erbstück bedeutete Olivia viel, also hatte es letztendlich seinen Platz hinter der Couch gefunden. Seine Frau hatte den Ton des Fernsehers abgestellt und so erfüllte das regelmäßige Ticken der alten Uhr die Ruhe des Wohnzimmers. Seine Augen richteten sich wieder auf den blonden Hinterkopf.

»Ist jemand zu Hause? Warum in Gottes Namen schreist du wie am Spieß?«, wiederholte er seine Frage.

»Der Zettel«, stammelte Olivia leise.

Es war genug. Der Rancher ging um die Couch herum und setzte sich neben seine Frau. Erschrocken musste William feststellen, dass ihre Wangen feucht waren und sich nach wie vor Tränen aus ihren Augen lösten. Er berührte ihr Haar, während er mit der anderen Hand sorgenvoll ihren Arm streichelte.

»Schatz, was ist passiert? Geht es dir gut? Warum weinst du?«

»Zettel«, hauchte Olivia abwesend und starrte offensichtlich durch den Fernseher hindurch, gedankenverloren in das Nichts.

Er blickte auf den überladenen und verdreckten Wohnzimmertisch und realisierte, dass ihr die harte Arbeit auf der Ranch nicht einmal die Zeit ließ, sich um den Haushalt zu kümmern. Entweder mussten sie eine Haushaltshilfe einstellen oder sich mit dem fremdartigen Gedanken auseinandersetzen, doch einmal ein paar Tage im Jahr freizunehmen. In diesem Moment schämte sich William für die harte Arbeit, die seine geliebte Frau tagtäglich auf sich nehmen musste. Er sah ihr in die müden Augen und erinnerte sich wieder an ihr letztes Wort. Erneut senkte sich sein Blick und blieb auf dem Zettel haften.

»Das ist der Lottoschein für Samstag, Darling. Hast du vergessen, ihn abzugeben?« William verstand immer noch nicht den Zusammenhang zwischen dem Schein und dem traurigen Gesicht seiner Frau.

»Es ist Samstag«, flüsterte sie und sah ihren Mann verstört in die Augen.

»Ach, das ist doch nicht schlimm, Schatz. Dann spielen wir eben nächste Woche wieder und gewinnen die vielen, vielen Millionen. Wie jeden Samstag«, lachte William los, gab seiner Frau einen dicken Kuss auf den Mund und erhob sich wieder von der Couch. Gerade als er im Begriff war, sich um das zersplitterte Malheur auf der Veranda zu kümmern, hörte er Olivia nochmals aus dem Wohnzimmer sprechen.

»Wir haben gewonnen.«

Kaum hörbar erreichten die Worte seine Ohren und letztlich sein Gehirn. William verharrte in seiner Bewegung, den Türknauf der Veranda umfasst, realisierte er nur langsam, was seine Frau gerade eben von sich gegeben hatte. Mit geöffnetem Mund und weit aufgerissenen Augen stand William Connor, wie von Medusas Blick getroffen, versteinert da.

»Was hast du gesagt?« William fixierte seine Hand, die den Türknauf immer noch umschlossen festhielt.

»Ich habe die Gewinnzahlen zwanzigmal überprüft. Aber … vielleicht habe ich mich doch getäuscht.

Ich … ich sollte mir die Zahlen noch einmal ansehen.« Stockend verließen die Worte ihren Mund, während sie den kleinen Zettel auf dem Wohnzimmertisch vorsichtig ausjustierte.

Williams Schockstarre löste sich langsam, seine Hand ließ den Türknauf los. Langsam drehte sich der Mann um und blickte in den Flur, direkt durch die geöffnete Wohnzimmertür, wieder auf den blonden Hinterkopf. Diesen Moment sollte William Connor bis zum Ende seiner Tage nicht mehr vergessen. Langsam schritt er den Gang entlang und setzte sich wieder neben seine Frau. Sein Blick blieb auf dem kleinen Zettel haften und er beäugte die unzähligen Kreuze, die seine Frau Woche für Woche neu ausfüllte.

Olivia hielt nicht viel davon, immer die gleichen Zahlen abzugeben. Es kommt, wie es kommen muss, sagte sie immer und füllte den neuen Schein jeden Sonntagabend zwischen sechs und halb sieben aus. Das Ritual hatte sich in den letzten fünfundzwanzig Jahren nicht verändert. So widersprüchlich der wöchentliche Mut zu neuen Zahlen auch wäre, so sehr liebten die Connors die Routine, die Beständigkeit und die immer wiederkehrende Konstante in ihrem anstrengenden, aber glücklichen Leben. Ihre Katzen und Hunde fütterte die tierliebe Rancherin jeden Tag gegen halb acht. Es war auch exakt der Zeitpunkt, an dem sich William wie jeden Tag auf das rechte äußere Polster der alten Eckbank in der Küche setzte, sich ein Glas Bier einschenkte und die Tageszeitung von hinten nach vorn durchblätterte. Alles hatte seinen Ablauf, alles hatte seine Zeit. Doch an diesem Samstag des 4. Junis um zwölf Minuten nach acht machte sich Olivia im Badezimmer des ersten Stocks nicht bettfertig. Das präzise Uhrwerk der Connors war durcheinandergekommen.

»Welches Kästchen ist es?«

Olivia deutete mit ihrem Finger vorsichtig auf das zweite Feld und passte auf, dass ihre Fingerkuppe den Zettel nicht berührte.

»Du hast die Zahlen überprüft, ja? Wo sind die Gewinnzahlen?«, flüsterte William ehrfürchtig zu seiner Frau.

Olivia liefen immer noch die Tränen von den Wangen, sie drehte ihren Kopf zu William und nickte heftig.

»Schatz, die Gewinnzahlen. Hast du die Gewinnzahlen irgendwo, damit ich das auch noch mal kontrollieren kann?«

Olivia zuckte, als realisierte sie erst jetzt die Frage ihres Mannes. Ihre Hand nahm die Fernbedienung, sie wechselte zum Teletext und wenige Momente später erschienen die Zahlen des Powerballs in der Grafik auf dem Bildschirm.

William zog seine Lesebrille aus der Hemdtasche und betrachtete abwechselnd den Fernseher und besagtes zweites Kästchen des Lottoscheins, das immer noch akkurat ausgerichtet zur Kante des Wohnzimmertisches lag.

»Das ist nicht möglich.« William stockte der Atem. Er hatte sich sicherlich geirrt. Es war ein langer Tag und die Kopfschmerzen des Föhns machten ihm schon seit Stunden zu schaffen. Wieder flogen seine Augen über die Zahlen.

»284 Millionen Dollar, William.«

Es war still im Hause der Connors. Nur das beständige Ticken der alten Wanduhr hinter ihnen erfüllte den Raum.

Für den Bundesstaat Texas war Kermit eine verhältnismäßig kleine Stadt im Süden der Vereinigten Staaten. Die Wortspiele bezüglich des Stadtnamens erreichten die knapp sechstausend Einwohner nur selten, die Älteren und jene unter ihnen, die hier geboren worden waren und vermutlich auch sterben würden, gar nicht. Abgesehen von der exotischen Namensgebung der Stadt prägten die idyllische Landschaft und das Gefühl, dass jeder jeden kannte, das Erscheinungsbild des Ortes. Zwischen den unendlichen Feldern Texas erstreckte sich mitten im Nichts dieser kleine Fleck, der auf der Landkarte unweigerlich den Eindruck erweckte, autonom und abgeschnitten von jeglicher Zivilisation zu existieren. Im Grunde genommen war es auch so. Die Kriminalitätsrate der Stadt hatte im Vorjahr bei zwei Prozent gelegen und hätte Matthew Roderick im vergangenen Herbst nicht seinem Saufkumpan und Arbeitskollegen mit der geladenen Waffe versehentlich in den Kopf geschossen, wäre die Statistik für das Jahr um einen ganzen Prozentpunkt gesunken. Alles in allem genossen die Einwohner der Stadt die Abgeschiedenheit und ihr autarkes Dasein. Trotz der dörflich wirkenden Fassade verfügte Kermit natürlich über eine Infrastruktur und ein Industriegebiet, das zugegebenermaßen nur aus zehn verschiedenen Firmen bestand. Und dennoch, in einer dieser Firmen stand Jacob West, bester und einziger Freund von William Connor, in Lohn und Brot.

Die beiden Männer waren sich das erste Mal vor achtunddreißig Jahren auf dem kleinen Pausenhof der Claremont Middle School begegnet. Hätte Jacob damals sein Ziel nicht verfehlt, wäre diese zarte freundschaftliche

Pflanze niemals gediehen und schlussendlich aufgeblüht. Es musste Schicksal gewesen sein, als der damals achtjährige Jacob sein linkes Auge zukniff, den Tennisball fest in seiner Hand hielt und zur Förderung seiner Zielsicherheit mit seiner Zungenspitze in seinem Mundwinkel fuhrwerkte. Jacob hatte ausgeatmete und den Ball so fest er nur konnte geworfen. Sein Versuch schlug fehl und der Tennisball landete mit voller Wucht – nicht auf dem Hinterkopf seines Klassenkameraden –, sondern direkt auf der Stirn eines gewissen William Connors, der nicht nur sechs Jahre älter, sondern auch zwei Köpfe größer war als er. Jacob stand wie ein Hase im Scheinwerferlicht da, sah den Ball auf das falsche Ziel zufliegen und kniff die Augen zu. Was er nicht sah, geschah auch nicht. An diesem Tag starb seine Theorie, an die Jacob so felsenfest geglaubt hatte.

Das Kausalitätsprinzip funktionierte also auch mit einem Tennisball. Ursache und Wirkung. Die Verkettung unglücklicher Gegebenheiten. Jacob bezog eine Tracht Prügel von William, der die nächsten Wochen als Star der Claremont Middle School gekürt wurde. Neben der schmerzhaften Beule erntete der damals vierzehnjährige Junge Namen wie Willy das Einhorn, Beulen-Connor oder auch Rot-Stirn. Die Wogen glätteten sich im Laufe der Monate und eines Tages tippte Jacob voller Angst auf die Schulter von William. Mit großen Augen und zittrigen Händen übergab der damals achtjährige Junge dem Riesen sein Pausenbrot. Als Entschuldigung und Wiedergutmachung. Diese Geste war letztendlich der Anlass zu einem Gespräch und der Auslöser dafür, dass die beiden

Jungen sich zukünftig in der großen Pause trafen und die Zeit miteinander verbrachten. Aus der Kindheit entsprang die Jugend und ihr folgten unzählige Streiche, Träume und der erste Kontakt zu dem weiblichen Geschlecht, was zwangsläufig zu der schmerzlichen Erfahrung des Liebeskummers führte. Jacob wurde Williams Trauzeuge und auch William begleitete seinen Freund vor den Altar. Als vor fünf Jahren Jacobs Frau Charlotte wegen einer Gehirnblutung notoperiert werden musste, war es William, der seinem Freund Tag und Nacht beiseitestand und ihm half, diese schwere Zeit zu überstehen. Genauso wie Jacob seinem Freund, ohne auch nur eine Sekunde darüber nachzudenken, 20.000 Dollar lieh, als ein Hurrikan die Weidezäune von Williams Ranch zerstört hatte und die Bank sich weigerte, dem Rancher ein kurzfristiges Darlehen zu gewähren.

Sie waren Brüder.

Jacob und William hatten einander und diese Tatsache war in Stein gemeißelt. Bis zum Ende ihrer Tage. Das zumindest versprachen sie sich in jungen Jahren und besiegelten ihren feierlichen Schwur mit ihrem Blut in der Scheune von Jacobs Vater.

Jacob hatte nach seinem erfolgreichen Schulabschluss und einer positiven Akkreditierung der University of Texas Southwestern sein Studium für Meeresbiologie mit Bravour absolviert. Die Universität befand sich unweit seines Elternhauses, sodass Jacob während seiner Studienzeit bequem mit seinem Fahrrad die Strecke zurücklegen konnte. Es war wohl seiner Kindheit geschuldet. Hätte sein Vater damals nicht Jahr für Jahr darauf bestanden, den großen Sommerurlaub mit einem gemieteten Campingwagen an exakt derselben Stelle der zweihundertdreißig Meilen langen Texas Riviera am Golf von Mexiko zu verbringen, so wäre sein Faible für das Meer niemals entstanden. Nach dem Studium ergatterte Jacob einen Job als Wasserforscher bei dem städtischen Wasserwerk von Kermit. Die Hauptaufgabe seines Jobs bestand im Wesentlichen darin, die natürliche Wasseraufbereitung und somit ein gesundes und nahrhaftes Leitungswasser für die Einwohner von Kermit zu gewährleisten. Jacob liebte seine Aufgaben, die tagtäglich auf ihn warteten. Die natürliche Wasseraufbereitung, die Optimierung und natürlich die Grundwasserbelebung oblagen seinem Verantwortungsbereich.

An diesem Montag betrat Jacob völlig übermüdet, aber glücklich grinsend sein kleines Büro in dem überschaubaren Industriegebiet von Kermit. Von hier aus überprüfte, regelte und bewachte Jacob die täglichen Prozesse, die für die Wasseraufbereitung notwendig waren. Einmal die Woche, meist am Freitag, inspizierte er die Elektronik vor Ort und begab sich mit seinem blauen Schutzhelm direkt zum Wasserwerk am nördlichen Rand der Stadt.

»Da kriegt aber einer die Augen nicht wirklich auf, was?«, trällerte Rosanna, Jacobs Sekretärin, fröhlich vor sich hin und begutachtete ihren leicht derangiert wirkenden Chef.

»Sehr witzig, Rosi. Ich brauche Koffein. Könntest du mir einen Kaffee in mein Büro bringen?«, sagte Jacob und warf seine Jacke über den Kleiderhaken.

»Nur wenn du mir erzählst, warum du so zerstört aussiehst, Chef. Keine Information, kein Kaffee.« Rosanna war ein herzensguter Mensch, leicht zerstreut, oft vollkommen überdreht und dennoch konnte sich Jacob keine bessere rechte Hand vorstellen. Sie hatte letztes Jahr die Vierzigermarke überschritten und sich für eine radikale Änderung ihres Erscheinungsbildes entschieden. Die überzeugte Singlefrau hatte sich ihre langen, schwarzen Haare abschneiden lassen und erschien einen Tag nach ihrem Geburtstag mit einem kecken Pagenschnitt zur Arbeit. Der anfängliche Schock stand Jacob seinerzeit ins Gesicht geschrieben, doch es dauerte nicht lange, bis er realisierte, wie hübsch sie doch eigentlich war. Die beiden waren seit mehr als zehn Jahren ein Team und wollten es auch bis zur Rente bleiben. Manche Dinge im Leben waren ohne Veränderung einfach am besten.

»Meine Güte, Rosi. Charlotte und ich waren einfach nur lange wach, okay?«, brummte Jacob vor sich hin und sah aus seinem Augenwinkel, dass Rosanna die Augenbrauen nach oben zog, schelmisch grinste und ihr Gesicht hinter ihrem Monitor versteckte.

»Aber natürlich, Chef. Einfach nur lange wach«, wiederholte sie amüsiert.

Natürlich hatte Rosanna recht. Jacob und Charlotte hatten die halbe Nacht damit verbracht, sich ihren ehelichen Pflichten leidenschaftlich hinzugeben. Schlussendlich hatte sich das glückliche Ehepaar gegen vier Uhr morgens, völlig verschwitzt und zerzaust, in ihr Bett fallen lassen. Als der Radiowecker sie um 6:30 Uhr lauthals mit Elton Johns Rocket Man geweckt hatte, verfluchte Jacob die Tatsache, sich seinen Trieben der letzten Nacht so ausgiebig hingegeben zu haben. Und obwohl die beiden in der Vergangenheit schon mehrmals die Erfahrung gemacht hatten, dass es ungünstig war, ihre Leidenschaft sonntags nach zwölf Uhr auszuleben, schien es schier unmöglich, sich in dem Moment der Begierde umzudrehen und sich gegenseitig eine Gute Nacht zu wünschen. Jacob und Charlotte liebten sich nach zwanzig Ehejahren noch so sehr wie am ersten Tag. Wenn es eine Materialisierung für die Definition Liebe gab, dann waren es Charlotte und Jacob West.

Rosanna brachte Jacob seinen Kaffee und stellte ihn spitzbübisch grinsend auf seinen Schreibtisch. Der Biologe legte seinen Kopf stützend in seine Hände und wartete, bis sein Notebook alle nötigen Programme gestartet hatte.

»Wenn du vielleicht ein Kissen oder eine Decke brauchst, lass es mich einfach wissen. Ich bin nur eine Tür entfernt. Frohes Schaffen, Boss«, gackerte Rosanna belustigt vor sich hin, während sich Jacob den Schlaf aus seinen Augen rieb.

»Was täte ich bloß ohne dich, du neugieriges Weibsbild«, grummelte Jacob und versuchte die schemenhaften Buchstaben in seinem Monitor besser zu erkennen.

»Du wärst aufgeschmissen und würdest deinen Lebensunterhalt bei Freddys Pizza in der Küche bestreiten, Darling«, trällerte Rosanna belustigt und schloss die Tür hinter sich zu.

Jacob ließ die letzte Nacht noch einmal vor seinem geistigen Auge Revue passieren und lächelte glücklich vor sich hin. Sein Posteingang hatte sich aktualisiert, doch wie erwartet hielt sich das Aufkommen nach dem Wochenende in Grenzen. Hastig überflog er seine Inbox, als sein Blick verwundert auf der E-Mail seines Freundes William haften blieb. Normalerweise telefonierten die beiden einmal am Wochenende, wenn sie sich nicht trafen, doch dieses Mal hatte Jacob seinen Freund am Sonntagmittag nicht erreichen können. Die darauffolgende WhatsApp-Nachricht und ein weiterer Versuch gegen sechs Uhr abends blieben unbeantwortet. Jacob machte sich nicht allzu viele Gedanken, schließlich kam es im Laufe der Jahre immer wieder einmal vor, dass sich die beiden verpassten. Es war vielmehr die Tatsache, dass William Connors E-Mail keinen Betreff hatte, die ihn erstaunte. War es doch ein ungeschriebenes Gesetz der beiden Freunde, bei jeder Mail einen neuen, völlig sinnfreien Betreff zu kreieren. Doch an diesem Montagmorgen war, außer fett markierten Namen der ungelesenen Mail, nichts weiter zu entdecken. Neugierig klickte Jacob die E-Mail seines Freundes an.

Absender: William Connor
Betreff:
Hallo Jacob,
entschuldige, dass ich mich die letzten Tage nicht bei dir gemeldet habe. Wir hatten viel auf der Ranch zu tun. Die Schwenkgatter wurden am Samstag angeliefert und wir waren das ganze Wochenende damit beschäftigt, die alten Gatter auszubauen und die neuen einzusetzen.
Lass uns die Tage mal wieder quatschen.
Gruß
W.

Mit halb offenem Mund und zusammengekniffenen Augenbrauen überflog er nochmals die kargen Sätze seines

Freundes. Diese kurze, nichtssagende Mail war ein Sammelsurium an Kuriositäten, die in diesen wenigen Zeilen kaum zu überbieten waren. Er konnte sich nicht daran erinnern, auch nur ein einziges Mal gehört zu haben, dass sein Freund »Hallo« sagte. William war ein Hi-Mensch, an manchen Tagen sogar der Hey-Typ, aber in den letzten achtunddreißig Jahren hatte er den Rancher kein einziges Mal das Wort Hallo sagen hören.

»Gruß W Punkt? Echt jetzt?«, flüsterte er leise zu sich und betrachtete nochmals die Verabschiedung. In Connors Verabschiedungsschublade gab es eine Handvoll Textbausteine, die sich in regelmäßigen Intervallen wiederholten. Angefangen von dem üblichen »Bis später, Willy« bis hin zu seinem berühmten »Du bist dran, Wassermann. Deine Williams Birne«. Das Repertoire des Schlusswortes war breit gefächert, dennoch gehörten ein Gruß und ein Kürzel seines Vornamens genauso wie das Hallo nicht in die Rhetorik des Ranchers, den er nun schon sein Leben lang kannte.

Doch all diese unergründlichen Sonderbarkeiten waren nicht die Krönung der E-Mail. Es war für Jacob das Schwenkgatter. William hatte im Gegensatz zu seinem besten Freund von jeher eine Konzentrationsschwäche. Ein leidiges Thema, an das sich seine Frau Olivia im Laufe ihrer Partnerschaft gewöhnt hatte. Olivia und Jacob hatten gelernt, William ständig an Termine zu erinnern und ihm Informationen jeglicher Art zweimal zu erzählen. Es war meist doch amüsant, wie William Connor die Augen weit aufriss und voller Überzeugung beteuerte, was auch immer gerade das erste Mal gehört zu haben. Es war das Schwenkgatter. Vor zwei Wochen hatten sich die beiden Paare auf der Ranch der Connors getroffen, um die Mittagsstunden gemeinsam bei einem leckeren Salat und saftigen Steaks zu verbringen. Die Treffen reduzierten sich leider meist auf die Mittagsstunden, die Arbeit auf der Ranch war zu hart und die Müdigkeit am Abend forderte ihren Tribut. An diesem Samstagmittag hatte William davon erzählt, dass er in drei Wochen einen Termin bei der Bank habe, um die Finanzierung der neuen Schwenkgatter auszuhandeln.

Jacob lehnte sich zurück und betrachtete die E-Mail skeptisch. Irgendetwas stimmte nicht. Für einen Augenblick dachte er daran, William einfach kurz anzurufen, doch es war fast unmöglich, William während seines Arbeitstags auf der Ranch telefonisch zu erreichen. Die Minuten verstrichen und in Jacob stieg eine Unruhe auf, die sich, vielleicht seiner Übermüdung geschuldet, stärker anfühlte, als sie in Wirklichkeit war. Hastig überflog er die restlichen E-Mails. Er fand nichts, das dringlich schien, und auch sein Terminkalender offenbarte ihm an diesem Montagmorgen keine Telefonkonferenzen oder Statistiken, die nach einer Abgabe riefen. Kurzerhand trank er eilig seinen kalt gewordenen Kaffee aus, fuhr sein Notebook herunter und öffnete die Tür seines Büros.

»Jaja. Die Müdigkeit schreit nach einem Bett. Ich nehme an, du legst heute einen Homeoffice-Tag ein?« Rosanna zwinkerte ihm zu.

»Ach, Rosi. Vergiss es. Ich bin bis Mittag wieder im Büro.« Er griff sich seine Jacke vom Kleiderständer und verließ das Büro.

Wenige Minuten später fand sich Jacob hinter dem Steuer seines alten Pick-ups wieder und bog auf die Hauptstraße. Der Berufsverkehr war bereits vorüber und er kam schnell durch die Stadt. Während der Fahrt dachte Jacob über seine spontane Aktion nach. Er konnte es sich nicht logisch erklären, doch irgendetwas in seiner Magengegend schrie danach, seinen Freund aufzusuchen. Vielleicht reagierte er wirklich über, vielleicht würde ihn William lachend begrüßen und ihn die nächsten Wochen und Monate mit dieser Aktion aufziehen. Doch das nahm Jacob in Kauf, er wollte Gewissheit haben.

Als er in die Einfahrt der Connors gebogen war, brachte Jacob seinen Wagen abrupt zum Stillstand. Normalerweise fuhr er die staubige Einfahrt hinauf und hielt unweit der Veranda. Doch an diesem Montagvormittag war die Auffahrt zur Ranch von zwei schwarzen Vans mit verdunkelten Scheiben belegt. Der Biologe legte den Rückwärtsgang ein und beschloss, seinen Pick-up an der Seitenstraße zu parken. Jacob fühlte, wie sich sein Herzschlag beschleunigte. Sein Gefühl hatte ihn nicht getäuscht. Leise drückte er die Tür seines Wagens zu und sah vorsichtig um die Ecke, hinauf zur Auffahrt.

Sein Augenmerk richtete sich auf das Kennzeichen des polierten Vans.

»Washington D.C.?«, hörte er sich selbst sprechen und beschloss, das Katz-und-Maus-Spiel zu beenden. »Was soll dieser Unfug?«

Er war Jacob, Williams bester Freund. Vielleicht war sein Bruder in Not geraten oder wurde erpresst. Jacobs Kopfkino hatte den Vorhang zur Seite geschoben und begann mit der Vorstellung. Mit erhobenem Haupt ging

Jacob zur Veranda hoch und klingelte energisch, bis ein älterer Herr mit grau melierten Haaren und einem schwarzen Anzug die Tür öffnete.

»Wie kann ich Ihnen helfen?«, begrüßte ihn der Mann höflich.

24. August, 0:25 Uhr. Der Pilot gab sein Bestes und wuchs über seine Fähigkeiten weit hinaus. Mittlerweile verfolgten den Hubschrauber des Nachrichtensenders fünf Polizeihelikopter. Selbst ein Laie, der Jacob nun einmal war, erkannte sehr schnell, dass die Größe und Ausstattung der Verfolger dem kleinen gekaperten Hubschrauber keine Chance ließen, zu entkommen. Die Formation der Angreifer veränderte sich und zu seiner linken und rechten Seite entdeckte er jeweils zwei Hubschrauber mit den übergroßen Lettern NYPD. Die bedrohlichen Buchstaben schienen auf ihn überzuspringen, ihn zu Boden reißen und verhaften zu wollen. In seinem Kopfhörer ertönte eine fremde Stimme und riss ihn aus seinen ängstlichen Gedanken.

»NYPD. Gehen Sie sofort runter. November, Yankee, Papa, Delta. Ich wiederhole: Hier spricht das New York Police Department. Setzen Sie unverzüglich zur Landung an.«

Der Pilot sah Jacob fragend an, doch dieser schüttelte langsam den Kopf und sah dem Mann eindringlich in die Augen. Nach einem weiteren Versuch, den Hubschrauber absacken zu lassen, und einer verzweifelten Rechtskurve später sah der Pilot Jacob an und hob die Schultern.

»Wo sind wir genau?«, fragte Jacob und versuchte, irgendetwas unter sich zu erkennen.

»Direkt über Manhattan, Sir.«

»Nehmen Sie Kurs auf Manhattan Beach und landen Sie dort.«

Der Pilot sah ihn entgeistert an.

»Sir, ich kann unmöglich auf dem Strand von Manhattan landen. Das ist viel zu riskant.«

Die blecherne Stimme im Kopfhörer unterbrach das Gespräch der beiden Insassen.

»NYPD. Ich fordere Sie das letzte Mal auf, den Helikopter zu landen. November, Yankee, Papa, Delta. Leiten Sie sofort den Sinkflug ein.«

Jacob befahl dem Piloten, zu antworten und der Polizei mitzuteilen, an welcher Position der Hubschrauber landen würde.

»Ich kann da nicht runter, Sir. Es ist komplett finster da unten, die Gefahr, dass wir mit den Rotorblättern …«

Jacob zog die Waffe aus seiner linken Jackentasche und presste dem Piloten den Lauf fest gegen seine Wangenknochen. Das kalte Metall schmerzte durch den Druck, den Jacob West ausübte. Der Pilot verzog gequält sein Gesicht und nickte hektisch.

»Hier spricht Roger Sanchez, Pilot des Nachrichtensenders KBBC. Wir werden den Landeanflug einleiten und am Manhattan Beach runtergehen.«

Während der Hubschrauber eine Linkskurve zog und den Küstenabschnitt von Manhattan anflog, nahm Jacob seine Waffe langsam wieder herunter und verstaute sie in seiner Jackentasche.

»Sie werden uns umbringen, Sir«, sagte Sanchez und zog mit dem Hubschrauber eine Linkskurve.

»Sanchez, hier spricht das NYPD. Nehmen Sie Kurs auf Lower Manhattan, East River Pier 6.«

»Sie werden das Baby auf dem Strandabschnitt landen. Kein Hubschrauberlandeplatz«, kommentierte Jacob die Ansage des Officers.

Sanchez nickte und nahm Kurs auf den unbeleuchteten Küstenabschnitt von Manhattan. Er leitete den Sinkflug ein, als die Stimme des Police Departments erneut erklang.

»Sanchez, der Strandabschnitt befindet sich in einer Flugverbotszone. Drehen Sie sofort ab und landen Sie bei East River Pier 6.« Ungläubig betrachtete der Einsatzleiter im linken Hubschrauber das eingeleitete Landemanöver.

»Formation auflösen. Schickt sofort Rettungskräfte zu Position Nord-Ost, 12,6 Grad. Informieren Sie Graham.«

Die Hubschrauber des Police Departments lösten sich von den Seiten des kleinen KBBC-Helikopters und stiegen wieder auf.

Olivia erschien hinter dem ergrauten Herrn im Anzug. Der Biologe sah an dem Mann vorbei und suchte den Blick seiner langjährigen Freundin. Ihre Blicke trafen sich, doch Olivia Connor schien keinerlei Anstalten zu machen, sich an dem Mann in dem feinen Zwirn vorbeizudrängen, um die befremdliche Situation aufzulösen. Jacob sah zu dem Mann, der sich in dem Hauseingang der Connors positioniert hatte. Sofort fiel ihm auf, dass das Gesicht des Fremdlings sehr gepflegt wirkte. Und obwohl er sein Gegenüber auf Mitte Sechzig schätzte, schien der jahrelange Gebrauch von Kosmetika bei dem Mann seine Wirkung nicht verfehlt zu haben. Seine Augenbrauen wirkten in Form gezupft und sein sorgfältig glatt rasiertes Gesicht in Verbindung mit dem leichten Glanz einer Creme auf seiner Stirn ließen keinerlei Zweifel. Diese Person hegte und pflegte ihr Äußeres schon seit vielen Jahrzehnten. Stumm betrachtete Jacob den Mann und fand nicht die richtigen Worte. Wie ein begossener Pudel stand Jacob während seiner Arbeitszeit im Hauseingang der Connors und beäugte sein Gegenüber wie ein kleiner Schuljunge, der gerade von seiner großen Liebe aus der 4c angesprochen wurde. Der Mann verzog amüsiert seinen Mundwinkel, ein Lächeln huschte für einen Augenschlag über die Lippen.

»Verzeihen Sie. Wo sind meine Manieren geblieben? Ich sollte mich vielleicht erst einmal vorstellen. Mein Name ist Kenneth Blum. Und Sie sind …« Er streckte Jacob seine Hand entgegen und zog die Augenbrauen nach oben.

»Was machen Sie im Haus meines Freundes? Ich muss bald zurück zur Arbeit.« Kaum hatten die Worte seinen

Mund verlassen, hätte sich Jacob ohrfeigen können. Was für einen zusammenhanglosen Unsinn hatte er gerade von sich gegeben? Es war zu spät, die Worte waren ausgesprochen. Jacob sah wieder an dem Mann vorbei und erhaschte einen Blick von Olivia. Die achtundvierzigjährige Frau stand regungslos im Flur und betrachtete das Gespräch offensichtlich ohne jegliche Emotion.

Er ignorierte die Hand und versuchte Olivias Blick einzufangen. »Olivia, ist alles in Ordnung?«, fragte Jacob an Blum vorbei, doch ihre Reaktion war noch verstörender als der feine Herr vor ihm, der an diesem Montagvormittag den Türsteher mimte. Olivia kratzte sich verlegen an der Schläfe und rieb sich mit der Hand über ihre Augen. Diese Geste konnte für Jacob nur zwei Gründe haben: Entweder war Olivia vollkommen übermüdet und wischte sich den Schlaf aus ihrem Gesicht oder aber sie vermied in diesem Moment, Jacob in die Augen zu sehen. Jacob wusste, dass Olivia keine gute Lügnerin war. Im Grunde genommen hasste die Ehefrau seines besten Freundes das Lügen so sehr wie die Gewalt, die Politik und den hohen Steuersatz in Texas. Die Antwort lag auf der Hand und irritierte den Biologen noch mehr. Olivia drehte sich wortlos um und verschwand in der Küche ihres Hauses. Irritiert verfolgte Jacob das Verschwinden seiner Freundin und widmete sich wieder diesem mysteriösen Kerl, der Jacob immer noch freundlich anlächelte.

»Können Sie mir bitte erklären, was zur Hölle hier vor sich geht?« Jacob spürte, wie sein Puls an Fahrt aufnahm.

»Machen Sie sich bitte keine Sorgen. Es ist alles in bester Ordnung. Ich komme von der Gesundheitsbehörde aus

Texas. Wir führen nur eine routinemäßige Kontrolle zur Einhaltung der hygienischen Bestimmungen durch. Desinfektionsvorschriften, Sauberkeit an Trögen und Tränken und so weiter. Wenn wir mit der Arbeit fertig sind, können Sie gerne wieder mit Herrn oder Frau Connor sprechen. Aber momentan möchten wir Sie bitten, die Arbeiten der Gesundheitsbehörde des Staates Texas nicht zu beeinflussen oder gar zu behindern. Ich hoffe, Sie haben dafür Verständnis. Ich denke, in zwei Stunden sind wir hier fertig.«

Kenneth Blum schüttelte Jacob freundlich die Hand und bedankte sich, ohne dass er auch nur eine Silbe gesagt hatte, für sein Verständnis und seine Kooperation. Im nächsten Augenblick starrte Jacob auf die geschlossene Haustür der Connors und fühlte sich in einen falschen Film katapultiert.

»Ist das wirklich passiert?«, stammelte er leise, drehte sich um und betrachtete die beiden verdunkelten Vans in der Auffahrt der Connors.

Langsam entfernte sich Jacob wieder von der Veranda der Connors und sah auf dem Rückweg in das Innere des hinteren Vans. Die hellen Ledersitze und das auffallend saubere Erscheinungsbild des Innenraums bestätigten seine Ahnung. Ein Abgesandter der Gesundheitsbehörde, dessen Tagesablauf zum größten Teil darin bestand, zwischen Weidezäunen und Futtertrögen nach Mängeln zu suchen und aus Futterkübeln Proben zu entnehmen, erschien bei seiner Visite im Anzug? Dieser Mann, wer auch immer Kenneth Blum wirklich war, bestritt seinen Lebensunterhalt sicherlich nicht mit körperlicher Arbeit.

Jacob hatte im Gegensatz zu seinem besten Freund die Gabe, seine Umgebung innerhalb von kürzester Zeit schnell und detailliert wahrzunehmen und zu analysieren. Kleinigkeiten und noch so unwichtig erscheinende Segmente seiner Umwelt speicherte der Biologe unfreiwillig in seinem Gehirn ab. Diese makellosen und gepflegten Hände des Kenneth Blums gehörten einem Bürohengst, wie er selbst einer war. Jacob öffnete die Schublade in seinem Gedächtnis und holte sich vor seinem geistigen Auge die Hände seines besten Freundes William hervor. Zerschunden, oftmals mit einer Hornhaut, die sich niemals zurückbilden wollte, und dreckigen Fingernägeln erschien ihm das Bild seines Freundes, wenn sich die beiden kurz nach der Arbeit begegneten.

Er stieg in seinen alten Pick-up, startete den Motor und machte sich auf den Rückweg in sein Büro.

»Ich muss noch etwas erledigen. Darf ich mein Telefon auf dich umstellen, Rosi?« Obwohl Jacob Rosanna nicht hätte fragen müssen, so war es doch genau jene höfliche und rücksichtsvolle Art, die Rosanna an ihrem Chef schätzte.

»Natürlich, Chef.«

Jacob schloss die Tür hinter sich zu, fuhr sein Notebook hoch und öffnete die Suchmaschine. Es kam, wie es kommen musste. Die Suchanfrage nach einem gewissen Kenneth Blum blieb erfolglos. Er suchte die Nummer der Gesundheitsbehörde von Texas heraus und wählte zwei Minuten später die Nummer der Zentrale. Er fuhr sich nervös durch sein schwarzes Haar und wartete ungeduldig darauf, dass sein Anruf endlich angenommen würde.

»Gesundheitsbehörde, Zentrale. Wie kann ich Ihnen helfen?« Die gelangweilte männliche Stimme am anderen Ende der Leitung schien ihren Begrüßungssatz zu hassen.

»Guten Tag, mein Name ist West. Kann ich bitte mit der Abteilung sprechen, die für den Bezirk Kermit zuständig ist?«

Ohne dass der Mann ein weiteres Wort mit Jacob wechselte, ertönte eine schrecklich übersteuerte Wartemusik, die kaum zu ertragen war. Der Musikbrei bereitete ihm innerhalb von Sekunden Ohrenschmerzen, sodass Jacob den Hörer neben sich legte und es bevorzugte sein Büro, anstatt seinen Gehörgang damit zu beschallen. Die Gesprächsanzeige näherte sich der zwei Minutengrenze, doch selbst der genervte Blick auf das Display ließ die Zeit nicht schneller vergehen.

»Hallo? Hören Sie mich?« Endlich meldete sich die chronisch gelangweilte Stimme wieder.

»Ja?«

»Für Kermit ist Midland zuständig, nicht die Hauptzentrale. Ich kann Sie verbinden, wenn Sie möchten.«

»Ich bitte darum.« Mit zusammengebissenen Zähnen hatte Jacob seine letzte verbliebene Freundlichkeit zusammengekratzt. Zu seiner Verwunderung dauerte es keine halbe Minute, bis eine weibliche und viel angenehmere Stimme ihn erneut begrüßte.

»Gesundheitsbehörde Midland. Wie kann ich helfen?«

»Guten Tag, mein Name ist West. Können Sie mir bitte sagen, welche Funktion Mr. Blum bei Ihnen im Hause hat? Er ist heute bei einer Prüfung in Kermit auf der Ranch der Connors. Ich frage deshalb, weil ich eine Beschwerde gegen ihn einreichen möchte.« Jacob pokerte

hoch. Weder konnte, noch wollte er eine Dienstaufsichtsbeschwerde gegen Kenneth Blum einreichen. Doch würde
ihn seine Bitte zu der Antwort auf die Frage führen, ob
jener zweifelhafte Mann tatsächlich existierte.

Die Frau bat um ein wenig Geduld und verschwand
wieder in der digitalen Unendlichkeit. Zumindest waren
in Midland die Auswahl der Musikstücke sowie die Laut-
stärke erträglicher. Jacob wippte rhythmisch mit seinem
linken Fuß zu den Klängen von George Michael. Nach
einer Minute kehrte die sympathische Stimme zurück und
räusperte sich verlegen.

»Es tut mir sehr leid, Mr. West. Bei uns gibt es keinen
Kenneth Blum.«

»Kann es sein, dass eine andere Außenstelle der Gesundheitsbehörde für Kermit zuständig ist?« Jacob wollte
sichergehen, jegliche Eventualität ausschließen; just in
diesem Moment breitete sich ein flaues Gefühl in seiner
Magengegend aus.

»Nein, Sir. Kermit gehört in unsere Zuständigkeit. Allerdings wurde in den letzten zwei Monaten keine Prüfung durchgeführt. Haben Sie einen Verdachtsfall oder
möchten eine Prüfung anmelden?«

Jacob starrte auf das Display seines Hörers. Er hatte es
geahnt und nun bestätigte sich seine Vermutung mit den
Worten der höflichen Dame am anderen Ende der Leitung.

»Nein, nein. Danke«, sagte er leise in den Hörer und
legte auf, ohne sich zu verabschieden. Jacob war gerade
im Begriff, Charlotte anzurufen, um ihr von den eigenartigen Vorkommnissen dieses Vormittags zu berichten, als
der leise Signalton eine eintreffende E-Mail ankündigte.

»William!« Er griff zur Maus und öffnete hastig die Mail.

Absender: William Connor
Betreff:
Hallo mein Freund,
ich weiß nicht, was in dich gefahren ist, einfach so bei uns hereinzuplatzen.
Das machst du doch sonst nicht?! Wie du ja jetzt erfahren hast, sind Prüfer bei uns auf der Ranch. Dank deines Überraschungsbesuches ist die Gesundheitsbehörde jetzt sogar davon ausgegangen, dass wir irgendetwas auf unserem Anwesen verbergen oder wegschaffen wollten. Vielen Dank!!
Unterlasse solche spontanen Besuche bitte!
Gruß W.

Jacob fiel die Kinnlade nach unten. Die Wortwahl, diese Aggressivität, die zwischen den Zeilen gewollt formuliert wurde. Zu guter Letzt wanderten seine Augen wieder auf die Begrüßung und Verabschiedung. Wer auch immer diese Mail geschrieben hatte, es war definitiv nicht William gewesen. Er nahm sein Handy und wählte die Nummer seines Freundes. Die Mailbox sprang an, Jacob legte auf. Die ganze Sache stank bis zum Himmel und Jacob sah sich in der Verantwortung, seinem Freund zu helfen. William war in Gefahr, davon war Jacob felsenfest überzeugt. Wenige Momente hatte er seine Frau Charlotte in der Leitung und erzählte ihr von den Ereignissen in den letzten Stunden. Als er seinen Monolog beendet hatte, fiel ihm selbst auf, wie hektisch und ängstlich seine Stimme klang. Jacob machte sich ernsthafte Sorgen um seinen besten Freund. Eine Tatsache, die auch Charlotte sofort erkannte. Seine Frau schlug ihm vor, sich den Rest des Tages freizunehmen. Die wenigen Stunden Schlaf, die ihrer triebhaften Eskapaden geschuldet waren, und die Geschehnisse des Vormittags ergaben keine gute Kombination, um seiner Arbeit konzentriert nachkommen zu können.

Die Sorgen um seinen Freund überschatteten den Abend bei den Wests. Lustlos stocherte Jacob in seinem Essen herum und sortierte offenbar die Erbsen der Größe nach von links nach rechts. Neben seinem Teller lagen die ausgedruckten E-Mails von William, die er immer wieder las. Charlotte beobachtete das sorgenvolle Gesicht ihres Mannes, als sie die Gabel ablegte und ihre Hände vor ihrem Mund faltete. Die wiederkehrende Abfolge amüsierte sie. Mit dem Wissen, dass ihr Mann mit seinen Gedanken bei William war, versuchte Charlotte, die Situation ein wenig zu entschärfen.

»Wenn du in die Küche gehst, findest du im Topf noch ein paar Erbsen. Ich finde, die dritte und siebte von rechts könntest du durch prachtvollere Exemplare auswechseln. Was meinst du?« Kritisch deutete sie auf die beiden Erbsen und sah ihren Mann fragend an.

Jacob huschte ein Lächeln über die Lippen. Charlotte verstand, dass heute Abend keine lustige Einlage die Laune ihres geliebten Ehemannes anheben würde.

»Du solltest die Sache einfach auf sich beruhen lassen. Wenigstens für eine Woche. Vielleicht haben sie

Eheprobleme, vielleicht gab es einen Todesfall in Olivias Familie. Hast du schon einmal an so etwas gedacht?«

Jacob legte seine Gabel beiseite und sah sie ernst an.

»Und warum die Lügen? Was ist hiermit? Das sind nicht Williams Worte. So redet und schreibt er nicht.« Jacob tippte auf die beiden Blätter.

»Es wird sich aufklären. Gib dem Ganzen ein wenig Zeit. Bitte.«

Sie war in ihrer Beziehung immer diejenige gewesen, die mehr Geduld aufbrachte, sich nicht zu Panik und Hektik hinreißen ließ und stets besonnen dachte und handelte. Jacob nickte, so schwer es ihm auch fiel. Es war es wirklich das Beste, seinem Freund Zeit zu geben.

Die erste Juniwoche in Kermit war die heißeste seit Beginn der Wetteraufzeichnungen. Das Freibad und die Seen waren überfüllt. Wenigstens arbeitete der Standventilator in Jacobs Büro auf Hochtouren. Es war eine schwierige Woche für ihn, und obwohl er versuchte, seine Sorgen um William so gut es ging vor Rosanna und Charlotte zu verbergen, ertappte er sich doch regelmäßig dabei, die ankommenden Mails nur nach einem einzigen Namen zu durchsuchen: William Connor.

Sein Wunsch blieb unerfüllt. Am Donnerstag gegen siebzehn Uhr beschloss Jacob, es für heute gut sein zu lassen, und sperrte das Büro zu. Seit der unfreundlichen E-Mail am Montag hatte weder William noch Olivia ein Lebenszeichen von sich gegeben. Jacob betrachtete den Büroschlüssel in seiner Hand und schüttelte entschlossen seinen Kopf. Er musste etwas unternehmen. Die Vorstellung, weitere Tage untätig auf etwas zu warten, das sowieso nicht eintraf, machte ihn krank. Wie würde sein Wochenende aussehen? Im Büro wurde er von den nervigen Anrufen, den gut gemeinten Witzen von Rosanna und den dringenden E-Mails abgelenkt. Doch was war mit dem unendlichen Samstag und dem ewigen Sonntag? Sein Kopfkino würde eine Vorstellung nach der anderen abspielen. Ob er es wollte oder nicht. Jacob sah sich schon gefangen in dem Kinosaal seiner Gedanken, ohne die Ausgangstür zum Foyer öffnen zu können. Kurzerhand beschloss er, auf seinem Heimweg einen Abstecher bei seinem Freund zu machen.

Du wirst nicht klingeln. Du wirst nicht in der Auffahrt parken. Vergewissere dich einfach, indem du heimlich um die Ecke schaust. Was solltest du da schon erkennen können? Du brauchst das. Tu es und fahr wieder heim.

Er nickte seinen zwiegespaltenen Gedanken stumm zu, verließ das Haus und startete seinen Pick-up. Der Verkehr war katastrophal. Ein schwerer Motorradunfall sorgte auf der Hauptstraße von Kermit für einen kurzzeitigen Kollaps. Genervt sah Jacob auf seine Uhr und bereitete sich mental darauf vor, Charlotte seine verspätete Heimkehr zu erklären. Nach unendlichen dreißig Minuten schob sich die Blechkolonne an der Unfallstelle vorbei. Jacob erreichte die Seitenstraße, die zu Connors Ranch führte, um 18:15 Uhr. Charlotte hatte sich noch nicht gemeldet, er musste sich beeilen. Jacob West wusste in diesem Moment nicht, dass dieser Abend eine Weiche auf die falschen Schienen in seinem Leben stellen sollte.

Kapitel 2 – New York, New York

Am gleichen Abend, knapp 2.600 Kilometer von Kermit entfernt, saß ein untersetzter Mann mit Halbglatze am Tresen des Kitty Bar & Grills und bestellte sich sein zweites Bier. Heute war sein Geburtstag. Als wäre dieser schicksalhafte Tag nicht schon tragisch genug, war es auch exakt der Tag, an dem er sein vierzigjähriges Firmenjubiläum im Kreise seiner Kollegen und Vorgesetzten gefeiert hatte. Seine Gesichtsmuskeln taten ihm auch drei Stunden nach Dienstschluss noch weh. Wahrscheinlich würde er am nächsten Tag das erste Mal in seinem Leben einen Muskelkater in seinem Gesicht fühlen. Stundenlang hatte der Mann, der bei seinen Kollegen und Vorgesetzten als Koryphäe auf seinem Gebiet galt, heute strahlen und über die flachen Witze über seine vierzig Dienstjahre lachen müssen. Wie viele Hände er an diesem Tag geschüttelt hatte, wusste er nicht mehr. Genauso wenig, wie viele anerkennenden Schulterklopfer er an diesem Tag mit einem dankenden Nicken erwidert hatte.

»Ey Mann, schulterlange Haare und Halbglatze geht gar nicht, Bro«, tönte ein Jugendlicher hinter ihm und klopfte ihm freundschaftlich auf die Schulter.

Wesley beschloss in diesem Moment, den Nächsten, der an diesem Tag seine Schulter berühren würde, zu töten. Er würde einfach zu seiner Dienstwaffe greifen, sie entsichern und abdrücken. Simpel und effektiv würde diese Aktion in Kittys Bar & Grill dazu führen, dass die restlichen Gäste keinerlei Drang mehr verspüren würden, es der durchsiebten Leiche am Boden der Bar gleichzutun.

Spontan beschloss Wesley, es für diesen Abend gut sein zu lassen. Der Barkeeper stellte ihm das Glas hin. Er bezahlte und entfernte sich von dem unberührten Getränk und der sich stetig füllenden Kneipe im Herzen von Manhattan. Er hatte sein Soll für heute erfüllt.

Nach wenigen Blocks sperrte der in die Jahre gekommene Ermittler des New Yorker Police Departments sein kleines Appartement auf, schaltete das Licht seines minimalistischen Flurs an und begab sich in den Wohnbereich seiner Zwei-Zimmer-Wohnung. Der alte Ledersessel in der Ecke seines kargen Wohnzimmers zeigte mit seiner Rückseite in den Raum. Jeder Innenarchitekt oder Verfechter der Feng-Shui-Philosophie wäre wahrscheinlich schreiend aus dem Raum gelaufen, doch für Wesley war es in Ordnung. So konnte er Abend für Abend aus der Glasfront seines Wohnzimmers das pulsierende Treiben der Millionenmetropole unter ihm beobachten und seine Gedanken schweifen lassen. Das gute Stück hatte der Detective vor sechs Jahren aus einem Nachlass ergattert, dessen Hintergrundgeschichte ein Teil seines Lebens geworden war. Wesley konnte sich an den Namen der Frau nicht mehr erinnern. Zu viele Einsätze, Leichen und Ermittlungsakten hatte der erfahrene Cop im Laufe seines Lebens schon gesehen, bearbeitet und schlussendlich als erledigt gekennzeichnet. Partiell erinnerte sich Wesley nur noch daran, dass er zu dem Einsatz gerufen worden war, da ein Tötungsdelikt nicht ausgeschlossen werden konnte. Soweit sein Erinnerungsvermögen ihm keinen Streich spielte, hatte die namenlose Frau nach vorne gebeugt in dem Ledersessel gelegen, den Wesley heute sein

Eigen nennen konnte. Er erinnerte sich noch daran, dass die Stiele zweier Gabeln aus ihren Augen herausragten und die tote Frau verzerrt lächelte. Nach Abschluss der Ermittlungen und der Obduktion hatte sich herausgestellt, dass sich die Dame, überladen mit synthetischen Drogen, selbst den grauvollen Tod ausgesucht hatte. Es machte ihm nichts aus, Abend für Abend in einem Sessel zu sitzen, in dem ein Mensch die letzten Minuten seines irdischen Daseins verlebt hatte. Dazu machte Wesley den Job zu lange und war zu oft Zeitzeuge unzähliger Schicksale und dessen düsterer Geschichten geworden. Der alleinstehende Cop setzte sich, rieb sich müde die Augen und beäugte die zahllosen Scheinwerfer unter ihm, die von einem Ort zum anderen fuhren. Sein Beruf hatte ihn darauf ausgerichtet, lieber allein zu sein und dies auch nicht zu ändern. Die tägliche Konfrontation mit dem Bösen und den Abgründen der menschlichen Seele war letztendlich ausschlaggebend dafür, dass Wesley schleichend den Glauben an die Menschheit verloren hatte.

Nicht jede Veränderung war von Vorteil. Seine Augenlider verloren nach kürzester Zeit den Kampf gegen die Müdigkeit und gerade, als sein Kopf zur Seite nickte, riss ihn der laute und hässliche Klingelton seines Handys aus dem ersehnten Schlaf. Und wieder einmal beschloss Wesley genervt, wie unzählige Male zuvor, diesen verfluchten Klingelton zu ändern.

»Haaappyyy Biiiirthday, altes Haus. Na, ziehst du noch um die Häuser oder machst du dich schon bettfertig?«, gackerte seine langjährige Partnerin in den Hörer.

Wesley verdrehte seine Augen und schmunzelte. Lisa Parker war nicht nur seine Kollegin und einzige Freundin. In ihrem Großhirn verbarg sich eine außergewöhnliche Gabe, augenscheinlich zusammenhangslose Fakten, gepaart mit theoretischen Möglichkeiten zu einer Logik zu vereinen, die nicht selten zur Aufklärung der teilweise komplexen Fälle ihres Berufslebens führte. Kurzum verfügten ihre trainierten Synapsen über ein Quäntchen mehr Fantasie. Vereint mit der weiblichen Auffassungsgabe, machten ihre Ergebnisse Wesley Graham oftmals sprachlos.

»Danke, Lisa. Ehrlich gesagt, bin ich gerade eingenickt. Sei froh, dass du heute Urlaub hast. Diesen Zirkus hätte ich mir heute auch gerne erspart«, erwiderte er und freute sich, Lisa zu hören.

»Das glaube ich dir sofort, aber jetzt hast du es ja hinter dich gebracht, alter Mann«, lachte Lisa los und wartete erst gar nicht auf eine Reaktion ihres Lieblingskollegen, sondern kam direkt zum Punkt. Wie immer redete die Kommissarin nicht lange um den heißen Brei herum. »Hör mal, alterstechnisch bist du ja jetzt schon im Landeanflug und hast die Reisehöhe bereits verlassen. Besteht die Möglichkeit, dass du deine alten Knochen noch einmal zusammensortierst und zur Fulton Street kommst?«

Wesley wollte gerade zum Gegenschlag ausholen, erinnerte sich aber daran, dass er in vergangenen Wortgefechten immer derjenige gewesen war, der letztendlich mit heruntergelassenen Hosen im Ring stand. Er schüttelte verzweifelt den Kopf und sah schließlich auf seine Uhr.

»Es ist kurz nach acht, Lisa. Du hast Urlaub und ich bin für heute bedient. Können das nicht die Kollegen der Nachtschicht übernehmen?«

»Theoretisch könnten sie das, wenn ich den Fall nicht an mich gerissen hätte. Erinnerst du dich noch an die kuriosen Mordfälle in Queens vor einem halben Jahr?«

Wesley musste nicht lange in seinem Gedächtnis danach stöbern. Es gab immer wieder Fälle, die aufgrund ihrer Einzigartigkeit ihren Platz ganz oben in der Schublade mit der Aufschrift »Bizarres« gefunden hatten.

»Meinst du die zwei Toten in dem Forschungslabor? Die Zuständigkeit wurde uns doch damals entzogen, richtig?«

»Ja, genau den Fall meine ich. Die zwei Mitarbeiter sind innerlich verblutet. Der Fall konnte damals nicht aufgeklärt werden. Weder die Spurensicherung noch das FBI ist damals auch nur einen Schritt weiter gekommen. Und pünktlich zu deinem Dienstjubiläum und Geburtstag serviert dir das Schicksal zwei weitere Tote in der Fulton Street. Ein Apotheker und seine Frau. Beide ohne Anzeichen äußerer Gewalteinwirkung. Beide mit dunkelblau verfärbten Lippen und blutleeren Köpfen. Die Bäuche sind aufgebläht. Klingelt da was?«

Wesley erhob sich langsam aus seinem Sessel. »Verblutet. Wurde etwas gestohlen?«

»Natürlich. Die Giftschränkchen wurden durchwühlt. Die Spurensicherung ist vor Ort. Ich gehe einmal davon aus, dass wie in Queens auch etwas gesucht und schließlich gefunden wurde. Kommst du jetzt, oder was?«

»Ich bin gleich da.«

Wesley verabschiedete sich von Lisa und machte sich nach unten zu seinem Wagen. Der damalige Fall hatte den Ermittler noch Wochen später beschäftigt. Gewalttaten und Morde waren in New York keine Seltenheit, dennoch unterschied sich dieser Raubmord in seiner Präzision und seinem Kalkül von anderen. Während der Junkie beispielsweise den Tankstellenbesitzer in Panik erschossen und die Ehefrau sich von dem ewig schlagenden Ehemann entledigt hatte, so fühlte sich dieser Raubmord vielmehr von langer Hand geplant an. Die Apotheke hätte im Schutz der Dunkelheit ausgeraubt werden können. Ohne Opfer, ohne die Gefahr, gesehen zu werden. Doch wie in Queens schien das alles nicht von Belang zu sein.

Auf das Blaulicht neben sich auf dem Beifahrersitz verzichtete Wesley. Im Gegensatz zu den Neulingen auf dem Revier verspürte der erfahrene Ermittler von jeher nie das Verlangen, sich mit lautem Getöse zu profilieren. Im Gegenteil, in manchen Situationen vergaß er das Sonderrecht und saß schimpfend und hupend in seinem Wagen im Stau, bis ihm wieder einfiel, das Blaulicht auf sein Autodach zu heften.

Wenige Minuten später erreichte Wesley den Tatort, stieg aus und umarmte seine Kollegin Lisa.

»Noch einmal persönlich: alles Liebe zum Geburtstag, Großer.« Die hochgewachsene, blonde Beamtin klebte ihrem Kollegen einen dicken Schmatzer auf die Backe und rubbelte ihm frech über seine Halbglatze.

»Lisa, nun ist's aber gut. Was haben wir jetzt hier?«, mahnte Wesley seine Kollegin spaßeshalber und fuhr sich mit der Hand über seine Platte.

»Diesmal wurde kein 3-Chinuclidinylbenzilat entwendet, soviel ist sicher.« Lisa lachte und ging mit ihm zum Eingang der Churchill-Apotheke.

Wesley sah verwundert zu ihr herüber und es bedurfte keinerlei Worte. Lisa hatte im Laufe der Jahre gelernt, seine Mimik zu lesen wie ein offenes Buch.

Als sie in sein verständnisloses Gesicht schaute, sagte sie: »3-Chinuclidinylbenzilat? Chemischer Kampfstoff? Entwendet aus einem Transporter, der wegen einer Reifenpanne in Queens stoppte? Der unaufgeklärte Fall damals? Bist du noch wach?«

»Ich weiß, was damals in Queens passiert ist. Meine Güte, ich wusste nur nicht mehr, was diese 3-Chinchindings war.«

»3-Chinuclidinylbenzilat.« Lisa hob mahnend ihren Zeigefinger.

»Von mir aus. Weißt du mittlerweile, was hier entwendet wurde?«, fragte Wesley und betrachtete die beiden Leichen im Inneren des Apothekenvorraumes. Wie Marionetten, deren Fäden abgeschnitten worden waren, lagen die Körper auf dem gefliesten Boden der Churchill-Apotheke. Der Tod hatte das Apotheken-Ehepaar von einer auf die andere Sekunde überrascht. Wesley erinnerte sich an die beiden Leichen in Queens. Im Laufe der Jahre hatte er gelernt, die Momentaufnahme des Todes lesen zu lernen. Wie in Queens war er sich auch hier sicher, dass die beiden von ihrem herannahenden Tod nichts geahnt hatten.

»Soweit wir wissen, fehlt der gesamte Vorrat von Midazolam und Thiopental.«

»Was genau sind das für Medikamente?«, fragte Wesley und betrachtete die offenbar unberührten Körper der beiden Leichen.

»Thiopental ist ein kurz wirksames Hypnotikum und Midazolam wirkt schlaffördernd, angstlösend. Midazolam wird zum Beispiel bei Epilepsie-Patienten angewendet, habe ich mir sagen lassen.«

»Erstaunlich, wie schnell unsere Kollegen herausgefunden haben, was fehlt«, sinnierte der Ermittler laut.

»Eigentlich nicht, Wesley. Sieh mal.«

Er folgte ihrem Fingerzeig. Tatsächlich benötigte es keinerlei aufwendige Recherche. Zwei der im hinteren Teil der Apotheke befindlichen Schubladen waren geöffnet. Der oder die Täter hatten gewusst, wo sie suchen mussten. Die Kasse der Apotheke war unberührt. Das übliche Bild eines Raubmordes wies Spuren von Chaos, der Zerstörung und der hektischen Suche nach Wertgegenständen auf. Doch hier schien es so, als hatten die Eindringlinge nicht das geringste Interesse daran gehabt, Bargeld oder wertvolle Gegenstände zu entwenden.

»Wer auch immer das war. Sie haben den Tod zweier Menschen in Kauf genommen, um insgesamt vier Päckchen aus der Schublade zu entwenden.«

Lisa machte Platz für die Kollegen der Spurensicherung. Bewaffnet mit einer Kamera setzten sie ihre Arbeit fort. Immer wieder erhellten die Blitze das Innere der Churchill-Apotheke.

»Da war doch gerade etwas?« Olivia lugte an William vorbei aus dem Fenster ihres Wohnzimmers.

Der Wohnzimmertisch war mittlerweile von seiner schweren und teils verdreckten Last befreit worden.

Schließlich sollte die Entrümpelungsfirma die in die Jahre gekommenen Möbel in einem halbwegs annehmbaren Zustand mitnehmen.

»Da war nichts, Schatz. Du bekommst ja allmählich eine Paranoia«, witzelte William und überflog eine der vielen Bewerbungen, die sich in den letzten Tagen in seinem E-Mail-Postfach angesammelt hatten. Die Connors suchten Personal für ihre Ranch. Aufgeben wollte das Ehepaar ihre Viehzucht nicht, doch mussten ihre Rinder weiterhin versorgt werden, wenn sie sich auf den Weg machten, die große, weite Welt mit all ihren wunderbaren Plätzen zu erforschen.

Die Mitarbeiter der staatlichen Powerball-Lotteriegesellschaft waren wieder verschwunden. Es gehörte zum Protokoll, die Jackpot-Gewinner mit zwei Psychologen zu konfrontieren. Letztendlich verlief alles nach dem Leitfaden der Lotteriegesellschaft. Man beglückwünschte die Gewinner, riet den Glückspilzen, ein Konto bei einer fremden Bank zu eröffnen und ihrem Umfeld nichts von dem Gewinn zu erzählen, solange sich der neue Zustand und die Psyche nicht etwas gefestigt hatten. Die Psychologen baten ihre Hilfe an, Visitenkarten wechselten ihren Besitzer und letztendlich verabschiedete man sich nach einer Tasse Kaffee und wünschte ein neues, sorgenfreies Leben.

»Ich sage dir, da war ein Schatten auf unserer Auffahrt. Kannst du bitte morgen die Baufirma anrufen und fragen, wann sie mit der Lieferung der Hochzäune rechnen? Ich würde gerne wieder etwas mehr Schlaf finden. Wenn alles eingezäunt ist, fühle ich mich sicherer.« Wieder suchte Olivia nach dem mysteriösen Schatten, doch außer einer streunenden Katze entdeckte die frisch gebackene Multimillionärin in der Abendsonne nichts weiter.

William nickte geistesabwesend, öffnete den Ordner der gesendeten E-Mails und betrachtete wieder die Mail an Jacob, die seine Frau formuliert hatte. Er atmete schwer aus, sein Blick wurde traurig und ohne dass Olivia wusste, was ihr Mann hinter dem Notebook trieb, fühlte sie, dass es Jacob war, an den er gerade dachte. Sie streichelte seine Haare und blickte ebenfalls auf ihre verfassten Sätze. Schuldgefühle stiegen ihn ihr auf, hatte sie ihren Mann doch nur entlasten wollen und ihm diese eine Sorge für einen kleinen Moment aus dem Weg schaffen wollen.

»Es musste sein, William. Das weißt du auch. Die Psychologen haben uns gesagt, wir sollen das für uns behalten.«

William sah zu seiner Frau hoch, öffnete den Mund und schloss ihn im gleichen Atemzug wieder.

»Ich weiß, was du sagen willst. Es war zu abweisend geschrieben. Ich wollte dir nur helfen. Du hast genügend um die Ohren. Der Umbau des Hauses, das Personal für die Ranch, die Reisen, die wir planen. Sieh es positiv, die Dinge werden sich wieder regeln, da bin ich mir ganz sicher. Hey, du hast gestern unsere gesamten Ersparnisse auf den Kopf gehauen und mich für die Restsumme mit eingetragen, nur weil du gleich den neuen Wagen kaufen wolltest, bevor uns die Gesellschaft in zwei Wochen das Geld überweist. Sieh dir bloß an, was du getan hast.« Olivia lachte und schubste William an der Schulter.

Er grinste verlegen und stimmte in das Lachen seiner Frau ein. Wahrscheinlich hatte Olivia recht, es würde sich wieder einrenken. Wenn der neue Reichtum sich erst einmal in ihrem Unterbewusstsein manifestiert hatte und die Zeit ins Land gegangen war, würde der Umgang mit der momentan befremdlichen Situation leichter von der Hand gehen. Davon war William Connor fest überzeugt. Er würde seinem besten Freund und Bruder davon erzählen. Er würde ihm etwas von dem großen Kuchen abgeben. Der Moment war noch nicht gekommen. William versuchte, sich in Geduld zu üben, und wusste, dass die Zeiten sich ändern würden. Jacob würde es verstehen, so wie er alles bisher verstanden hatte. Er lächelte zufrieden. William zog Olivia liebevoll auf seinen Schoß und öffnete die Website des Reiseveranstalters von Kermit.

Während die Connors überlegten, ob sie zuerst das große Hawaiipaket buchen oder sich die Kombination verschiedener Südseeziele gönnen sollten, ahnten sie nicht, dass Olivia mit ihrer unheimlichen Schattensichtung in der Auffahrt recht behalten hatte. Es war nicht die Katze der Oswaldts, die Olivia in ihrem Augenwinkel wahrgenommen hatte. Die schattenhafte Silhouette gehörte Jacob, der an diesem Abend hinter den rettenden Busch gehechtet war, nachdem er das Licht im Wohnzimmer der Connors entdeckt hatte. Sein Bauchgefühl hatte ihn nicht getäuscht. Charlotte versuchte, ihren Mann nun schon das dritte Mal zu erreichen, glücklicherweise hatte Jacob an diese Eventualität gedacht und sein Smartphone auf lautlos gestellt. Mit einer knappen WhatsApp-Nachricht beruhigte er seine Frau und widmete sich wieder seiner ihm anfangs peinlichen Observation seines besten Freundes. Der zunächst harmlose Impuls, bei seinem besten Freund nach dem Rechten zu sehen, entwickelte sich zu einem wahrgewordenen Albtraum. All seine fiktiven Sorgen und

Gedankenspiele darüber, was wohl der Grund für die eigenartigen E-Mails und die anhaltende Funkstille der beiden Freunde sein könnte, lösten sich in Luft auf, als er den hinteren Teil des schwarzen, hochpolierten Ferraris anstarrte. Jacob hatte keine Ahnung von Fahrzeugen und noch viel weniger von exotischen Sportwagen. Dennoch musste man kein Experte auf diesem Gebiet sein, um zu realisieren, dass diese Anschaffung teuer gewesen sein musste. Sehr teuer. Jacob wagte noch einen Blick zu dem Wagen. Er konnte das Kennzeichen nicht erkennen und so bewegte sich der Sechsundvierzigjährige leise auf allen Vieren ein Stück weit die Auffahrt hinauf. Jacob schämte sich für seine Neugier, aber er musste herausfinden, was William ihm verheimlichte. Er wollte es sehen. Er wollte das verdammte Kennzeichen mit eigenen Augen sehen. Nach wenigen Metern verharrte der Biologe in seiner Bewegung. Er schlich zu dem Auto und blickte ungläubig auf das angebrachte Kennzeichen.

TEXAS

CW9-CO11

The Lone Star State

Jacob erkannte in den Buchstaben Williams und Olivias Initialen sowie die Zahlen ihrer Geburtsmonate. Keine Mafia, keine räuberische Erpressung oder irgendeine andere schicksalhafte Komplikation im Leben seines Bruders. Sein Kopfkino schloss langsam den Vorhang. Die Vorstellung in Jacobs privatem Fantasiekino war beendet und zum Vorschein kam eine unerwartet grausame Realität. Geld. William musste zu Geld gekommen sein, anders konnte sich Jacob diese Luxuskarosse nicht erklären. Hastig schoss er mit seinem Handy ein Foto und schickte es kommentarlos an seine Frau Charlotte, bevor er zu seinem alten Pick-up schlich und sich auf den Heimweg machte.

Eine halbe Stunde später öffnete Jacob die Wohnungstür. Während der Heimfahrt hätte er darüber nachdenken können, wie er seine Verspätung und die amateurhafte Spionagearbeit rechtfertigte. Doch konnte Jacob, bis er den Schlüssel in das Schloss der Wohnungstür einrastete, keine zusammenhängenden Gedanken fassen. Er schaltete das Licht im Flur ein und erschrak, da Charlotte im Flur stand und ihm das geschickte Bild auf ihrem Handy unter die Nase hielt.

»Was zum Teufel ist in dich gefahren?« Krank vor Sorge keifte sie ihren Mann an.

»Hast du dir das Bild mal angesehen?«, fragte Jacob, legte seine Notebooktasche auf den Boden und eilte mit weit aufgerissenen Augen zu seiner Frau.

»Das einzige, was ich hier sehe, ist, dass mein Mann mir neuerdings nicht sagt, wenn er sich abends heimlich auf irgendwelchen Auffahrten herumtreibt, um Sportwagen zu fotografieren. Was zur Hölle ist los mit dir, Jacob West?« Charlottes Ton war lauter geworden. Es war ein deutliches Anzeichen dafür, dass seine Frau in diesem Moment wirklich aufgebracht war und sich mit ehrlich gemeinten Liebkosungen und dem berühmten Dackelblick nicht einfangen ließ. Diesmal nicht.

Perplex blickte Jacob in die Augen von Charlotte. Sie war wütend, verwirrt und vor allen Dingen enttäuscht von der Unwahrheit, die nun ans Tageslicht gekommen war.

Er verwarf den Plan, die Wogen zu glätten und die ihm so wichtige Harmonie wiederherzustellen. Jacob bekam Kopfschmerzen. Die letzten Tage und die damit verbundene Ungewissheit hatten ihn zermürbt. Natürlich hatte Charlotte recht, es war ein Sportwagen, der auf dem Bild zu sehen war, nichts weiter, und dennoch war es ein Schlag in seine Magengrube. Er, der sein letztes Hemd für seinen Freund gegeben hätte, ihm immer beistand, legte ihn des Geldes wegen wie ein Spielzeug zurück in den Schrank? Jacob fühlte sich wie eine Actionfigur, die aus der Mode gekommen war und seine neue Heimat zwischen all den anderen Helden längster vergangener Tage in der Schublade fand. Wut, Schmerz und Trauer machten sich in seinem Kopf breit. Nein, er würde nicht einlenken. Er würde sich für seinen Ausflug zur Ranch weder entschuldigen, noch eine Erklärung formulieren, die Charlotte besänftigen würde.

Jacob griff ruhig nach dem Handy seiner Frau und starrte das selbstgeschossene Bild für einen Moment an.

»Was du hier siehst, ist der Grund für das Schweigen von William. Soweit sollte dir das ja klar sein, nicht wahr?« Erstaunt über seine dominanten Worte, sah er seiner Frau ernst in die Augen.

»Ich frage dich noch einmal: Was zum Teufel ist los mit dir, Jacob? Selbst wenn es sein neuer Wagen ist, ja und? Dürfen sich die Connors kein neues Auto kaufen, ohne dich vorher um Erlaubnis zu fragen?« Allem Anschein nach begriff Charlotte immer noch nicht, worum es Jacob eigentlich ging. Er nahm seine Frau an die Hand, führte sie in die Küche und setzte sie sanft auf den Küchenstuhl.

Jacob öffnete den Kühlschrank, holte sich eine Packung Milch aus dem Seitenfach und gesellte sich zu ihr.

»Du verstehst mich nicht. Unsere Freundschaft basierte auf Gefühlen und Ehrlichkeit. Diese Freundschaft war niemals von Geld oder sonstigem Schwachsinn geprägt. Aber wenn das jetzt sein wahres Gesicht ist, nachdem er woher auch immer zu Geld gekommen ist, bitte schön. Das ist anscheinend nur mein Problem, da es weder in diesem Haus noch bei den Connors irgendjemanden interessiert.«

Charlotte vergrub ihr Gesicht in den Händen und schüttelte den Kopf.

»Warum gönnst du deinem Freund nicht einfach etwas? Meine Güte, so neidisch kenne ich dich gar nicht.«

Jacob sprang vom Küchenstuhl auf, postierte sich direkt vor seine Frau und klopfte wie wild mit seinem Finger auf seine Brust, während sein Mund es dem eines Goldfisches gleichtat. Er rang nach seiner Fassung.

»Ich bin neidisch? Ich habe ihm immer Geld geliehen. Ich will nichts von seinem verdammten Geld. Ich will einzig und allein die Wahrheit erfahren! Habe ich das nach 38 Jahren Freundschaft nicht verdient? Wirft man eine Verbindung nach fast einem ganzen Leben einfach so weg?«, schrie Jacob martialisch los.

Charlotte schreckte zusammen. Jacob war zuvor noch nie laut geworden. Die fünfundfünfzigjährige Frau hätte ihre Hand dafür ins Feuer gelegt, dass Jähzorn, Neid und Wut zu den Eigenschaften gehörten, die in Jacobs Chromosom-Kette nicht vorhanden waren. Bis zum heutigen Abend.

Sie ging langsam rückwärts und sah ihn stirnrunzelnd an.

»Ich denke, ich werde ins Bett gehen, Jacob«, sagte sie leise und verschwand im Schlafzimmer.

Jacob blickte langsam zu seinem Zeigefinger, den er so fest in seine Brust gedrückt hatte, dass es schmerzte. Was war bloß in ihn gefahren? Streitigkeiten waren glücklicherweise ein seltenes Gut im Hause der Wests und dennoch tat es Jacob danach jedes Mal leid. Es tat ihm weh, seine liebende Frau zu verletzen, völlig egal ob er im Recht war oder nicht. Doch an diesem Abend lagen die Dinge anders. Er empfand keine Reue, kein Bedürfnis, Charlotte zu folgen und das Gewitter in einen reinigenden Regen zu verwandeln. Sondern fühlte sich im Recht, ausgestoßen wie ein krankes Tier. Jacob konnte nicht fassen, dass Charlotte Partei für die Connors ergriff.

Als Jacob in dieser Nacht in das Schlafzimmer kam, schlief Charlotte bereits tief und fest. Seine Augen waren offen und starrten in das schwarze Nichts über ihm. Nur die kleine grüne Schlafleuchte, die den Weg in den Flur wies, erhellte den Raum spärlich. Charlotte murmelte im Schlaf. Gestört durch seine unruhigen Versuche, endlich die richtige Schlafposition zu finden, realisierte er, dass ihn seine Gedanken in dieser Nacht wachhalten sollten. Leise verließ er den Raum, schloss die Tür hinter sich zu und begab sich an seinen Schreibtisch. Erschöpft rieb er sich die Augen und musterte den ausgeschalteten Monitor vor sich. Er musste etwas unternehmen. Nachdem er seine Arbeitstasche aus dem Flur geholt und das Notebook an den Monitor angeschlossen hatte, erschien nach wenigen

Minuten eine leere Mail, bereit sich mit den Worten von Jacob zu füllen. Immer wieder löschte er die geschriebenen Zeilen, fuhr sich durch seine vollen Haare, um den Satz erneut und keineswegs besser zu formulieren. Nach einer geschlagenen Dreiviertelstunde, gegen drei Uhr morgens, betrachtete Jacob sein Werk, das karger ausgefallen war, als die unendlichen Neuversuche ihn hatten hoffen lassen. Enttäuscht beäugte er seine Zeilen. Etwas Besseres fiel ihm nicht ein und würde ihm auch nach weiteren zwanzig Versuchen nicht einfallen, soviel war sicher. Jacob hätte das Notebook zuklappen und einen weiteren Anlauf unternehmen können, das Land der Träume für die verbleibende Nacht doch noch zu erreichen, aber er tat es nicht.

Absender: Jacob West

Betreff: Es war einmal

Hi William (oder sollte ich besser Hallo & Gruß J. schreiben?)

Ich weiß nicht, was passiert ist, mein alter Freund, und ich finde nicht die richtigen Worte. Auch nicht nach dem zwanzigsten Entwurf. Was auch immer in deinem Leben gerade geschieht, ich bin für dich da. Ich kann einfach nicht glauben, dass du unsere langjährige Freundschaft einfach so und ohne Grund einschlafen lässt. Das ist nicht der William Connor, den ich damals auf dem Schulhof kennengelernt habe und es ist auch nicht jener William Connor, der damals mein Trauzeuge war. Was ist passiert? Wenn du reden willst, bitte melde dich bei mir. Ich werde verrückt vor Sorge.

Es waren einmal zwei Freunde, die sich in einer Scheune schworen, immer füreinander da zu sein. Erinnerst du dich? Und nein, ich klammere mich jetzt nicht an dich. Ich habe auch meinen Stolz. Wenn du meine Freundschaft nicht mehr willst, sag es. Wenn ich dir auf die Nerven gehe, sag es. Aber ich denke nach all den Jahren habe ich eins verdient: die Wahrheit.
Komm schon, du verrückter alter Viehtreiber, melde dich.
Dein Wasser-Mann.

Es war nicht gut formuliert und je öfter Jacob die Zeilen las, umso mehr begann er seinen Text zu hassen. Er betrachtete, wie der Mauszeiger auf den Senden-Button zielte und sein Finger mit einem leisen Klick die Maus betätigte. Er hatte es getan. Die Mail wurde verschickt und er hoffte, im Laufe des Tages eine Reaktion von seinem Freund zu bekommen. Sollte er sich melden, würde er Charlotte bitten, das Thema mit dem Foto niemals auf den Tisch zu bringen.

William würde sich melden. Er musste sich melden. Das war er Jacob einfach schuldig.

Freitag. Der Tag, an dem Jacob das Wasserwerk vor Ort besuchte, um die Wirkungsgraderhöhung und die Gesamthärte zu kontrollieren, war gekommen. Er schleppte sich in das Kontrollzentrum des mittelgroßen Werkes von

Kermit und begrüßte mit müdem Blick seinen langjährigen Kollegen.

»Was los, Buddy? Zu viel gefeiert gestern?«, fragte der stämmige Mann mit dem feuerroten Vollbart, der auf den Namen Ross hörte, seinen ankommenden Kollegen.

»Zu viel Wein gestern«, murmelte Jacob und winkte ab. Ihm war jede Antwort recht. Hauptsache er würde heute nicht in lange oder tiefgründige Gespräche verwickelt werden.

Ross, dessen Optik dem Klischee eines kanadischen Holzfällers entsprach, klopfte ihm lachend auf die Schulter, setzte seinen Schutzhelm auf und verschwand wieder aus dem Büro.

Jacob ließ sich auf den Stuhl fallen und fuhr sein Notebook hoch. Er loggte sich in die Messstation ein und startete das Diagnoseprogramm. Nachdem er die Daten überprüft hatte, öffnete er seinen Posteingang. Nichts. Der Blick auf die Uhr verriet ihm, dass es bald zehn Uhr war.

»William ist wach, er hat es bestimmt schon gelesen. Vielleicht ruft er auch einfach durch«, beruhigte sich Jacob. Wenn er mit etwas nicht umgehen konnte, dann war es Ignoranz. Es verhielt sich wie mit der älteren, streng riechenden Frau zwei Stockwerke über den Wests. Jedes verdammte Mal hatte Jacob die wortkarge Dame im Treppenhaus oder im Hauseingang gegrüßt, doch eine Reaktion ließ bis zum heutigen Tage auf sich warten. Er konnte es auf den Tod nicht ausstehen, ignoriert zu werden, und gab nicht auf, die Rentnerin jedes Mal erneut und in einem lauten, deutlichen Ton zu grüßen. Es handelte sich um seinen persönlichen Kleinkrieg mit einer Frau, deren Namen er nicht einmal kannte. Er widmete sich wieder gelangweilt den Balkendiagrammen, die sich langsam von Rot zu Gelb und schließlich in Grün verwandelten, um den Kontrollprozess farblich zu dokumentieren.

Jacob blieb fast das Herz stehen, als die Tür mit Wucht aufgerissen wurde und Charlotte wutentbrannt im Raum stand. Mit einem Male war er hellwach und sah in das wütende Gesicht seiner Ehefrau.

»Was machst du denn hier?« Er war sichtlich irritiert von dem überraschenden Besuch, jedoch verstörte ihn vielmehr die Tatsache, seine Frau noch niemals so aufgebracht gesehen zu haben.

»Was ist los mit dir?«, schrie Charlotte ihren Mann an. Eine weitere groteske Tatsache, die hier und jetzt seine Premiere feierte. Sie schrie Jacob laut an.

»Was?« Er schob seine Augenbrauen fragend nach oben und versuchte die surreal wirkende Situation einzuordnen.

»WAS IST LOS MIT DIR, JACOB WEST?« Charlotte toppte ihre lauten Worte. Ihre Stimme schallte durch das kleine Büro. Sie schleuderte ihre Handtasche in die Ecke des Raumes und verschränkte ihre Arme.

»Was schreist du denn hier so herum? Beruhige dich doch bitte. Was ist denn passiert?« Er hob besänftigend seine Hände.

»Olivia war gerade bei mir in der Arbeit. Ja, richtig, Mr. West. Olivia Connor hat mich in der Versicherungsagentur aufgesucht und mir erzählt, was du letzte Nacht gemacht hast, während ich schlief. Du hast William geschrieben. Bist du noch ganz bei Sinnen? Lass die beiden doch einfach mal ein paar Minuten für sich. Sie kommen wegen deines seltsamen Verhaltens ja nicht einmal mehr zum Atmen. Entwickelst du dich jetzt zu einem Stalker, Jacob?«

Das verbale Trommelfeuer hatte ihn mitten ins Herz getroffen. Fassungslos erhob sich Jacob und sah seine Frau verständnislos an.

»Ich soll mich dafür entschuldigen, dass ich mir Sorgen um William mache?« Offenbar hatte sich Charlotte mit den Connors verbündet und obwohl Jacob in diesem Verhalten nicht die geringste Logik erkannte, war er sich dessen sicher.

»Nein, Jacob. Du sollst einfach nur aufhören, deinem Freund hinterher zu spionieren. Das grenzt ja schon an schizophrenes Verhalten. Olivia war vollkommen verstört, ängstlich sogar. Ich weiß nicht, was du geschrieben hast, aber sie hat mich gebeten, dir auszurichten, das bitte zu unterlassen. Es geht ihnen gut und William wird sich schon wieder bei dir melden. Kannst du dir eigentlich vorstellen, wie peinlich die Situation für mich war? Ich habe kein Einzelbüro wie du, Jacob. Ich sitze in einem Großraumbüro. Kam das jetzt an?« Charlottes hatte ihren Mann mit hochrotem Kopf weiterhin angeschrien.

»Woher kommt der Sportwagen? Warum meldet sich William nicht mehr?« Offensichtlich erreichte die verzweifelte Bitte seiner Ehefrau Jacob nicht. Der Biologe verrannte sich immer tiefer und tiefer in seine These, ignoriert und ausgegrenzt worden zu sein. Und nun hatten die Connors auch noch Charlotte an Bord genommen. Traurig sah er Charlotte an und wartete auf eine Erklärung, eine Stellungnahme, irgendeinen Strohhalm, der ihn aus dem immer stärker werdenden Sog seiner Verschwörungstheorien ziehen konnte.

Charlotte vergrub für einen Moment wieder ihr Gesicht in ihren Händen und lachte hysterisch los. Sie hob ihre Handtasche wieder auf und sah Jacob mit einem Blick an, den er bis zum heutigen Tage von seiner Frau nicht gekannt hatte. Es war ein mitleidiger, genervter Gesichtsausdruck. Sie atmete tief aus und wischte sich eine Träne aus dem Auge.

»Du verlierst langsam den Verstand. Du bist nicht mit William verheiratet, sondern mit mir. Vielleicht solltest du darüber einmal nachdenken.« Und mit diesen Worten verließ seine Frau das kleine Büro.

Jacobs Annahme, einem Komplott aufzusitzen, hatte sich wie ein wütender Hund in das Bein eines Angreifers festgebissen.

Sie hat mir nicht auf meine Fragen geantwortet. Ist ausgewichen. Sie weiß etwas.

Jacob hatte das Gefühl, dass er ruhiggestellt, auf das Abstellgleis der Vergangenheit geschoben und ausrangiert werden sollte. Er gehörte nicht mehr in den erlesenen Freundeskreis der Connors, soviel stand fest. Als wäre dieser Fakt nicht schon schmerzlich genug, war es seiner eigenen Frau nun auch peinlich, mit seinen Sorgen in ihrer Arbeit konfrontiert zu werden. Er brach das Diagnoseprogramm ab und fuhr sein Notebook herunter.

»So nicht, Connor. Das habe ich nicht verdient.« Er stieg in seinen Pick-up und bemerkte im Augenwinkel, dass Ross der Holzfäller auf seinen Wagen zu rannte. Genervt ließ er das Fenster hinunter und versuchte mit aller Kraft freundlich zu wirken.

»Hey Buddy. Schon fertig? Deine Arbeit dauert doch normal immer bis Mittag. Ist mit den Werten alles in Ordnung?« Sichtlich irritiert von seiner schnellen Abreise, kratzte sich der sympathische Rotschopf an seinem Bart.

»Alles okay, Ross. Ich komme am Wochenende noch mal. Wir haben einen Notfall in der Familie.«

Bevor Ross etwas erwidern konnte, brauste er davon. Während der Fahrt dachte er nochmals über die Notlüge, die ihm spontan eingefallen war, nach. Im Grunde war es keine Notlüge gewesen. Es gab einen Notfall in der Familie und Jacob war fest entschlossen, der Wahrheit auf den Grund zu gehen. Man hatte ihn ungerechtfertigt aus dem Haus der Freundschaft ausgesperrt. Er würde einen Weg finden, die unwiderlegbaren Fakten ans Tageslicht zu bringen. Mit oder ohne Einwilligung der Connors.

Am 10. Juni fand sich Wesley mit seiner Kollegin Lisa um Punkt zehn Uhr im Büro des Police Commissioners ein. Ethan Harper, der Leiter des New Yorker Police Departments. Den schlaksigen Hünen traf man stets in Hektik und mit hochrotem Kopf an. Wenn Wesley etwas in seiner unmittelbaren Umgebung nicht ausstehen konnte, waren es Mitmenschen, die entweder eine permanente Rastlosigkeit versprühten oder aber nach angetrocknetem Schweiß rochen. Beide Kriterien erfüllte Ethan zu einhundert Prozent. Im Grunde mochte er den Commissioner. Er war menschlich und voller Humor und war es nach seiner Beförderung vor Jahren auch geblieben. Doch Wesley empfand noch viel mehr Zuneigung zu seinem obersten Chef, wenn er nicht mit ihm im selben Raum verweilen musste. Er rümpfte sich verhalten die Nase und betrachtete Ethan, der immer noch an seinem Schreibtisch saß, in seiner hektischen Manier wild auf die Tastatur seines Notebooks einhämmerte und die beiden Ermittler offenbar nur partiell registriert hatte. Lisa räusperte sich leise. Es zeigte Wirkung. Wie ein aufgescheuchtes Eichhörnchen lugte Ethan über dem Bildschirm seines Laptops hervor, sprang auf und begrüßte die beiden Detectives.

»Setzt euch bitte.«

Wesley und Lisa folgten der Bitte und nahmen Platz.

»Ihr wundert euch bestimmt, warum ich euch herbestellt habe«, sagte er. »Es geht um den Fall in der Churchill-Apotheke vor einigen Tagen. Unsere Kollegen aus Queens wurden gestern Nacht zu einem Baumarkt gerufen, da einer Hundebesitzerin zur späten Stunde die Festtagsbeleuchtung im Baumarkt auffiel. Drei Angestellte der Sicherheitsfirma lagen tot im Eingangsbereich, ohne Hinweise auf äußere Gewalteinwirkung und mit aufgeblähten Bäuchen.«

Wesley hatte Mühe, Ethan zu folgen, da er die Hälfte der ausgesprochenen Worte verschluckte, um schnell den nächsten Satz aus seinem Mund zu feuern.

Lisa und Wesley sahen sich verdutzt an. Natürlich bestand hier ein Zusammenhang zwischen den Morden in der Churchill-Apotheke sowie dem unaufgeklärten Mord vor einem Jahr, der in Queens an zwei Fahrern eines Transportunternehmens verübt worden war.

»Was fehlt diesmal?«, fragte Lisa und zog ihr kleines Notizbuch aus der Gesäßtasche.

»Ethanol. Ethan fehlt Ethanol. Kleines Wortspiel.« Und selbst in seiner Lache machte die Hektik keine Pause.

Wesley ignorierte den Scherz des Commissioners und runzelte ungläubig die Stirn. »Ethanol? Das ist doch nichts anderes als reiner Alkohol, der in Haushaltsreinigern enthalten ist. Was zum Teufel sollte das? Was kostet dieses Zeug? Drei Dollar, vier vielleicht? Ethanol ist frei erhältlich, warum also sollte man drei Menschenleben auslöschen für ein frei verkäufliches Mittel, das obendrein nur eine Handvoll Dollar kostet?« Er verstand den Zusammenhang zwischen diesem Raubmord und der Beute nicht. In seinen Augen standen die Beute und der Preis, den die Mörder dafür in Kauf genommen hatten, in keinerlei Relation. Doch wann war dies schon der Fall gewesen?

»Genau darum geht es. Es wird immer skurriler. Ich möchte, dass ihr euch ausschließlich mit dieser Raubmordserie auseinandersetzt. Wir müssen davon ausgehen, dass es sich hier eventuell um die Vorbereitung eines terroristischen Anschlages handelt. Übergebt heute Nachmittag bitte alle laufenden Ermittlungen an euren direkten Vorgesetzten.« Ethan ließ sich wieder auf seinen Bürostuhl fallen und fuhr mit der rastlosen Vergewaltigung seiner Tastatur fort.

Nachdem sie das Büro des Commissioners verlassen hatten, machten sie sich an die Arbeit. Anstehende Befragungen, diverse Protokollierungen und der Bericht des gestrigen Schusswechsels zweier Gangmitglieder wurden anderen Detectives des Police Departments zugeteilt. Lisa ließ sich aus dem Archiv die Akten des Mordes in Queens vor einem Jahr zuschicken und so kam es, dass sich Wesley und Lisa gegen 19 Uhr in Kittys Bar & Grill zum Abendessen verabredeten, um ihre neue Aufgabe zu planen und ein Konzept für die kommenden Tage auszuarbeiten.

»Seit wann trägst du denn bitte einen Pferdeschwanz?« Um ein Haar hätte Lisa ihr Wasser direkt in das Gesicht von Wesley geprustet, doch der Sechzigjährige winkte genervt ab und ignorierte ihre Frage.

Wesley wollte weder seine schulterlangen Haare abschneiden, noch jeden Tag mit den hippen Jugendlichen konfrontiert werden, die ihn mehr oder weniger höflich darauf hinwiesen, dass sein Haarschnitt völlig aus der Mode gekommen war.

Der Kitty Bar & Grillteller war wie die letzten Male zuvor viel zu üppig und dennoch gierte Wesley jedes Mal danach, um sich anschließend über den zurückgelassenen halb vollen Teller zu ärgern.

Lisa breitete auf dem Vierertisch die Akten des Mordfalles in Queens aus.

»Ethan ist auf dem Holzweg«, kommentierte sie beiläufig die Theorie ihres Chefs und stocherte nachdenklich in ihrem Salat.

»Wie kommst du darauf?«, erwiderte Wesley und überlegte auch diesmal wieder, sich die Reste einpacken zu lassen.

»Einen terroristischen Hintergrund können wir ausschließen. Ich habe unserem Sprengstoffexperten aus Connecticut erzählt, was bisher gestohlen wurde. Bis auf 3-Chinuclidinylbenzilat, das zur Gruppe der Psychokampfstoffe gehört und auch keine explosive Wirkung in Verbindung mit anderen Stoffen hat, handelt es sich bei den anderen Substanzen um Arzneimittel und Ethanol. Das macht keinen Sinn.«

Wesley legte die Gabel auf seinen Teller und dachte über Lisas Worte nach. Der Ermittler hatte im Laufe der Jahre gelernt, die Kombinationsgabe und die daraus resultierenden Rückschlüsse von Lisa nicht anzuzweifeln. In fast allen Fällen lag seine Kollegin mit ihrer Vermutung richtig und auch diesmal war ihre Ausführung logisch. Wesley zog den Aktenberg zu sich und blätterte in den Protokollen zum Mord in der Churchill-Apotheke. Die Obduktion der Leichen hatte das gleiche unbefriedigende Ergebnis wie das der Gerichtsmedizin vor einem Jahr in Queens ergeben. Er schob das Papier in die Tischmitte und sie überflogen die Befunde.

4. Leichenstarre in der Muskulatur der großen und kleinen Gelenke voll ausgebildet.

6. Lider spaltbreit offen, unverletzt. Gliedmaßen, unverletzt. Korpus, unverletzt.

9. Im Magen etwa 400 ml unidentifizierte Substanz. Der Mageninhalt riecht teils toxisch, teils säuerlich. Magenwand vollständig aufgelöst.

10. Substanz wurde über die Speiseröhre dem Magen zugeführt. Keine Anzeichen von Gewalteinwirkungen. Mundpartie, unverletzt.

13. Proben der Substanz zur toxikologischen Untersuchung nach Washington entsandt.

Wesley schloss die Akten. Er war sich sicher, dass auch diesmal die Untersuchung im chemisch-toxikologischen Labor zu keinem eindeutigen Ergebnis führen würde. Wieder einmal schien es so, als hätten die Opfer freiwillig das tödliche Mittel zu sich genommen, und wieder einmal formte sich in seinem Kopf ein Fragezeichen. Auch im Falle der Baumarktmorde in Queens hatte die Spurensicherung keine Fingerabdrücke oder Hinweise auf Täter sicherstellen können. Ethan hatte Wesley und Lisa eine Mordserie aufs Auge gedrückt, die weder im Hinblick auf das Motiv noch auf die Vorgehensweise Sinn ergab. Wesley hasste solche Aufgaben und ahnte, dass diese Fälle höchstwahrscheinlich nach einigen Jahren ungeklärt in den Annalen des Police Departments von New York verstauben würden.

24. August, 0:58 Uhr. Roger Sanchez gelang der waghalsige Landeversuch. Der Pilot landete den kleinen Hubschrauber des Senders KBBC im nächtlichen Blindflug fast perfekt. Aber eben nur fast. Die linke Kufe setzte im weichen Sand der Küste Manhattans auf, geistesgegenwärtig schaltete Sanchez sofort den Motor der Rotoren ab. Nur seiner schnellen Reaktionsfähigkeit war es zu verdanken, dass die beiden Insassen die Landung überlebten. Mit einem tiefen Brummen hatte sich der Motor verabschiedet. Just in diesem Moment wurde der Kleinhubschrauber von einer Böe erfasst, die vom Atlantik auf die Insel strömte, und wie ein Spielzeug nach oben gehoben. Der Heli landete unsanft auf der Seite. Jacob sah, wie die zerbrochenen Rotorblätter wie Geschosse ins Meer geschleudert wurden. Benommen krabbelte Sanchez aus dem zerbrochenen Fenster und setzte sich im Schneidersitz auf den Boden. Jacob folgte ihm und stand auf wackligen Beinen neben dem Wrack.

»Hey! Wegen Ihnen wären wir beinahe draufgegangen, Sie Idiot!«, kreischte Sanchez unter Tränen.

Jacob kümmerte sich nicht um ihn, es wäre ihm egal gewesen, wenn Sanchez bei dem Absturz draufgegangen wäre. Seine Füße gruben sich bei jeden Schritt in den weichen Sand. Die Erde hatte ihn wieder, das war alles, was in diesem Moment für ihn zählte.

»Ich rede mit dir, du Idiot. Oh Gott. Oh mein Gott, ich lebe.«

Die hysterischen Worte des Mannes vermengten sich mit dem Geräusch der brechenden Wellen. Die Dunkelheit ließ nichts weiter erkennen als die schattenhaften Umrisse des Meeres und des Hubschraubers. Wie friedlich doch alles in diesem Moment schien. Jacob holte tief Luft und genoss in diesem Augenblick die Meeresluft, die in seine Lungen strömte. Für eine Sekunde überlegte er, den nervenden Piloten zu erschießen. Seine Hand griff in seine Jackentasche, fühlte das kalte Metall des Laufes doch im letzten Moment entschied er sich um. Der Schuss wäre zu laut. Dieses Risiko wollte er nicht eingehen. Jacobs Schritte wurden schneller, wohin er wollte, wusste er nicht. Weit weg von dem Wrack und den herannahenden Sirenen, die immer lauter wurden. Als er sich umdrehte, erkannte er die Blaulichter, die sich der Absturzstelle des Hubschraubers unweigerlich näherten. Sanchez würde ihnen den Weg weisen. Er würde genau in die Richtung zeigen, in die Jacob unterwegs war. Hätte er ihn doch erschossen. Vor ihm schien außer der endlos wirkenden Küste nichts weiter zu sein. Er beruhigte sich, versuchte nüchtern abzuwägen. Er wägte ab, ob ein panischer Sprint in die ungewisse Dunkelheit zum Erfolg führen konnte. Er blieb stehen. Der Biologe drehte sich einmal langsam um seine eigene Achse. Schnell registrierten seine Augen mögliche Perspektiven, sein Gehirn entschied sich gegen das Risiko. Er drehte sich zur Küste, tat ein paar Schritte und blieb schließlich stehen. Seine Fußsohlen wurden von den Ausläufern der Wellen nass. Er öffnete seinen Rucksack, nahm eine Plastikflasche heraus und betrachtete sie kritisch. Er drehte sich wieder zum Strand und beäugte das rege Treiben der Einsatzkräfte. Wie viele Meter würden ihn von der Polizei trennen? Fünfzig, womöglich zweihundert. Im Grunde spielte es auch keine Rolle. Er verharrte an der Stelle und wartete geduldig ab. Lange würde es nicht dauern, bis die Polizei eintreffen würde.

Jacob war erstaunt, als wenige Minuten später ein völlig außer Atem gekommener Cop mittleren Alters mit zitternder Waffe auf ihn zielte. »Stehen bleiben, NYPD«, brüllte er.

»Ich stehe bereits, Officer. Ich möchte mit Wesley Graham sprechen.« Sichtlich gefasst, blickte er dem Officer tief in die Augen.

»Ich habe ihn, brauche Verstärkung«, japste der Polizist aufgeregt in sein Funkgerät.

»Wesley Graham. Verstehen Sie mich?«, wiederholte er langsam und leise seine Worte.

Verstört sah der Cop in die Augen von Jacob West.

Kapitel 3 – Schieflage

Nach Charlottes energischer Standpauke gestaltete sich der Abend bei den Wests als historischer Tiefpunkt in ihrer langjährigen Beziehung. Stumm saßen sich Jacob und Charlotte beim Abendbrot gegenüber. Das Radio überspielte die eisige Stille. Nachdem die benutzten Teller und Gläser ihren Platz in dem Geschirrspüler gefunden hatten, machte sich Charlotte im Bad bettfertig und verschwand kurz darauf im Schlafzimmer. Während sie den ganzen Abend darauf gehofft hatte, von Jacob entschuldigende Worte zu hören, kreisten seine Gedanken in den Abendstunden nur um ein einziges Thema: Wie konnte er die Wahrheit herausbekommen, ohne seine Ehe aufs Spiel zu setzen?

Gegen 22:15 Uhr holte sich der Biologe ein weiteres Bier aus dem Kühlschrank, nahm wieder an dem Schreibtisch im Arbeitszimmer Platz und betrachtete die leere E-Mail, deren einziger Text der Absender William Connor war.

»Wahrheit. Die Wahrheit«, murmelte er konzentriert in das spärliche Licht, das sein Bildschirm spendete. Seine Hände vergruben sich in sein volles, schwarzes Haar. Der erlösende Ansatz fehlte und Jacobs Gehirnströme arbeiteten auf Hochtouren, um eine Tür zu finden, die ihn zu der Lösung seines quälenden Problems bringen würde. Schließlich schreckte er nach oben, öffnete die Suchmaschine und gab zwei Wörter ein: Wahrheit erzwingen.

Schließlich boten die unendlichen Tiefen des Internets für jedes Problem einen Lösungsansatz. Neben Foren von betrogenen Ehemännern, Teenagern, die um ihre verflossene Liebe buhlten, und Berichten zu Prozessauftakten skrupelloser Politiker, fand er weiter unten ein Wort, das sein Interesse weckte: Wahrheitsserum.

Jacob dachte über dieses eine Wort nach. Sehr lange betrachtete er den Begriff. Für einen kurzen Moment zweifelte er an seinem Geisteszustand, ging mit sich selbst ins Gericht und schämte sich dafür, diese Möglichkeit auch nur für Sekunden in Erwägung gezogen zu haben. Doch je mehr Zeit verging und je länger er dieses eine Wort anstarrte, umso deutlicher wurde Jacob, dass es sich tatsächlich um eine Alternative zu seiner E-Mail handelte, die außer Ärger nichts weiter ans Tageslicht bringen würde.

»Ich habe damit nicht angefangen. Ich habe nichts verbrochen«, murmelte er und erschrak vor seinen eigenen Worten.

Er bemerkte nicht, dass Charlotte in diesem Moment durch den Spalt der Tür ins Arbeitszimmer sah. In dieser Nacht zum 11. Juni musste sich Charlotte eingestehen, dass etwas im Kopf ihres geliebten Ehemannes vor sich ging, dass ihr zunehmend Angst bereitete. Charlotte blieb noch einen Moment in dem Türspalt stehen und betrachtete den Rücken jenes Mannes, der ihr in diesem Augenblick so fremd und bizarr vorkam. Während sich Charlotte wieder in das leere Ehebett legte, begann sich Jacob immer tiefer und tiefer in das Dickicht seiner fanatischen Gedanken zu verheddern.

Die Entscheidung war gefallen und seine Augen weiteten sich euphorisch, fest davon überzeugt, die Lösung für das Problem gefunden zu haben. Der studierte Texaner begab sich auf die Suche in den schier unendlichen Foren, Diskussionsseiten und Fachberichten zu diesem Thema.

»Meinst du, es wäre eine schlechte Idee?«
Das Wochenende war verstrichen und am Montagmorgen wurden die Connors um sieben Uhr aus dem Bett geläutet. William hatte sich kurzfristig drei Arbeiter des nahegelegenen Viehzuchtbetriebes von Ronald McGrowthy ausgeliehen, unter dem Vorwand, sich um einen Krankheitsfall innerhalb der Familie kümmern zu müssen. Es galt zur Überbrückung, bis das richtige Personal gefunden und alle Renovierungen und Neuerungen rund um ihr Haus abgeschlossen waren. William schenkte Olivia eine weitere Tasse heißen Kaffee ein und sah sie erwartungsvoll an.

»Ja, Schatz. Es ist eine ganz und gar schlechte Idee. Ich habe mit Charlotte gesprochen. Lass sie mit Jacob reden, er wird sich schon wieder beruhigen. Wenn du ihn jetzt anrufst, ist das so, als würdest du in einem Wespennest herumstochern. Lass etwas Gras über die Sache wachsen.« Olivia streichelte ihrem Mann über den Arm.

Die alte Klingel im Hauseingang spuckte die verzerrte und kaum noch zu erkennende Melodie blechern aus dem Lautsprecher.

»Jetzt weiß ich, was ich noch kaufen wollte«, sagte Olivia und hielt sich mit gequältem Blick die Ohren zu.

William prustete los und musste sich eingestehen, die grauenhafte Tonabfolge schon seit Jahren nicht mehr wahrzunehmen. Der Rancher öffnete die Tür und sah zu den beiden Männern auf seiner Veranda.

»Guten Morgen, Sir. Anlieferung für Connor. Zwei Plasmabildschirme, eine Waschmaschine, ein Trockner und eine Mikrowelle.«

»Und der Backofen, Sam«, ergänzte der kleinere der beiden Männer.

»Schicker Wagen, Sir. Wie viel PS hat der?«, fragte Sam und deutete auf den schwarzen Sportwagen in der Einfahrt.

»Der gehört mir nicht. Ein Freund hat ihn bei uns geparkt, er ist momentan auf reisen«, konterte William schnell und beschloss, direkt nach der Abfahrt des LKW mit Olivia zu sprechen und den Wagen von der Auffahrt verschwinden zu lassen. Zu viele Augen bedeuteten zu viele Münder. Es würde nicht lange dauern, bis sich die neue Anschaffung in der Umgebung herumgesprochen hatte. William wollte sich erst gar nicht ausmalen, wie Jacob auf den Wagen reagieren würde, sollte er wieder auf die Idee kommen, seinen Freund spontan zu besuchen. Er war sich sicher, dass Jacob unter dem Mantel des momentanen Schweigens, die Dinge vollkommen falsch verstehen würde.

Während die beiden Spediteure die Waren nach und nach von der Hebebühne ins Haus trugen, beobachtete Jacob das Treiben aus seinem Pick-up, unweit der Auffahrt. Die Hecke bot ihm, wie das letzte Mal auch, den optimalen Schutz. Er hatte sich an diesem Morgen krankgemeldet und beschlossen, den Tag mit Recherchen und einer Mütze voll Schlaf zu füllen.

»Jedes Mal etwas Neues, lieber William. Hast du im Lotto gewonnen oder geerbt? Ach, was frage ich, ist doch bloß Jacob aus deinem alten Leben, den das interessiert. Vergiss es einfach wieder.« Den Zynismus in seiner Stimme registrierte Jacob in seinem Wahn nicht. Mit zusammengepressten Lippen beobachtete er die Situation noch ein wenig, dann legte er den Rückwärtsgang ein und fuhr wieder nach Hause. Er hatte genug gesehen.

Charlotte war bereits auf dem Weg zur Arbeit, sodass er an seinen Schreibtisch zurückkehren konnte. Dort warteten die vollgeschriebenen Seiten auf ihn, die er in der letzten Nacht erschaffen hatte. Nicht eine Sekunde dachte Jacob daran, was passiert wäre, wenn Charlotte entdeckt hätte, dass sein vermeintlicher Abschied an diesem Morgen zur Arbeit eine Lüge gewesen war. Es war ihm auch egal. Weder Charlotte noch die Connors glänzten mit Ehrlichkeit. Sie logen. Sie alle logen ihm ins Gesicht und verurteilten ihn im gleichen Atemzug für sein ach so seltsames Verhalten. Warum also sollte er etwas geben, das ihm selbst verwehrt wurde?

Die Woche verging schnell. Zu schnell für Jacob. Am Dienstag konnte er einleuchtend und mit der nötigen Theatralik seinen Hausarzt davon überzeugen, sich einen Magendarmvirus von dem neuen Lieferservice und seinen seltsam schmeckenden Speisen eingefangen zu haben. Charlotte spielte er Tag für Tag vor, zur Arbeit zu gehen. Er machte sich morgens fertig, nahm seine Notebooktasche und verabschiedete sich mit einem raschen Kuss von ihr. Einzig und allein mit dem Ziel, um in Henrys Bäckerei am anderen Ende von Kermit einen Kaffee zu trinken und ungeduldig darauf zu warten, zurückzukehren.

Am Donnerstagmorgen rastete der Hausschlüssel wieder in das Schloss der Wohnung ein und während Jacob den Schlüssel langsam herumdrehte, sinnierte er über sein

Vorhaben und die große Lüge, von der seine geliebte Ehefrau nichts ahnte. In diesem kurzen Moment der Klarheit verstand er, dass diese Lüge zu einem ernsthaften Bruch in ihrer Ehe führen konnte. Schnell verwarf er den Gedanken wieder und konzentrierte sich wieder auf Rainmaker833. Jenen Mann, den er in den illegalen Tiefen des Darknets kennengelernt hatte. Wieder ließ Jacob die Tage Revue passieren. Im Laufe der Woche hatte sich der Meeresbiologe belesen, sich kundig gemacht und sich fasziniert über das Wahrheitsserum informiert. Die Tatsache, dass diese Substanz weder beziehbar, noch aufgrund seiner Komplexität herstellbar schien, ließ ihn in seinem Wahn die Grenze des Legalen überschreiten und in die trüben und undurchsichtigen Gewässer des Darknets eintauchen. Getrieben von seiner schnellen Auffassungsgabe, saugte Jacob unzählige Informationen auf, bis er schließlich vor ein paar Nächten auf den Downloadbalken jener illegalen Software gestarrt hatte, die ihm die Pforten in die verbotene Welt öffnen sollte.

Es war auch die gleiche Nacht gewesen, in der Charlotte ein klärendes Gespräch mit Jacob gesucht hatte. Die Disharmonie belastete die Versicherungskauffrau so sehr, dass sich die gebeutelte Ehefrau Magentabletten aus der nahegelegenen Apotheke geholt hatte. Sie wollte ihren alten Jacob zurück. Sie wünschte sich nichts sehnlicher, als wieder normal mit ihm zu reden, zu lachen und zu schlafen. Jacob hatte seine weinende Ehefrau in dieser Nacht beruhigt und sie mehr oder minder aus seinem Arbeitszimmer hinaus komplimentiert. In seinen Augen hatte er die Situation schnell und effektiv gemeistert, war er doch gerade an einem Wendepunkt seiner Arbeit angelangt. Er misstraute ihr und hatte ihren Tränen keinen Glauben geschenkt. Sie hatte den ersten Stein geworfen und ihre Ehe aus dem Gleichgewicht gebracht.

Wer einmal lügt, dem traut man nicht, dachte er zu sich, als er Charlotte mit einem Kuss in das gemeinsame Schlafzimmer verabschiedet hatte.

Die Gegenwart holte Jacob wieder ein. Er startete die illegale Software auf seinem Firmennotebook und wartete auf die endlosen, für ihn kryptischen Zeilen voller Befehle. Schließlich war er Biologe und kein Informatiker. Dennoch verstand er, dass, was auch immer dieses Programm tat, nicht rechtens sein konnte. In einem dieser ominösen Foren las er voller Interesse einen Beitrag jenes Mannes, der sich hinter dem Pseudonym verbarg. Und genau dieses Forum war es auch, das die Chatfunktion beinhaltete, mit der Jacob den Kontakt zu der Person, die offensichtlich all die Antworten auf seine Fragen hatte, aufnehmen konnte.

IP-Adress changed

Serverrouting Russia ... connected.

Serverrouting China ... connected.

Mirror Serverrouting ... Indosia ... sucessful.

Open Luziffers.

Completed.

Das kleine schwarze Fenster verschwand und eine Internetseite öffnete sich. Jacobs Augen weiteten sich und ein dämonisches Lächeln huschte über seine Lippen. Es erschien ein schwarz umrandetes Fenster. In der oberen Umrahmung des Browsers stand mittig, in dunkelroten, bedrohlichen Lettern:

Luziffer

Jacob rieb sich voller Tatendrang die Hände und suchte in der speziellen Suchmaske nach dem Forum, in der Rainmaker833 seine Kommentare regelmäßig absetzte. Es widerte ihn an, in einer Welt angekommen zu sein, in der die Pädophilen, Waffennarren und Drogenjunkies ungehindert ihr Unwesen treiben konnten. Endlich, unter dem Selbstmordforum fand er schließlich, wonach er gesucht hatte. Seine Pupillen weiteten sich, hastig klickte er auf die Gruppe mit dem Namen: Raphaels Giftküche. Er überflog die Beiträge und die dazugehörigen Kommentare. Der Mauszeiger bewegte sich an »Bezugsquellen Nitroglycerin« vorbei und zu »auflösende Säuren«, bis seine Hand den Mauszeiger langsam auf den Schriftzug »Bastelküche für Fortgeschrittene« gleiten ließ. Er öffnete das Unterforum, entdeckte den Eintrag von Rainmaker833 und las den Kommentar nochmals, der aus dem Kontext gerissen, ihm genügend Informationen bot, nach denen er gesucht hatte.

... wirst du es so nicht machen können. Anders als bei der Produktion von biologischen Spielereien (ich bevorzuge dieses Wort, es klingt nicht so böse wie Kampfstoff) oder auch chemischen Versuchen gibt es eine Menge von Zusammensetzungen, die du im Internet oder in Baumärkten legal beziehen kannst. Natürlich gibt es komplexere Rezepte, bei denen du die Grenzen der Legalität überschreiten musst, um sie herstellen zu können.

Stichwort: Anthrax, teils synthetisch hergestellte Drogen, Wahrheitsseren oder auch Krankheitserreger, die in der Tat durch die Vermengung verschiedener Stoffe herstellbar sind. Schreib mich einfach an, wenn du mehr wissen willst. Gruß Rainmaker833.

Jacob klickte auf den Namen. Ein kleines Chatfenster öffnete sich. Schnell begann er zu tippen und hoffte inständig, dass Rainmaker833 online war. Im Darknet, insbesondere auf dieser Website, verhielt es sich mit den technischen Raffinessen anders als an der legalen Oberfläche der digitalen Welt. Die teils spartanisch eingerichteten Seiten erinnerten Jacob an die Anfänge des Internets in den Neunzigerjahren. Jacob konnte nicht erkennen, ob Rainmaker833 online war oder nicht, und so blieb dem Biologen nichts anderes übrig, als ein dürftiges »Hallo, bist du da?« durch die Glasfasernetze dieses Planeten zu jagen. Der kleine Cursor blinkte unermüdlich vor sich hin und Jacobs Augen fixierten konzentriert den pulsierenden Unterstrich, als würde er versuchen, mit der Kraft seines Willens den Vorgang zu beschleunigen.

»Komm schon. Was ist los?«, zischte er.

Mit einem Ruck drehte er sich um. In letzter Zeit geschah dies öfters. Obwohl er wusste, dass Charlotte bei der Arbeit war, und außer dem leisen Gluckern des in die Jahre gekommenen Kühlschrankes nichts seine Ruhe störte, beschlich ihn immer öfter das Gefühl, beobachtet zu werden. Sein Verfolgungswahn breitete sich in seinem Unterbewusstsein wie ein Parasit aus, der seine Eier ablegte. Jacob beäugte die angelehnte Tür des Arbeitszimmers, wobei sein rechtes Augenlid unkontrolliert zuckte.

Das letzte Mal hatte ihn das Symptom der Nervosität bei seinem Studium in jungen Jahren gestört. Es war zurückgekehrt, doch Jacob vergeudete nicht einen Gedanken daran, der Ursache seiner Zuckungen auf den Grund zu gehen. Mit seinem Handballen rieb er fest über das Auge, drehte sich wieder zum Monitor und betrachtete mit skeptischer Miene das kleine Chatfenster in der oberen Hälfte des Monitors.

»Verdammt noch mal«, fluchte er laut und schlug mit der flachen Hand auf den Schreibtisch. Jacob erschrak vor seinem eigenen Wutausbruch.

Rainmaker833: Hallo Wassermann. Ja, ich bin da.

Endlich. Er war online. Jacob atmete erleichtert aus.

Wassermann: Danke noch mal für deine Auflistung der Dinge, die ich benötigen würde, um das Serum herzustellen. Du hast gesagt, du kannst mir ein, zwei Substanzen besorgen. Steht das Angebot noch?

Rainmaker833: Warum möchtest du ein Wahrheitsserum herstellen?

Erneut spürte Jacob, wie er mit seiner Selbstbeherrschung rang. Die wenigen Stunden Schlaf gepaart mit dem zermürbenden Wissen, dass seine geliebte Charlotte mit den Connors unter einer Decke steckte, hatten ihn kurznervig und jähzornig gemacht. Was hatte es Rainmaker833 zu interessieren? Warum wollte jeder um ihn herum verhindern, das große Geheimnis zu lüften? Jacob sah misstrauisch auf die Frage seines anonymen Chatpartners. Vielleicht urteilte er in diesem Moment zu vorschnell? Vielleicht war es lediglich eine Frage, die auf reiner Neugier beruhte und gar nichts mit ihm und den Connors zu tun hatte? Jacobs gesunder Menschenverstand ließ ihn immer öfters im Stich. Die Verflechtung von Wahn und Realität wuchs. Der Mann, der sich im Darknet Wassermann nannte, konnte durch den Schleier vor seinem geistigen Auge nicht mehr differenzieren. Er musste auf die Frage eingehen. Schließlich war er es, der etwas von Rainmaker833 wollte.

Wassermann: Ich glaube, meine Frau betrügt mich mit meinem Kollegen. Ich muss die Wahrheit herausfinden.

Stolz las er seine schnelle Lüge. Sie klang logisch, war leicht verständlich. Der klischeehafte Fall des betrogenen Ehemanns, der rasend vor Wut, die Wahrheit herausfinden wollte. Wie abgedroschen der Satz im Abgang auch schmeckte, er ließ keinen Raum für den Beginn einer tief gehenden Diskussion.

Die Reaktion ließ auf sich warten. Entweder hatte sein Gesprächspartner den Braten gerochen und sich aus dem Chat verabschiedet oder er dachte nach. Jacob kaute an seinem Fingernagel.

Rainmaker833: Ein hoher Preis, den du für die Auflösung eines Beziehungsdramas bereit bist zu zahlen.

Wassermann: Wieso hoher Preis? Du sagtest mir gestern, dass ich insgesamt 9 Substanzen benötige, um so ein Serum herzustellen, richtig?

Rainmaker833: Das ist richtig. Fünf davon wirst du allerdings auf dem legalen Weg niemals beziehen können. Genau deshalb reden wir von einem hohen Preis.

Er verfluchte sich für seine Naivität. Geleitet einzig und allein von dem Gedanken, was es für die Herstellung und Lösung des Problems benötigte, hatte er nicht eine Sekunde darüber nachgedacht, woher er all diese Substanzen eigentlich hernehmen sollte.

Wassermann: Kannst du mir helfen, diese Substanzen zu besorgen?

Rainmaker833: Wir sprechen hier nicht davon, Crystal Meth herzustellen. Auch nicht darüber, welche Säure du benötigst, um was auch immer aufzulösen. Wir reden über Substanzen, deren reiner Besitz dich für mindestens fünfzehn Jahre ins Gefängnis bringen kann. Ich spiele hier nicht den Moralapostel, mein unbekannter Freund. Ich möchte dich nur aufklären, worauf du dich einlässt.

Emotionslos überflogen seine Pupillen die Zeilen. Er nahm es zur Kenntnis und fühlte sich seinem Ziel nach unendlichen Stunden der Recherche, den heimlichen Nächten vor seinem Notebook und der Lüge seiner gespielten Krankheit so nahe wie nie zu vor.

Wassermann: Habe ich verstanden. Was ist der Preis, den ich zahlen muss, um das Mittel herstellen zu können?

Das Gespräch zwischen dem Rainmaker833 und Jacob dauerte bis in die Nachmittagsstunden an. Der Biologe outete sich hinsichtlich des Bezuges von Waren aus dem Darknet als gänzlich unerfahren. Rainmaker833 erwies sich als geduldig und führte Jacob in die Vorgehensweise ein. Nicht uneigennützig erklärte sein Chatpartner, dessen Namen er nicht kannte und auch nicht erfahren wollte, welche Schritte notwendig seien, bis es zum Kaufabschluss kommen würde.

Jacob legte seinen Kugelschreiber neben den Block. Er betrachtete die vollgeschriebene Seite voller Stichpunkte, Ausrufezeichen und Nummerierungen. Wieder wanderten seine Augen zu dem blinkenden Cursor. Nachdenklich rieb er sich das Kinn und begann wieder zu schreiben.

Wassermann: Also ich fasse noch einmal zusammen: Ich kaufe per Kreditkarte Bitcoins. Ich eröffne bei der Post ein Postfach. Danach überweise ich dir die Bitcoins und du schickst mir per Post die verschiedenen Stoffe zu. Richtig?

Rainmaker833: Exakt.

Jacob runzelte die Stirn. Der stundenlange Dialog hatte sich neben den Formalitäten um das Mischverhältnis der Substanzen gedreht. Er hatte erfahren, woran er erkennen sollte, ob die Wirkung der psychotischen Mixtur anschlagen würde oder nicht. Akribisch hatte Jacob jedes Detail dokumentiert. Die Fülle an neuen Informationen war auf sein Gehirn eingeprasselt. Er hatte Kopfschmerzen bekommen. Das akkurate Mischverhältnis war nicht nur elementar wichtig, um die gewünschte Wirkung zu erzielen. Eine falsche Dosierung konnte von dauerhaften Lähmungen bis hin zum Tod führen. Die Informationsflut war langsam abgeebbt und Jacob realisierte, dass Rainmaker833 es vermieden hatte, die anfängliche Frage des Preises zu beantworten.

Wassermann: Vielen Dank noch mal. Was wird mich der ganze Spaß denn kosten?

Er fühlte, wie sein Puls schneller wurde. Welche Summe würde gleich auf seinem Bildschirm erscheinen? Für einen kurzen Moment ärgerte sich Jacob darüber, diese Frage nicht gleich geklärt zu haben. Womöglich würde er den exorbitanten Preis, den die verbotenen Substanzen wert waren, gar nicht stemmen können?

Rainmaker833: 140.000 Dollar.

Jacob wurde gleichzeitig heiß und kalt. Er schluckte schwer und beäugte ungläubig die Summe auf dem Monitor.

»Er hat sich vertippt. Ich warte noch einen Moment. Es ist sicher ein Tippfehler«, flüsterte er, doch nichts geschah.

Wassermann: Das ist ein sehr hoher Preis für ein paar Substanzen, die ich in einem Glas Wasser vermischen möchte.

Rainmaker833: Die Abnahmemenge ist nicht auf 300 oder 500 Milliliter dosierbar. Das Paket reicht aus, um mehrere tausend Hektoliter damit zu verseuchen.

Wassermann: Das ist viel zu viel. Ich brauche es wirklich nur für ein Glas Wasser.

Rainmaker833: Dann werden wir leider nicht ins Geschäft kommen, Wassermann. Das ist das Darknet und du interessierst dich für illegale, psychotische Stoffe. Das ist kein Versandhaus mit auswählbaren Farben und Größen.

Rainmaker833 hatte recht. Natürlich befand er sich nicht im Gespräch mit einem Callcenter-Angestellten eines Versandhauses und lamentierte über die Lieferbarkeit der neuen Schuhkollektion.

Der Sommer bescherte Kermit auch in der darauffolgenden Woche nahezu tropische Temperaturen. Glücklicherweise musste sich Jacob für die nächste Arbeitswoche nicht mehr krankschreiben lassen, da die Wests Anfang des Jahres ihre komplette Urlaubsplanung eingereicht und diese Woche für ein paar sonnige Tage am nahegelegenen See geplant hatten. Der Umgang zwischen Jacob und Charlotte hatte sich verändert. Ihre liebevolle und ehrliche Beziehung war vergiftet, sodass vorsichtige, oberflächliche Gespräche den Tag dominierten, bis das schweigsame Abendessen den gemeinsamen Urlaubstag abschloss. Seit Charlottes Auftritt im Wasserwerk war das gemeinsame Sexleben des sonst überaus aktiven Paares abgestorben. Ein flüchtiger Guten-Morgen-Kuss und eine müde Verabschiedung in die Nacht waren die einzigen körperlichen Zuneigungen, die Jacob gewillt war, zu geben. Anfangs war Charlotte fest davon überzeugt gewesen, dass sich alles von allein wieder einrenken würde, doch Jacob hatte sich mit jedem Tag mehr von ihr distanziert.

Charlotte und Jacob lagen wie die Tage zuvor an ihrem See. Einer der großgewachsenen Bäume spendete ihnen an dem heißen Junitag Schatten. Ein leichter Wind fuhr der traurigen Frau im Bikini durch das Haar. Charlotte war am Ende ihrer Kräfte angelangt. Sie hielt die künstlich aufrechtgehaltene Harmonie nicht mehr aus.

»Liebst du mich noch?«, flüsterte sie und suchte seinen Blick.

Jacob saß wie die Tage zuvor im Schneidersitz auf der grünen Decke und starrte aufs Wasser. Er konnte stundenlang so verharren und ließ, in seinen Gedanken vertieft, den gemeinsamen Tag über sich ergehen. Davon war Charlotte überzeugt.

»Natürlich«, erwiderte Jacob, ohne seinen Blick vom See zu nehmen.

Charlotte stand auf und packte langsam ihre Tasche. Der alte Jacob hätte es registriert. Der alte Jacob hätte gefragt, was sie macht und ob sie nach Hause wolle. Doch nichts geschah. Im Augenwinkel nahm er ihre Bewegungen wahr, doch seine Gedanken kreisten um den aufgelösten Bausparvertrag, der die finanzielle Grundlage für ihr Eigenheim in ein paar Jahren hätte darstellen sollen. Jacob hatte ihn aufgelöst, um das Sammelsurium der obskuren Waren des Rainmakers833 zu finanzieren.

»Falls du dich in ein paar Stunden fragst, wo deine Ehefrau ist. Ich gehe jetzt nach Hause und werde mich hinlegen. Offenbar vermisst mich hier niemand.« Charlotte kämpfte mit den Tränen.

»Grüß mir die Connors.«

Irritiert sah sie ihren auf der Decke sitzenden Ehemann an.

»Was hast du gesagt?«

»Na du triffst dich doch sicher auf deinem Heimweg noch mit Olivia auf ein Schwätzchen, nehme ich an. Richte schöne Grüße aus.«

Charlotte sollte diesen fanatischen, starren Blick auf das Wasser von Jacob nie wieder vergessen.

»Du zerstörst gerade unsere Ehe, Jacob West. Ich habe keinen Kontakt zu deinem Freund William oder zu Olivia. Ich will einfach nur meinen Mann zurück. Was ist bloß mit dir passiert? Wie lange willst du deinem Freund noch nachtrauern?« Ihre Stimme versagte und Charlotte begann zu weinen.

Langsam drehte sich Jacob zu ihr um. Für einen Moment erkannte Charlotte einen klaren Blick in seinem Gesicht. Doch so flüchtig sich seine Mimik verwandelt hatte, so schnell erschien wieder der starre, nichtssagende Blick in seinen Augen.

»Tut mir leid. Ich habe dir wohl etwas unterstellt, das nicht stimmt. Dafür möchte ich mich entschuldigen.«

Viel schlimmer als die Unterstellung, sich mit Olivia zu treffen, war seine mechanische Entschuldigung, die nicht tief aus seinem Herzen herrührte, sondern vielmehr wie der Abruf einer emotionslosen Sprachkonserve wirkte. Jacob wollte keinen Streit, im Grunde wollte er gar nichts von Charlotte. Er wollte einfach nur seine Ruhe, das verstand sie mit aller Klarheit.

Der verfluchte Klingelton, den er immer noch nicht geändert hatte, riss Wesley in der letzten Nacht des Monats Juni aus dem Schlaf. Er richtete sich ruckartig auf und spürte einen stechenden Schmerz im Nacken. Die Tücken des Älterwerdens meldeten sich unbarmherzig in seiner Halsmuskulatur. Müde entzifferte er die Uhrzeit auf seiner Armbanduhr und griff entnervt zum Telefon.

»Lisa, es ist kurz vor zwei Uhr«, jammerte Wesley in den Hörer und konnte einfach nicht begreifen, warum seine geschätzte Kollegin und Freundin nicht wie alle anderen Menschen auch schlafen konnte, wenn die Dunkelheit über die Stadt hereinbrach.

»Wir haben ihn. Das SWAT-Team wird in einer Stunde den Zugriff durchführen. Schwing deinen alten Arsch aus dem Bett und komm sofort zum Department. Wir fahren mit den Kollegen hin.« Mit diesen Worten legte Lisa, die sich offenbar in ihrem Wagen befand, wieder auf.

Das Ermittlerteam der New Yorker Polizei hatte im Laufe der letzten Juniwoche entscheidende Fortschritte verbuchen können. Die Sonderkommission »Blähbauch« hatte einen vielsprechenden Hinweis von ihren Kollegen aus dem Dezernat der Internetkriminalität erhalten. Wesley und Lisa hatten die letzten zwei Wochen damit verbracht, die scheinbar zusammenhangslosen Puzzlestücke der drei Tatorte auf den Tisch zu legen und zu begutachten. Queens, Manhattan, Queens. Dass es sich bei der Beute um verschiedene Substanzen handelte, war für geraume Zeit der einzige Anhaltspunkt, den sie hatten.

»Wir stehen auf dem Spielfeld. Um das Match richtig zu sehen, müssen wir auf die Tribüne«, lautete eine der selbstkreierten Weisheiten von Lisa, in der sich dennoch viel Wahrheit verbarg. Da die Spurensicherung keine entscheidenden Hinweise liefern konnte, mussten die beiden ihre Sicht auf die Dinge ändern. Jeder Raub, ob mit Mord verbunden oder nicht, führte meistens zu ein und demselben Ergebnis: Das Diebesgut musste in Bargeld umgewandelt werden. Es hatte drei Tage gedauert, bis Lisa den erlösenden Anruf der Cyberkriminalisten bekam. Im Darknet war man auf ein Angebot der Substanzen Midazolam und Thiopental gestoßen, jene Arzneistoffe, die aus der Churchill-Apotheke gestohlen worden waren. Die Demaskierung des Pseudonyms im Darknet war ein Arbeitsschritt, den das Dezernat für Internetkriminalität tagtäglich ausführte. Mal mussten die Beamten auf der digitalen Autobahn die erste Abfahrt nehmen, mal die dritte. Doch am Ende des Tages führte die IP-Adresse, statisch oder dynamisch, doch zu ihrem Besitzer.

Wesley hatte in dieser Nacht sein magnetisches Blaulicht nicht vergessen und raste durch die Nacht in sein Büro am anderen Ende von Manhattan. In der Auffahrt des Polizeidepartments angekommen, sah er den offenen Transporter der SWAT-Einheit, der bereits beladen wurde. Er brachte den Wagen zum Stillstand und betrachtete die Szenerie durch die verregnete Scheibe. Beamte der Eingreiftruppe luden einen Rammbock und Schutzschilde in das Innere des unauffälligen Kleinbusses. Wesleys Blick blieb an dem Scheibenwischer, der unermüdlich seine Arbeit tat, haften. Seine Augen folgten dem Intervall und er fühlte sich mit seinen sechzig Jahren langsam zu alt für solche nervenaufreibenden Aktionen. Er liebte seinen Job und lebte seinen Traum. Doch die Zeiten, sich in den Transporter mit schwerbewaffneten Beamten zu setzen und den Zugriff aus sicherer Entfernung zu beobachten, gehörten langsam der Vergangenheit an.

Wesley gähnte und zog den Haargummi seines Pferdeschwanzes zurecht.

»Das wird der letzte Ausflug. Dann wollen wir mal«, murrte er, stellte den Motor ab und lief durch den strömenden Regen zum Haupteingang des New Yorker Police Departments.

»Zieh sie während der Fahrt über, wir müssen los.« Lisa streckte ihm die schusssichere Weste entgegen.

Er nahm die schwere Weste und betrachtete seine Partnerin argwöhnisch. Der Altersunterschied von fünfundzwanzig Jahren machte sich bei ihrer Begeisterung für Einsätze um zwei Uhr morgens bemerkbar. Im nächsten Augenblick fand sich Wesley auf der Rückbank des umgebauten Vans wieder. Der Einsatzleiter des SWAT-Teams schob sein Visier nach oben und überflog den Einsatzplan auf dem Papier in seiner Hand.

»Das ist Ecke Park Row. Dritter Stock. Stephen, du blockierst den Fahrstuhl, bevor wir hochlaufen. Jimmy und Richard, ihr nehmt den Rammbock. Dan und ich gehen zuerst rein.« Der Mann, der auf den Namen Stanley hörte, war unrasiert, roch nach einem Moschusparfum und zwinkerte Lisa siegessicher zu.

»Lisa, Wesley. Ihr kennt das Spiel ja. Ihr kommt rein, wenn alles gesichert ist.« Stanley schob sein Visier wieder nach unten.

Zehn Minuten später stoppte der verdunkelte Van in der Feuerwehrzufahrt der Park Row. Die Seitentür wurde aufgeschoben und die fünf Polizisten der Special-

Weapons-and-Tactics-Einheit liefen geduckt zum Hauseingang. Die sieben Beamten erreichten wenig später den dritten Stock des Wohnhauses. Wesley sah sich im Hausgang des Gebäudes um. Kein beißender Uringestank, der in seine Nase kroch, keine Graffitischmiererereien, die als Stempel von Gangmitgliedern galten. Weder Müll noch ausgesonderte Gegenstände, die die Einwohner des Hauses nicht mehr benötigten, schmückten den Weg zur Wohnungstür. Die Millionenmetropole war die Heimat der Reichen und Schönen und dennoch versteckte sie wie alle Weltstädte ihre Armen abseits des Time Squares in den unauffälligen Nebenstraßen. Wesley kannte die Park Row nicht besonders gut, umso besser allerdings kannte er seinen Instinkt und wusste, dass er ihn dieser Sache selten täuschte.

»Wir sind hier falsch«, sagte Wesley mit gedämpfter Stimme.

Die Kollegen des SWAT-Teams drehten sich zu Wesley um. Er erkannte hinter ihren Visieren die fragenden Blicke.

»Wesley, könntest du eventuell etwas leiser sprechen. Wir würden gerne die Wohnung stürmen, wenn es dir recht ist«, zischte Lisa zu ihrem Kollegen und strafte ihn mit einem bösen Blick.

Er hob seine Hände kurz nach oben und verdrehte die Augen.

Sie näherten sich der Wohnungstür und Wesley erkannte das Namensschild unterhalb der Klingel: David Conham.

Sie waren richtig. Der Name, der zu der IP-Adresse und den angebotenen Arzneimitteln im Darknet passte. Aus sicherer Entfernung betrachtete Wesley, wie der Einsatzleiter an der Tür von Conham klingelte. Nichts geschah. Ein zweites und drittes Mal betätigte der Beamte die Klingel, doch wieder ließ eine Reaktion aus dem Inneren der Wohnung auf sich warten.

»Mr. Conham, hier spricht die Polizei. Öffnen Sie die Tür«, rief Stanley. Seine Worte hallten durch das Stockwerk und es war nur eine Frage der Zeit, bis die ersten Anwohner verschlafen aus ihren Wohnungen lugen würden, geweckt von dem üblichen Geschrei des SWAT-Teams, das Wesley nun schon seit mehr als dreißig Jahre kannte.

Stanley hämmerte mit der Faust gegen die Wohnungstür und wiederholte seinen Satz. Doch auch diese eindringliche Aufforderung, die Wohnung zu öffnen, blieb unbeantwortet. Der Einsatzleiter drehte sich um und nickte zu Jimmy und Richard. Die nächste Ebene war erreicht und nun begann das Rammbockspiel, so wie Stanley es auf der Hinfahrt genannt hatte. Die kräftigen Kollegen setzten an. Nach dem dritten Versuch gab das Scharnier mit einem ohrenbetäubenden Lärm nach. Die Show konnte beginnen.

»NYPD. AUF DEN BODEN. AUF DEN BODEN. NYPD.« Das SWAT-Team stürmte mit Maschinenpistolen im Anschlag die Wohnung des David Conham.

Wesley und seine hochgewachsene Kollegin warteten, wie es das Sicherheitsprotokoll für Ermittler bei einem bewaffneten Zugriff vorschrieb, wenige Meter vor der Eingangstür. Die Schreie des SWAT-Teams verstummten nach wenigen Minuten und Wesley war gespannt, ob er mit seiner Theorie rechtbehalten würde oder nicht. Nach der anfänglichen Anspannung, die Graham bei solchen Einsätzen verspürte und hasste, kam nun der Teil der Arbeit, die er wiederum liebte. Es war nur allzu menschlich und in gewisser Weise kam bei diesem Teil der Ermittlungen seine voyeuristische Ader zum Vorschein. Was würde er entdecken? In welcher Situation würde er sich gleich wiederfinden und vor allen Dingen: War besagter David Conham wirklich anwesend? Im Laufe seiner beruflichen Karriere hatte Wesley gelernt, seine Konzentration in diesen Momenten hundertprozentig hochzufahren. Jedes kleine Detail an einem Tatort, ein fehlender Schuh, ein schiefes Bild oder eine lauwarme Tasse auf dem Küchentisch, konnte ein Indiz für die Ermittlungen darstellen.

»Das ist mal was Neues. Ihr könnt reinkommen«, rief Stanley endlich aus dem Inneren der Wohnung.

Wesley ging voran. Der Flur wirkte ungewöhnlich sauber. Ein Blick links in das Badezimmer und rechts in das Schlafzimmer zeigte das gleiche Bild auf. Der Zustand erinnerte an eine Wohnungsübergabe. Die Wände waren frisch gestrichen, er roch die Rückstände der trocknenden Farbe.

»Hier kann man ja vom Boden essen«, sagte Lisa hinter ihm.

Wesley näherte sich dem leeren Wohnzimmer und betrachtete die fünf Beamten des SWAT-Teams, die sich in einem Halbkreis um das einzige Möbelstück in dem Raum gestellt hatten: einen Stuhl. Unweigerlich erinnerte ihn die Ausrichtung an den alten Ledersessel in seiner Wohnung mit Blick über Manhattan. Seine Augen schweiften von dem Stuhl zu der Person, die er nur von hinten sah. Es handelte sich eindeutig um einen Clown, der darauf Platz genommen hatte. Das bunt-karierte Oberteil und eine grell-rote Perücke ließen keine Zweifel. Wesley hasste Clowns. Die Tatsache, dass die Beamten ihre Waffen nicht auf die Person richteten, ließ nur zwei Optionen zu. Entweder war der Clown tot oder nicht echt. Wesley ging um den Stuhl herum und sah in das Gesicht der lebensgroßen Puppe.

»Drück mich«, las Lisa laut vor. Wesley sah seine Kollegin verwirrt an, die mit ihrem Finger auf die Brust der Puppe deutete. Ein großer roter Knopf ragte aus dem aufgeknöpften Hemd hervor. Ein kleiner Zettel, der mit einer Stecknadel oberhalb des Knopfes befestigt wurde, bestätigte die Worte seiner Kollegin.

Drück mich!

»Was soll das?« Wesley sah sich weiter im Wohnzimmer um. Auch hier bot sich ihm das gleiche Bild, geprägt von Sauberkeit und frisch gestrichener Farbe an den Wänden.

»Da wird die Spurensicherung sicherlich ihre Freude haben.« Stanley griff zum Funkgerät, informierte die Spurensicherung und bestellte zwei Experten des Bombenentschärfungsteams. Schweigend standen Lisa und Wesley in dem geräumten Wohnzimmer und betrachteten die grotesk lachende Fratze des großen Clowns.

»Glaubst du, es ist ein Sprengsatz?«, fragte Lisa.

»Nein. Das ist keine Bombe. Lassen wir die Kollegen ihre Arbeit machen, danach werden wir es herausfinden.«

Die Ermittlungen wurden immer bizarrer. Ohne dass Wesley und Lisa in diesem Moment ein Wort miteinander wechselten, hatten sie dennoch den gleichen Gedanken. Wer auch immer dahinter steckte, hatte die Figur David Conham überzeugend erschaffen und dabei jedes Detail bedacht. Die Polizei war in die Falle getappt, umgeben von einem gesäuberten Tatort.

»Ich habe dir gesagt, wir sind hier falsch«, moserte der Sechzigjährige und sah wieder auf seine Uhr. Mittlerweile hatte der Stundenzeiger die Vier hinter sich gelassen. Wesley sehnte sich zurück in sein Bett. Diese nächtliche Aktion würde er die restliche Woche in seinen Knochen spüren. Die Sprengstoffexperten gaben die Wohnung wieder frei, die beiden Ermittler kehrten zurück in das leer geräumte Wohnzimmer und seinem einzigen Bewohner.

»Sie können auf den Knopf drücken. Es wird lediglich ein Tonband abgespielt, das in den Bauch der Puppe eingesetzt wurde. Die Aushöhlung für das Tonband wurde anschließend mit dem aufgeschnittenen Bauchstück der Puppe wieder zugeklebt. Sehr saubere Arbeit«, erklärte der Sprengstoffexperte sachlich, schnallte die kiloschwere Schutzweste ab und machte Platz.

Lisa betrachtete das hautfarbene Stück Plastik am Boden. »Das muss mit einem Skalpell herausgeschnitten worden sein«, stellte sie fest, zog sich ihre Handschuhe an und hob das Stück auf.

Wesley nahm den Zeigefinger seiner Kollegin und führte ihre Hand zu dem Knopf auf der Brust. Ein leises Klicken war zu hören, das Tonbandgerät tat seinen Dienst.

»Ich habe meine Handschuhe im Auto vergessen«, rechtfertigte er sich kurz.

Es tut mir leid, aber ich möchte nun mal kein Herrscher der Welt sein, denn das liegt mir nicht.

Ich möchte weder herrschen, noch irgendwen erobern, sondern jedem Menschen helfen, wo immer ich kann.

Den Juden, den Heiden, den Farbigen, den Weißen.

Jeder Mensch sollte dem anderen helfen, nur so verbessern wir die Welt.

Wir sollten am Glück des andern teilhaben und nicht einander verabscheuen.

Hass und Verachtung bringen uns niemals näher.

Auf dieser Welt ist Platz genug für jeden, und Mutter Erde ist reich genug, um jeden von uns satt zu machen.

Das Leben kann ja so erfreulich und wunderbar sein.

Wir müssen es nur wieder zu leben lernen.

Die Habgier hat das Gute im Menschen verschüttet und Missgunst hat die Seelen vergiftet und uns im Paradeschritt zu Verderb und Blutschuld geführt.

Wir haben die Geschwindigkeit entwickelt, aber innerlich sind wir stehengeblieben.

Wir lassen Maschinen für uns arbeiten und sie denken auch für uns.

Die Klugheit hat uns hochmütig werden lassen, und unser Wissen kalt und hart.

Wir sprechen zu viel und fühlen zu wenig.

Aber zuerst kommt die Menschlichkeit und dann erst die Maschinen.

Vor Klugheit und Wissen kommt Toleranz und Güte.

Ohne Menschlichkeit und Nächstenliebe ist unser Dasein nicht lebenswert.

Aeroplane und Radio haben uns einander nähergebracht.

Diese Erfindungen haben eine Brücke geschlagen, von Mensch zu Mensch.

Die erfordern eine allumfassende Brüderlichkeit, damit wir alle Eins werden.

Millionen Menschen auf der Welt können im Augenblick meine Stimme hören.

Millionen verzweifelter Menschen, Opfer eines Systems, das es sich zur Aufgabe gemacht hat, Unschuldige zu quälen, und in Ketten zu legen.

Allen denen, die mich jetzt hören, rufe ich zu: Ihr dürft nicht verzagen!

Auch das bittere Leid, das über uns gekommen ist, ist vergänglich.

Die Männer, die heute die Menschlichkeit mit Füssen treten, werden nicht immer da sein.

Ihre Grausamkeit stirbt mit ihnen, und auch ihr Hass.

Die Freiheit, die sie den Menschen genommen haben, wird ihnen dann zurückgegeben werden.

Auch wenn es Blut und Tränen kostet, für die Freiheit ist kein Opfer zu groß.

Nach einer kurzen Pause ertönte die computergenerierte Stimme erneut und spielte die mysteriöse Nachricht von vorne ab. Lisa drückte den Knopf und sah nachdenklich an die kahle Decke des Wohnzimmers. Die Zeilen waren ihr bekannt, nur konnte sie die Rede nicht zuordnen. Sie öffnete die Schubladen in ihrer Erinnerung, kontrollierte deren Inhalt und schloss sie wieder.

Wesley beäugte die bewegungslose Fratze des hässlichen Clowns. Eigentlich repräsentierte die lebensgroße Puppe einen fröhlichen und durchaus harmlos wirkenden Clown, doch für ihn war dieses leblose Imitat in Verbindung mit der abgespielten Nachricht der schlimmste Clown, den er jemals gesehen hatte.

»Das ist von Charlie Chaplin. Ganz sicher.« Lisa war in den Archiven ihres Unterbewusstseins fündig geworden und weitete ihre Augen.

»Was meinst du damit?«

»Das ist aus der ›Der große Diktator‹ von und mit Charlie Chaplin aus dem Jahr 1940. Seine Abschlussrede und das Ende eines wirklich großartigen Werks.« Die Worte hatten ihren Mund langsam und nachdenklich verlassen. So wie Lisa dachte auch Wesley über den Sinn der Botschaft nach.

»Ich bin mir sicher, dass ein David Conham zu keinem Zeitpunkt hier gewohnt hat.« Wesley konnte seine Augen nicht von dem starren Grinsen der Puppe lösen.

»Es gibt unseren David Conham nicht. Weder in der Park Row noch einer anderen Straße«, bestätigte Lisa, zog langsam ihre Handschuhe aus und beobachtete abwesend, wie die Kollegen der Spurensicherung ihre Koffer öffneten und sich dem sitzenden Clown annahmen.

Die erste Juliwoche läutete nicht nur die zweite Hälfte des Jahres ein. Es war auch die Woche, in der sich Jacob und Charlotte Wests Hochzeitstag zum einundzwanzigsten Mal jähren sollte. Einundzwanzig wundervolle Jahre hatte das Paar, das sich bei einem kleinen Auffahrunfall, Ecke Northstreet unfreiwillig kennengelernt hatte, zusammen verbracht. Jacob musterte die leere Seite des Ehebetts. Er hatte ihre Decke und ihr Kissen im Kleiderschrank verstaut. In der Arbeit gab Jacob sein Bestes, seine Aufgaben so gut es ging zu erledigen. Seine Fehlerquote war in den letzten zwei Wochen in die Höhe geschossen, was allerdings nicht dem Auszug von Charlotte geschuldet war. Vielmehr kreisten seine Gedanken einzig und allein um die Substanzen, die er sehnlichst erwartete. Jacob gab William die Schuld an der ganzen Misere. War doch sein seltsames und distanziertes Verhalten zu dem Biologen Auslöser für die Schieflage seiner Ehe gewesen. Es war seine Schuld, dass Charlotte bei ihrer Mutter war und Jacob darum gebeten hatte, sich einen Psychologen zu suchen.

Die Abendstunden oder vielmehr, was nach seinen nächtlichen Aktivitäten vor dem Rechner übrig blieb, waren die unerträglichsten. Jacob stand an diesem Morgen lange vor dem gemeinsamen Bett und sinnierte darüber, ob es Charlotte war, die ihm fehlte oder vielmehr irgendjemand, der in der Nacht neben ihm lag.

»Ich weiß es nicht. Du hast mein Leben zerstört, Connor«, antwortete er leise seinen Gedanken und starrte durch sein Kopfkissen hindurch. Zweimal hatte Jacob noch den Versuch unternommen, mit William per E-Mail

Kontakt aufzunehmen. Die mit Alkohol durchtränkten Zeilen hatte Jacob, ohne sie zu überprüfen oder den Morgen abzuwarten und mit nüchternem Kopf nochmals darüber zu urteilen, dem Empfänger William Connor geschickt. Natürlich blieben auch die verzweifelten, voller Emotionen geschriebenen Zeilen unbeantwortet. Es bestärkte ihn darin, an seinem Plan festzuhalten. Von Tag zu Tag offenbarten sich Jacob immer mehr Geschehnisse in seinem Leben, die aufgrund seiner wirren Gedankenwelt nicht mehr funktionierten. Sein Chef hatte ihn zu sich zitiert, er stand vor den Scherben seiner Ehe und hatte den gemeinsamen Bausparvertrag aufgelöst.

»Wer sturm sät, mein bester Freund«, prangerte er martialisch das Kopfkissen an. Er blinzelte.

Die Gegenwart hatte ihn wieder. Jacob packte seine Notebooktasche, sah auf die Uhr und nahm ein Sandwich aus dem Kühlschrank. Es war wieder Zeit, in das Hamsterrad zu steigen. Wie jeden Morgen drückte er, kurz bevor er das Haus verließ, die Wahlwiederholung und wartete geduldig darauf, dass sich sein zuständiger Berater melden würde.

»Guten Morgen, Mr. West. Heute haben Sie Glück, mir werden Ihre allmorgendlichen Anrufe fehlen.« Die Stimme lachte in den Hörer.

»Das Festgeld ist endlich auf dem Konto?«, fragte er, ohne seinen Bankberater an diesem Morgen zu begrüßen.

»Ja, Sir. 162.836 Dollar und 3 Cent.«

»Ich kann sofort darüber verfügen?« Jacobs Stimme überschlug sich.

»Natürlich, Sir.«

»Bitte überweisen Sie 140.000 Dollar auf meine Kreditkarte. Ich schicke Ihnen per Mail sofort einen Auftrag mit der Legitimations-ID.«

Mit einem Male rückten die weltlichen Probleme in den Hintergrund, der Jahrestag verblasste vor seinem geistigen Auge. Jacob war überzeugt davon, dass sich mit diesem Serum alles wieder zum Guten wenden würde. Irgendwie.

Getrieben von seinem Ziel, dass in so greifbare Nähe gerückt war, rief Jacob mit nasaler Stimme bei der Personalabteilung an und meldete sich krank. Wieder einmal. Er müsse erneut den Arzt aufsuchen und habe die Befürchtung, sich eine Grippe eingefangen zu haben. Nach den üblichen Genesungswünschen beendete Jacob mit kränkelnder Stimme das Gespräch, betrat die Küche und setzte sich einen Kaffee auf. Während er beobachtete, wie sich das Wasser in Kaffee verwandelte, ertappte er sich bei dem Gedanken, dass es gut war, Charlotte nicht bei sich zu haben. Sollte sie doch noch eine Weile in Odessa bei ihrer Mutter bleiben. Schließlich ebnete er gerade den Weg, um alles aufzuklären und die unverblümte Wahrheit ans Tageslicht zu zerren. Sie würde sich bei ihm entschuldigen.

Er öffnete seinen Mailaccount, holte seinen Notizblock hervor und tippte die Zahlenkombination in die Empfängeradresse. Nach einer halben Stunde und mit einer leeren Tasse vor sich, betrachtete er die Zeilen auf dem Monitor.

Empfänger: 05820008554001477359@anonymouse.org

Hallo Rainmaker833,

wie besprochen, sende ich dir eine kurze E-Mail, um die mitzuteilen, dass ich das Geld in wenigen Stunden auf meiner Kreditkarte haben werde.

Ich habe in den letzten Tagen etwas nachgedacht. Versteh mich nicht falsch, aber es handelt sich um eine Menge Geld und ich habe keinerlei Garantie, meine Ware zu bekommen. Gibt es etwas, dass mir die Angst nehmen könnte?

Wie geht es jetzt weiter?

Gruß

Wassermann

Kaum hatte Jacob die Zeilen versendet und der Toilette einen Besuch abgestattet, traf bereits eine Antwort von seinem ominösen Geschäftspartner ein. Ungläubig und überrascht von der Schnelligkeit der Antwort, öffnete er die Mail.

Hallo Wassermann,

das sind gute Neuigkeiten. Nein, es gibt keine Garantie. Du willst illegale Substanzen und ich besorge sie dir. Das ist der Deal.

Sende mir deine Postfachnummer und den Namen, unter dem das Konto geführt wird.

Folgen den Anweisungen in dem Link:

188.128.8.204/27

Sobald das Geld auf dem angegebenen Empfängerkonto eingegangen ist, erhältst du die Ware innerhalb von 7 Tagen.
Gruß
Rainmaker833

Die nächsten Stunden verbrachte er damit, den Kontostand seiner Kreditkarte zu überprüfen. Um 11:44 Uhr war es endlich so weit. Das Geld war auf sein Konto gebucht worden, er öffnete den Link. Die Seite baute sich nur langsam auf, die Endung der Internetadresse wies darauf hin, dass sich der Server in Russland befand. Jacob füllte die Felder aus, die für die Lieferadresse notwendig waren. Der Name, auf dem die Postfachadresse ausgestellt war, lautete Wasserversorgung Kermit. Dank seines Firmenausweises hatte er den Postbeamten davon überzeugen können, die Legitimation zur Eröffnung eines Postfaches auf die Firmenadresse seines Arbeitgebers auszustellen. Jacob wusste, dass dies eventuelle Spuren kaum verwischen würde, und dennoch fühlte er sich wohler, nicht seinen eigenen Namen auf dem Formular lesen zu müssen. Er klickte auf den Weiter-Button und betrachtete die zwei leeren Felder und den blinkenden Cursor, der ihn dazu aufforderte, seine Kreditkartennummer und den Betrag einzugeben, der in Bitcoins umgewandelt werden sollte.

»Nichts weiter?« Verwundert musterte er unter den Eingabefeldern den Button mit der Aufschrift »Fertig«. Er gab seine Nummer ein und den Betrag von 140.000 Dollar. Er schluckte und spürte, wie sich ein Schweißfilm auf seiner Stirn bildete. Er hatte das Gefühl, neben sich zu stehen und aus der Vogelperspektive den Mauszeiger zu beobachten, der sich dem Button bedrohlich näherte. Klick. Er hatte es getan. Im nächsten Moment schloss sich der Browser von allein und er blickte auf das Hintergrundbild, das ihn und Charlotte lachend unter einem herbstlichen Baum zeigte. Keine Bestätigungs-E-Mail seiner Bestellung würde ihn in seinem Postfach erwarten und kein Recht auf Reklamation würde ihm zustehen. Er hatte das mühsam ersparte Geld, das im Laufe der Jahrzehnte Monat für Monat von dem gemeinsamen Konto des Ehepaars abgebucht worden war, einem fremden Mann, dessen Namen er nicht einmal kannte, überwiesen. Das verfluchte Zucken an seinem Lid wurde wieder schlimmer. Grob rieb er mit seinem Handballen an seinem Auge und öffnete erneut den Posteingang. Er hoffte, dass Rainmaker833 ihm den Empfang der Zahlung bestätigen würde, doch sein Posteingang war leer. Die Müdigkeit übermannte ihn. Es war kurz nach zwölf Uhr mittags. Gähnend dachte Jacob daran, heute noch unbedingt seinen Hausarzt aufzusuchen, doch zuvor musste er sich unbedingt hinlegen. Wie immer kompensierte Jacob Aufregung und Stress mit Schlaf. Unterbewusst schaltete sein Gehirn in den Sparmodus, wenn seine Gehirnströme zu glühen begannen.

Es klingelte. Jacob stellte seine Kaffeetasse auf den Küchentisch, öffnete die Wohnungstür und blickte in die verweinten Augen seiner Frau.

»Ich liebe dich, Jacob. Es tut mir so leid. Olivia und ich waren gestern in der Mall einkaufen. Ich halte diese Lügerei nicht mehr aus. Es war eigentlich ein schöner Tag, bis sie plötzlich anfing, über deine erbärmliche Art herzuziehen und darüber, wie sehr du dich mit deinem Benehmen zum Idioten machen würdest. Wie ein hungriger Hund, der jedem Knochen jammernd hinterherläuft.«

Mit offenem Mund stand Jacob da und konnte nicht fassen, was er gerade gehört hatte.

Charlotte wischte sich die Tränen aus den Augen und öffnete eine Einkaufstüte.

»Sieh mal, das hat Olivia mir heute gekauft. Ist der Mantel nicht wunderschön? Na ja, vielleicht hat sie ja doch recht. Ich brauche jetzt Zeit für mich.« Ihre geröteten Augen verdrehten sich. Kichernd drehte sie sich von der gemeinsamen Haustür ab und verschwand im Treppenhaus.

»Charlotte? CHARLOTTE?« Er war gelähmt von der bizarren Vorstellung, doch dann löste sich seine Schockstarre und Jacob rief wie von Sinnen seiner Frau nach.

Schweißgebadet wachte Jacob auf. Er war am Schreibtisch eingeschlafen. Der Sonnenuntergang, der sich im Fenster widerspiegelte, ließ nichts Gutes erahnen. Er hatte ganzen Nachmittag durchgeschlafen und als Zuschauer der paradoxen Vorstellung seiner verworrenen Träume beigewohnt.

Das sanfte Rauschen der Wellen und der warme Wind, den William auf seiner nassen Haut spürte, fühlten sich surreal an. Genauso unwirklich wie der Moment, in dem Olivia und er vor drei Tagen die Businessclass der Maschine betreten hatten, um zu den Malediven zu fliegen. Die Baufirma hatte damit begonnen, um das Grundstück der Connors einen Hochzaun zu errichten. Die Sicherheitsfirma installierte eine Alarmanlage auf dem Anwesen und der kleine Malereibetrieb aus Kermit hatte dem Paar bestätigt, mit den Renovierungsarbeiten der Innen- und Außenfassade in den nächsten zwei Tagen zu beginnen. Veränderungen, die sich das Ehepaar gewünscht hatte. Veränderungen, die eine Menge Unruhe in das ansonsten ruhige Leben der Viehzüchter brachten. Kurzerhand hatte Olivia dem Chef der Sicherheitsfirma die Hausschlüssel übergeben und ihn damit beauftragt, die Handwerker und die Leiharbeiter, die sich weiterhin um die Viehzucht kümmerten, auf das Anwesen zu lassen. Natürlich gegen ein kleines Entgelt.

Williams Haut trocknete rasch nach seinem Ausflug in das warme Meer. Er betrachtete den orange farbenen Drink zu seiner Rechten und spielte gedankenverloren mit dem Schirmchen, der in der Ananasscheibe steckte.

»Die erste Juliwoche ist in Kermit auch immer recht warm. Nur eben ohne Meer und Schirmchen im Drink.« William grinste Olivia lausbübisch an.

Sie lächelte und küsste ihn zärtlich auf die Wange.

»Wie geht es dir mittlerweile damit? Du weißt schon …« Fürsorglich sah sie ihm in die Augen.

»Alles ist in Ordnung, mein Schatz. Wir machen das so, wie du vorgeschlagen hast. Am 15. Juli sind alle Arbeiten am Haus abgeschlossen. Dann ist genug Zeit vergangen und wir werden Jacob und Charlotte zum Abendessen einladen. Mir wird wirklich ein Stein vom Herzen fallen, sobald wir uns erklärt und entschuldigt haben und wir wieder im Reinen mit den beiden sind.«

»Ich weiß, mein Schatz. Er ist dein bester Freund.«

»Bist du dir sicher, dass du mit dem Geschenk für die beiden leben kannst?« Besorgt sah er seine Frau in die Augen.

Olivia nickte lächelnd und gab ihrem Mann einen langen, intensiven Kuss.

»Natürlich, bin ich das. Sie würden das Gleiche tun.« Sie stand auf und legte das Badetuch auf die Liege.

William sah seiner Frau nach, die sich in dem warmen Wasser des Indischen Ozeans abkühlen wollte. Er betrachtete nachdenklich ihre Spuren im Sand. Das Salzwasser umhüllte ihre Fußabdrücke, um sie im nächsten Moment zu verwischen. Ihm wurde wieder bewusst, dass im Grunde nicht der Powerballgewinn mit seinen 284 Millionen Dollar sein Leben bereicherte. Es war einzig und allein seine geliebte Frau Olivia Connor, die den Jackpot seines Lebens darstellte. Ohne auch nur eine Sekunde zu zögern, hatte sie dem Wunsch ihres Mannes zugestimmt, dem befreundeten Pärchen ein Stück des gigantischen Kuchens abzugeben, den die beiden bei der staatlichen Lotterie gewonnen hatten.

»20 Millionen mehr oder weniger werden wir nicht vermissen«, hatte sie geantwortet.

Abgesehen von der Tatsache, seinen Freund von seinem Gewinn teilhaben zu lassen und den Wests ein sorgenfreies Leben zu bescheren, löste William damit zwei weitere Eventualitäten aus. Neid war eine hässliche Eigenschaft und obwohl er Jacob zu keinem Zeitpunkt in seinem Leben neidisch erlebt hatte, musste dieser Keim, der wohl in jedem Menschen tief verborgen schlummerte, mit dem Geld im Keim erstickt werden. Doch viel wichtiger war der Mantel des Schweigens, der ihnen von den Abgesandten der Lotteriegesellschaft immer und immer wieder eingetrichtert worden war. Mit diesem Geschenk würden die Wests nicht nur zu Mitwissern werden, vielmehr würde sie dadurch das gleiche Schicksal, das auch die Connors glücklicherweise getroffen hatte, ereilen.

24. August, 01.15 Uhr. Die kalte Strömung des Meeres fühlte sich auf seiner Haut an wie tausende Nadeln, die unaufhörlich auf ihn einstachen. Er konnte seine Hände kaum noch spüren. Verkrampft hielt er die Plastikflasche in seiner Hand und musterte die zehn Beamten, die ihn mittlerweile an dem kalten Küstenabschnitt von New York mit erhobenen Waffen in Schach hielten.

»Legen Sie die Flasche vorsichtig in den Sand, Sir.« Der überaus nervös wirkende Cop fuchtelte mit seiner Waffe herum und deutete mit der Pistole auf den nassen Sandboden.

Jacob war ruhig, er lächelte. Sein abgeklärter Blick suchte den Cop, der ihn aufgefordert hatte, die Plastikflasche in den Sand zu legen. Seine Lippen formten sich zu einem friedvollen und überlegenen Lächeln.

»Wesley Graham. Wo ist er?«, wiederholte Jacob kaum hörbar seine Worte.

Hilfesuchend sah der Polizist zu seinem Einsatzleiter, der hinter ihm stand und ebenfalls die Waffe auf West richtete. Langsam näherte sich der Sheriff seinem Kollegen und blieb schließlich neben ihm stehen, ohne den Blick von Jacob abzuwenden. Ruhig hob er seine Hand. Jacob betrachtete die Handinnenfläche des Cops und registrierte den silbernen Ehering an dem Finger des Polizisten. In einer Zeit, die ihm Jahrzehnte entfernt schien, hatte er auch einmal das Symbol der ewigen Liebe, des Zusammenhalts in Guten wie in schlechten Zeiten getragen. Jacob musste sich eingestehen, jegliches Zeitgefühl verloren zu haben. Wann hatte er den Ehering vor lauter Wut und Enttäuschung abgenommen? Vor einer Woche? Einem Monat oder gar vor einem Jahr? Er wusste es nicht mehr und letztendlich spielte es auch keine Rolle mehr. Hämisch stieß er ein kurzes Lachen aus und konzentrierte sich wieder auf den Mann mit der erhobenen Hand.

Ein anderer Cop trat nach vorn und hob die freie Hand. »Hören Sie, West. Das alles muss nicht so enden. Wir wollen Ihnen helfen, Sir. Bitte legen Sie die Plastikflasche vorsichtig in den Sand«, wiederholte der Sheriff die Worte seines Untergebenen mit hochgezogenen Augenbrauen.

»Sparen Sie sich Ihre Psychonummer. Wo ist Wesley Graham?« Zweifelsohne war klar, wer das Gespräch mit der New Yorker Polizei dominierte.

Jacob blickte zu den unzähligen Stroboskoplichtern der Polizeiwagen unweit der Absturzstelle. Sie blendeten seine Augen, ihm war kalt.

Der namenlose Sheriff drehte sich um und nahm sein Funkgerät aus seiner Halterung. Jacob verstand nicht, was er sagte. Die brechenden Wellen und der aufkommende Wind ließen die Worte nicht zu ihm durchdringen. Schließlich drehte sich der Einsatzleiter wieder zu ihm und begann erneut mit dem Handinnenflächenspiel und den weit nach oben gezogenen Augenbrauen.

»Graham ist auf dem Weg hierher. Es sollte nicht mehr lange dauern, Sir. Legen Sie jetzt bitte die Plastikflasche auf den Boden«, wiederholte er und senkte seine Hand langsam wie ein Hundebesitzer, der seinem Welpen den Befehl Sitz erklären wollte.

Jacob drehte die Plastikkappe der Flasche ab und ließ sie in den Sand fallen. Die umstehenden Polizisten rissen ihre Augen weit auf. Die unsichtbare Souffleuse gab den Beamten augenscheinlich den Befehl, bei dem Handinnenflächenspiel mitzumachen. Konzentriert beobachtete er, wie die Cops einen Schritt nach hinten traten und versuchten, die Situation unter Kontrolle zu bekommen.

»Sie und Ihre Kettenhunde werden sich jetzt zehn Meter von mir entfernen. Haben Sie mich verstanden?« Aus Jacob sprach die reinste Konzentration. Seine leisen, dominanten Worte führten dazu, dass der Sheriff hektisch mit dem Kopf nickte und den Befehl gab, sich zurückzuziehen. Eine Welle schwappte über Jacobs Schuhe, erfasste die Plastikkappe und entführte sie in die unendlichen Weiten des dunklen Meeres.

Kapitel 4 – Wer einmal lügt

»Montag. Drei Uhr. Montagnachmittag.«

Etwas stand für Montag an. Es lag ihm auf der Zunge. Seine Hand rieb schnell über sein Auge. Das Zucken machte ihn zunehmend wahnsinnig.

Die erste Juliwoche war verstrichen. Durch die geschlossenen Fenster hörte er gedämpft das Zwitschern der Vögel. Er hatte die Vorhänge zugezogen. Jacob konnte sich nicht daran erinnern, wann er das Tageslicht ausgesperrt und zuletzt frische Luft ins Innere der Wohnung gelassen hatte. Nervös tippte er mit dem Kugelschreiber auf den Schreibtisch und betrachtete nachdenklich den ausgeschalteten Bildschirm. Im Dunkel des Monitors spiegelte sich der Wohnzimmertisch wider, der überladen war mit leeren Cola- und Bierdosen. Daneben stapelten sich Pizzaschachteln und Kartons vom chinesischen Lieferservice. Er musste unbedingt wieder duschen, doch das war es nicht. Irgendetwas anderes stand heute auf dem Plan, dass ihm partout nicht einfallen wollte. Er hatte die letzten Tage damit verbracht, sein online eröffnetes Postfach nach dem Paketeingang zu überprüfen.

Er schob die vollgeschriebenen Blätter beiseite. Er hatte ein abstruses Manifest erschaffen. Die Entstehung der Verschwörung, der er zum Opfer gefallen war. Immer wieder überarbeitete er die Seiten, strich Passagen aus dem Block, um neue verworrene Zeilen zu Papier zu bringen. Er war gefangen in seiner eigenen Welt, der Fanatismus in seinem Gehirn hatte überhandgenommen. Wie ein bösartiger Tumor fraßen sich die abstrusen Gedanken unersättlich durch seinen Kopf.

»Oh nein. Verdammter Mist, verfluchter.« Mit einem Mal war es ihm wieder eingefallen. Verzweifelt suchte er in dem Chaos auf der Couch nach seinem Handy. Er hatte nicht nur vergessen, heute bei der Arbeit zu erscheinen, sondern letzte Woche auch den Arzt wegen seiner telefonischen Krankmeldung zu besuchen. Für einen Moment überlegte er, seinen geschäftlichen Mail-Account zu öffnen. Er verwarf den Gedanken wieder. Seine Sorge war zu groß, Nachrichten von seinem Chef oder gar der Personalabteilung zu finden. Nach Minuten der hektischen Suche fand der Biologe schließlich unter der Unterhose des Vortags sein Handy. Er hatte es irgendwann lautlos geschaltet. Laut der Anzeige der verpassten Anrufe hatte er es letzten Mittwoch stumm gestellt.

»Verdammt noch mal«, fluchte er und wählte die Nummer der Personalabteilung. Nervös fuhr er sich über sein Gesicht und wartete darauf, dass Mark abnahm.

»Hallo Jacob. Schön, dass du dich meldest.«

Seine Befürchtungen wurden real. Die unterkühlte Stimme des Personalers ließ nichts Gutes erahnen.

»Hallo Mark. Mich hat es ziemlich erwischt. Ich lag die letzten Tage nur im Bett und habe mir die Seele aus dem Leib geschwitzt«, plapperte Jacob los und achtete darauf, seine gespielte Nasalität nicht aus dem Auge zu verlieren.

Stille. Jacob blickte auf sein Display. Die Sekunden der Gesprächsanzeige zählten unaufhörlich weiter. Die Leitung stand und dennoch hörte er kein Wort von Mark. Endlich durchbrach sein langjähriger Kollege aus der Personalabteilung die unerträgliche Ruhe mit einem Räuspern.

»Nun, Jacob. Wir schätzen dich seit vielen Jahren als zuverlässigen Mitarbeiter. Ich denke, das weißt du. In der letzten Zeit hat allerdings nicht nur deine Arbeitsleistung rapide an Qualität verloren. Deine unentschuldigten Fehltage haben nun auch bei der Geschäftsleitung Fragen aufgeworfen. Kannst du mir bitte einfach einmal erklären, was los ist?«

Jacob schluckte.

Sag die Wahrheit, er wird es verstehen. Du bist ein Opfer einer großen Verschwörung geworden. Ein Komplott, das dich aus deinem Gleichgewicht geworfen hat. Sag es einfach. Es ist logisch und plausibel. Er wird dich verstehen.

»Meine Mutter ist gestorben.« Jacob hörte sich selbst erstaunt zu.

Wieder reagierte Mark auf der anderen Seite der Leitung nicht. Die erwartete Reaktion der Bestürzung und die Beileidsbekundung blieben aus. Das tiefe, sorgenvolle Ausatmen von Mark irritierte ihn.

»Du hast mir vor fünf Jahren erzählt, dass sie an Krebs gestorben ist. Ich nicht weiß, warum du diese äußerst pietätlose Karte aus deinem Ärmel ziehst, die nicht nur geschmacklos, sondern auch widerlich ist. Ich weiß nicht, was mit dir los ist. Ich habe deinen letzten Satz einfach nicht gehört. Schick uns bitte die Krankmeldung und wenn du reden möchtest, nun … du kennst meine Nummer.« Mit diesen Worten beendete Mark das Gespräch und legte auf.

Jacob lauschte dem regelmäßig wiederkehrenden Signal der unterbrochenen Leitung und starrte auf den Wohnzimmertisch. Er hatte sich verrannt, nicht nachgedacht.

Wut stieg in ihm hoch und schnell war der Schuldige für diese gravierende Misere gefunden. Er stieß einen Schrei aus und trat mit dem Fuß wutentbrannt gegen den Tisch. Die leeren Dosen und Schachteln des Lieferservice flogen durch das Wohnzimmer.

»Einen Scheiß werde ich«, prophezeite er sich, stellte das Handy wieder auf stumm und warf es zurück auf die Couch. Es gab Wichtigeres zu tun. Große Enthüllungen warteten auf ihn und er beschloss, wie unendliche Male zuvor in diesen Tagen, den Onlinestatus seines Postfaches zu überprüfen.

Er loggte sich auf die Serviceseite der Post ein und klickte auf den Button mit dem Namen »Sendungen«. Jacob blieb fast das Herz stehen, als die übliche Meldung der letzten hundert Male ausblieb.

1 Sendung(en) zur Abholung vorliegend

»Rainmaker833«, stammelte er, rannte in den Flur und zog sich hastig seine Schuhe an.

Unrasiert und mit fettigen Haaren stürmte Jacob das Treppenhaus hinunter und bog wenige Minuten später mit überhöhter Geschwindigkeit aus der Ausfahrt seiner Straße in Richtung Osten ab. Fünfzehn Minuten später stand er hinter einer alten Frau, die sich damit abmühte, die schwere Eingangstür der Postfiliale zu öffnen.

Mach die verdammte Türe auf.

Die Stimme in seinem Kopf schrie vor Ungeduld. Jacob verdrehte die Augen, atmete tief durch und half der Seniorin in das Innere. Er überholte sie und stand im nächsten Moment am Schalter der Post. Nachdem die Formalitäten geklärt waren, er sich ausgewiesen und den Empfang der

Sendung quittiert hatte, raste er genauso schnell, wie er gekommen war, wieder nach Hause. Jacob sperrte die Wohnungstür wieder hinter sich ab und bemerkte, dass er dem Postschalter von Kermit in seiner befleckten Jogginghose einen Besuch abgestattet hatte. Es spielte keine Rolle mehr. Der ansonsten so penibel auf sich achtende Biologe hatte sich verändert. Doch was wirklich zählte, lag in seinen Händen. Ein leichtes, nicht allzu großes Paket. Die Sendung hatte keinen Absender und war mit schwarzem Tape zugeklebt. Vorsichtig legte er das Paket im Flur auf den Boden und betrachtete jenen Karton, der ihn 140.000 Dollar gekostet hatte. Es war Zeit, sich zu waschen, sich zu rasieren und etwas Frisches anzuziehen. So konnte er den feierlichen Moment nicht gebührend zelebrieren.

Nachdem er geduscht und sich frische Kleidung angezogen hatte, beäugte er ehrfürchtig das Päckchen vor sich auf dem Schreibtisch.

»Es ist so weit.« Voller Respekt setzte er das Küchenmesser an und schnitt den Karton auf. Mit zittrigen Händen klappte er die Box auf und sah atemlos in das Innere der Sendung.

Die weißen Kappen der kleinen und mittelgroßen Flaschen ragten ihm entgegen. Sein Körper zitterte immer noch vor Aufregung. Sorgsam nahm er eines der Behältnisse aus der Box und hielt es mit beiden Händen vorsichtig wie ein rohes Ei zwischen seinen Fingern. Sein Blick blieb auf dem Aufkleber haften:

3-Chinuclidinylbenzilat

Er entnahm eine Flasche nach der anderen und reihte sie vor sich auf dem Schreibtisch auf. Statt der bezahlten fünf Substanzen, die Jacob niemals auf dem legalen Weg hätte können, befanden sich alle neun Stoffe, die er für die Herstellung des Wahrheitsserums benötigte, in dem Karton. Wenn man bedachte, dass es sich bei den verbliebenen vier Substanzen um Lösungen handelte, die er in jedem Baumarkt oder jeder Apotheke für eine Handvoll Dollar erwerben konnte, so schien es ein Geschenk des Hauses zu sein.

»Alles da«, flüsterte er feierlich zu sich und ließ seinen Blick über die verschieden großen Flaschen auf seinem Schreibtisch schweifen. Jacob richtete sich sein Hemd und räusperte sich zurückhaltend. Sein Auge zuckte in immer kürzeren Abständen. Jacob war so hoch konzentriert, dass er selbst dieses nervige Symptom ignorierte. Langsam stand er auf, betrat seine Küche und nahm sich ein leeres Glas. Zurückgekommen, schlug er jene Seite seiner Notizen auf, die ihm die genaue Dosierung des Serums offenbaren sollte. Sein Zeigefinger fuhr über seine geschriebenen Zeilen, während sein Mund stumm die Worte wiederholte.

»Es ist genug da. Genug für tausend William Connors.« Jacob konnte sich in diesem Moment nicht sehen. Er wäre vor seinem eigenen diabolischen Blick in seinen Augen erschrocken. Der Biologe schraubte Fläschchen für Fläschchen auf, nahm die Pipette, die er sich am Tage der Überweisung bereits gekauft hatte, aus seiner Schreibtischschublade und begann schrittweise damit, die Substanzen auf penible Art und Weise in das Glas zu träufeln. Er spürte, wie sich der Schweiß auf seiner Oberlippe bildete, das Zittern hatte nicht nachgelassen, sodass er beide Hände nehmen musste.

Nach dreißig Minuten betrachtete er das Ergebnis seiner perfiden Arbeit. Es war vollbracht. Das klare Gemisch, nicht mehr als ein vergessener Schluck Wasser in einem Glas, stellte das Resultat seines Fanatismus dar. Er hielt sich die Hand vor den Mund. Tränen rannen aus seinen Augenwinkeln. Mit dieser Substanz würde er endlich die Wahrheit ans Tageslicht bringen. Vorsichtig füllte er den Inhalt des Glases in eine kleine Plastikflasche und verschraubte die Kappe.

Ich werde es aus dir herauskitzeln. Du wirst es mir sagen. Niemand ignoriert Jacob West. Niemand.

Er presste die Lippen so fest er nur konnte aufeinander. Wut, Hass und Rachegelüste loderten in ihm wie ein unkontrolliertes Feuer. Doch plötzlich geschah etwas mit ihm. Seine Mimik veränderte sich, er zog seine Augenbrauen nach oben und betrachtete die Plastikflasche wie einen süßen Hundewelpen auf einer Wiese. Am Rande des Wahnsinns angekommen, war es nicht mehr möglich, einen Gedanken in seinem Kopf festzuhalten.

»Charlotte. Meine Charlotte«, flüsterte er in viel zu hoher Stimmlage. »Du wirst die Erste sein. Liebst du mich noch, meine Charlotte?«

Die verstörenden Worte nahm Jacob selbst nicht wahr. Er ließ sich wieder auf seinen Stuhl fallen und lächelte die Plastikflasche überzogen freudig an. Mit einer verzerrten Grimasse verharrte er an seinem Schreibtisch. Er würde Charlotte und William, nein eigentlich die ganze Welt, eines Besseren belehren.

Niemand sollte ihn zukünftig ignorieren. Gefangen in seinem Gedankenlabyrinth, schmiedete Jacob an diesem Tag einen teuflischen Plan.

Gegen vierzehn Uhr betraten Wesley Graham und Lisa Parker das Büro von Ethan Harper. Nicht nur die kurzfristig versendete Einladung zu dem Besprechungstermin an diesem Tag war eine ungewöhnliche Vorgehensweise ihres Vorgesetzten gewesen. Auch die Betreffzeile der Einladung verwunderte Lisa und Wesley an diesem Tag.

Soko Blähbauch – Kooperation FBI

Wesley konnte sich an diesen obskuren Namen der ins Leben gerufenen Sonderkommission nicht gewöhnen. Doch die Vergangenheit hatte ihn gelehrt, die geistigen Ergüsse seiner lieben Kollegin nicht zu kritisieren.

Lisa war nicht nur eine Koryphäe auf ihrem Gebiet, sondern auch ein sehr einfühlsames und sensibles Wesen. Vor drei Jahren hatte Wesley seinen Vorschlag zur Betitelung eines Verbrechens durchgesetzt. Das Resultat seiner kurzweiligen Dominanz hatte dem erfahrenen Ermittler bei jeder Gelegenheit schnippische und kränkende Kommentare seiner besseren Hälfte beschert. Lisa hatte es tatsächlich geschafft, dass der Vorgang nach erfolgreichem Abschluss der Ermittlungen unbenannt und mit ihrem kreativen Stempel in die Annalen der Polizeiarchive eingegangen war. Wesley hatte daraus gelernt und keinerlei Interesse daran, bei jeder Gelegenheit in das übellaunige Gesicht von Lisa zu blicken.

»Wenn Ethan wirklich denkt, dass ich den Typen unseren Fall übergebe, wird er sein blaues Wunder erleben«, flüsterte Lisa zu Wesley.

Die Ermittler hatten Platz genommen und blickten auf den leeren Schreibtisch ihres Chefs. Es war ungewöhnlich, dass Ethan zu spät zu Meetings erschien. In seiner hektischen Art und Weise bevorzugte es der Commissioner, eher zu früh als zu spät anwesend zu sein.

Die Tür öffnete sich und Ethan betrat mit einer weiteren Person sein Büro.

»Entschuldigt die Verspätung, mein Kollege stand im Stau«, plapperte Ethan in gewohnt schneller Manier vor sich hin und setzte sich auf den Stuhl.

Lisa hob den Kopf, zog ihre linke Augenbraue nach oben und betrachtete den Mann skeptisch.

»Wie ihr meiner Einladung bereits entnehmen konntet, werden wir den Fall ›Blähbauch‹ ab sofort zusammen mit unseren Kollegen des FBI zum erfolgreichen Abschluss bringen. Unterstützung ist immer gut. Nicht wahr, Lisa?« Erwartungsvoll grinste Ethan seine Mitarbeiterin an.

»Warum ist das FBI in diesen Fall involviert? Wer hat die Anweisung dafür gegeben? Über meinen Tisch ging zumindest keine Information für eine Anfrage, weshalb? Warum war ich nicht in dem Verteiler?« Die sachlichen Fragen, die in einem unterkühlten Ton auf Ethan einprasselten, ließen ihn schnell verstehen, dass Lisa alles andere als erfreut darüber war, den Kollegen des FBI zu sehen.

Beschwichtigend hob Ethan, wie er es immer tat, um Lisa zu beruhigen, seine Hände und begann zustimmend zu glucksen.

»Ich kann deine Aufregung verstehen, Lisa. Aber ich würde vorschlagen, wir stellen uns erst mal vor. Das hier ist Nick vom …«

»Warum wurde das FBI involviert?« Lisa unterbrach Ethans obligatorische Vorstellungsrunde barsch.

»Ich bin Nick Trevis«, sagte der FBI-Beamte und gab Wesley und Lisa die Hand.

Sie fixierte den Mann, der sich Nick nannte und sich seinen Weg zum Schreibtisch von Ethan Harper bahnte. Nick nahm sein Cap mit dem Symbol der New York Yankees ab, legte es sorgsam auf Ethans Schreibtisch und griff in die Hosentasche. Zum Vorschein kam ein kleiner durchsichtiger Beutel, in dem sich ein länglicher weißer Papierstreifen befand.

Wortlos übergab er Lisa den Beutel. Mit fragendem Blick nahm Lisa die Plastiktüte entgegen.

»Wissen Sie, was das ist?« Nick deutete auf den kleinen Streifen, der sich im Beutel befand.

Lisa wusste in diesem Moment nicht, ob sie weiterhin auf Antworten zu ihren gestellten Fragen beharren oder auf den Satz des FBI-Agenten eingehen sollte. Schlussendlich entschied sie sich, ihr Kreuzverhör zu unterbrechen, und betrachtete den Streifen.

»Das ist das Ergebnis der Daktyloskopie. Ich nehme an, Sie haben es von unserer Forensik, ohne mich oder Mr. Graham um Erlaubnis gebeten zu haben. Wir sind nicht darüber informiert worden, dass die Spurensicherung etwas gefunden hat. Dies kann zu einer Dienstaufsichtsbeschwerde führen, Mr. Trevis.« Lisa hatte sich in Rage geredet und schien immer mehr damit zu kämpfen, ihre Selbstbeherrschung nicht zu verlieren.

Der blonde FBI-Agent musterte Lisa für einen Moment, fuhr sich mit seiner Hand über den Mund und nickte schließlich.

»Richtig, das ist der einzige Fingerabdruck, den die Forensik am Nacken des Clowns gefunden hat. Mrs. Parker, ich möchte Ihnen gerne die Vergrößerung des Fingerabdruckes zeigen.«

Er griff in seine Jackentasche und hielt ein Papier in die Höhe, das den Fingerabdruck vergrößert darstellte. Die Papillarleisten, die die unzähligen Rillen des Fingerabdruckes ausmachten, schienen im äußeren Bereich normal. Doch Lisas Blick haftete sofort am Inneren Teil des Fingerabdruckes. Ungläubig betrachtete sie den Text, der wie ein schlechter Witz inmitten der Fingerbeere zu lesen war.

not my monkey, not my circus

Wesley nahm das Blatt und musterte die Vergrößerung aus der forensischen Abteilung.

»David Conham hat seinen Fingerabdruck manipuliert. Er wollte, dass wir ihn finden«, stellte er fest und gab dem FBI-Agenten das Papier zurück.

»Nicht nur das, Mr. Graham. Bei einer dreihundertprozentigen Vergrößerung der Papillarlinien haben wir festgestellt, dass dieser Satz in jeder einzelnen Linie viermal zu lesen ist. Die Forensik hat uns mitgeteilt, dass die Linien, wäre dieser Satz nicht mehrfach eingedruckt gewesen, einem echten Fingerabdruck in nichts nachstehen würden. Wir hätten den Abdruck als echt gewertet. Der oder die Täter wollten, dass wir den Fingerabdruck finden. Sie haben keinen Wert darauf gelegt, uns mit einer wirklich meisterhaften Kopie eines Fingerabdruckes in die Irre zu leiten.« Nick beendete seine Ausführung und steckte das Papier in seine Jackentasche.

In diesem Moment verflog Lisas Unmut. Offenbar hatten es die Ermittler des New Yorker Police Department mit jemandem zu tun, der nicht eine Sekunde daran zweifelte, unentdeckt zu bleiben. Er spielte mit ihnen und zeigte ihnen auf entblößende Art und Weise, dass er der modernen Technik der Kriminalistik nicht nur gewachsen war, sondern sie auch für seine Zwecke missbrauchen konnte. Vielleicht war es gut, dass das FBI sich in den Fall eingeschaltet hatte. Lisa dachte nach und beschloss, ihre Fragen hintanzustellen.

»Was will er uns mit dem Satz sagen?«, fragte Lisa.

»Not my monkey, not my circus. Es geht mich nichts an. Deine Probleme sind mir egal, die Botschaft ist klar«, erwiderte Nick.

»Es ist mein Spiel und nicht eures«, stellte Wesley schließlich fest.

Nick sah Wesley an und nickte langsam. An diesem Tag steigerte sich die Komplexität des Falles auf ein neues Level, welches Lisa und Wesley aus eigener Kraft nicht stemmen konnten.

Lisa blickte zu Wesley und ohne ein Wort miteinander zu wechseln, nickte er seiner Kollegin mit friedlichem Blick zu. Nach all den Jahren bedurfte es in manch einer Situation kein Wort. Wie ein altes Ehepaar, das seinen Lebensweg zusammen gemeistert hatte, verstanden sich die beiden Mitarbeiter des Police Departments in aller Stille.

Lisa schob den leeren Stuhl neben ihr vor. Die unmissverständliche Einladung, ohne den Fremdling eines Blickes zu würdigen, war das höchste der Gefühle, das sie in diesem Moment aufbringen konnte. Ethan grinste freudig und auch Nick verstand die Geste, ohne ein weiteres Wort darüber zu verlieren. Der Agent setzte sich neben Lisa und zog einen Umschlag aus seiner Jackentasche.

»Das sind unsere Ergebnisse zur Recherche über David Conham. Vielleicht möchten Sie einen Blick darauf werfen.«

Lisa und Wesley überflogen die Zeilen. Das FBI hatte die Identität des Gesuchten zwar nicht lösen können, und dennoch fand Lisa Informationen.

David Conhams angegebenen Personalien inklusive der Ausweisnummer, die der Mann bei seinem Vermieter angegeben hatten, existierten. Während sich Wesley und Lisa darauf konzentriert hatten, den vorherigen Wohnsitz des Mannes zu ermitteln und mithilfe der lückenhaften Erinnerung des älteren Vermieters ein Phantombild zu erstellen, hatten sie ein wichtiges Detail in den Daten, welche die Datenbank des Police Departments ausspuckte, übersehen. Das Geburtsdatum, der Wohnort und die Identifikationsnummer stimmten mit David Conham überein, doch befand sich hinter dem Nachnamen der Zusatz »Junior«. Ein kleines Detail, das das mühsam erstellte Kartenhaus an Informationen von Lisa und Wesley zum Einsturz brachte. David Conham war vor fünf Jahren bei einem Autounfall in Paris gestorben. Der ledige Immobilienmakler war nie verheiratet und kinderlos gewesen.

»Die Identität eines Verstorbenen. Aber wie hat er den Zusatz auf die Ausweispapiere gezaubert?«, fragte Lisa.

»Genau das ist der Knackpunkt. Der eingescannte Ausweis weist keinerlei Merkmale einer Manipulation auf. Für eine intensivere Überprüfung bräuchten wir das Original. Wir müssen davon ausgehen, dass Conham seine Identität bereits geändert hat. Die Technik hat das digitale Tonband ausgewertet. Wie bei Festplatten auch ist es natürlich möglich, gelöschte Dateien wiederherzustellen und abzurufen. Bei einer dreißigmaligen Formatierung der Laufwerke ist es nur noch möglich, partiell Dateien zu rekonstruieren. Das Gleiche gilt für digitale Tonbänder. Und nun raten Sie mal, was passiert ist.«

Lisa hob die Augenbrauen.

»Der Täter hat das Band neunundzwanzigmal formatiert. Nach der Rekonstruktion spielte das Tonband den Beatles-Hit ›Let it be‹ ab. Wenn wir die Ergebnisse der bisherigen Untersuchung zusammenfassen, wäre es vielleicht sinnvoll, eine Kooperation in diesem Fall anzustreben. Was meinen Sie?«

»Ich bin Lisa Parker. Nenn mich einfach Lisa, Nick.« Sie streckte Nick ihre Hand entgegen.

Ein weiterer Artist betrat die Manege der bizarren Vorstellung. Das Eis war gebrochen.

Die Stunden und Tage verstrichen in Jacobs einsamer Welt. Der Biologe hatte sein Firmenhandy abgeschaltet. Im Gegensatz zum letzten Mal hatte es der Biologe mit Jähzorn und Verachtung in seinen Augen getan. Jacob wollte seine Ruhe. Die Angelegenheit würde sich schon regeln, wenn das Serum erst einmal seine privaten Probleme gelöst und die richtige Weiche auf dem Gleis seines Lebens gestellt hatte.

An diesem 13. Juli stand Jacob sehr früh auf. Es dauerte zweieinhalb lange Stunden, um die Spuren seines verwahrlosten Daseins in der gemeinsamen Wohnung zu verwischen. Drei Müllsäcke später betrachtete Jacob stolz das Ergebnis seiner Arbeit. Die Wohnung der Wests erstrahlte im neuen Glanz. Sicherlich würde Charlotte mit ihren Argusaugen hier und da eine Stelle finden, die nicht ihrer Vorstellung von Reinlichkeit entsprach, doch sollte dies kein Vergleich zu den Tagen und Wochen sein, die Jacob mit den teilweise schimmelnden Essensresten verbracht hatte. Nach unzähligen E-Mails und verzweifelten WhatsApp-Nachrichten war heute endlich der Tag gekommen, an dem Jacob der Wahrheit ein Stück näher rücken sollte.

Charlotte hatte einer klärenden Aussprache vor Arbeitsbeginn in der gemeinsamen Wohnung zugestimmt. Sie wusste nicht, dass sie an diesem 13. Juli das erste Versuchskaninchen in der kranken Welt von Jacob sein würde.

Er wollte es hören. Er wollte wissen, ob sie ihn wirklich noch liebte. All seine Fragen, die ihn Nacht für Nacht quälten, die sich nur mit Bier und Wein betäuben ließen, sollten beantwortet werden. Wie der verzweifelte Spieler am Roulettetisch wartete Jacob auf seine Chance. Es würde wieder Rot kommen und es war nur eine Frage der Zeit, bis er seine große Liebe und sein altes Leben an sich riss.

Jacob richtete den Kragen seines frisch gebügelten Hemdes und beäugte sich im Spiegel.

»Fünf bis zehn Minuten. Augen blinzeln, das Serum lässt nach. Wenn sie speichelt, ruf den Notarzt. Wenn sie die Augen verdreht, Herzmassage. Zettel? Wo ist der verdammte Zettel?« Jacob hatte die Litanei an Punkten, die er zu beachten hatte, zu seinem Spiegelbild gesagt. Hektisch durchsuchte er seine Hosentaschen, bis ein lauter Seufzer seine Suche beendete. Er hielt das kleine Stück Papier mit den Fragen, die er Charlotte in dem kurzen Zeitfenster stellen wollte, in den Händen. Sorgsam faltete er den abgerissenen Zettel wieder zusammen und steckte ihn ein.

Sein letzter prüfender Blick durch das Wohnzimmer wurde durch das Geräusch des Türschlosses unterbrochen. Charlotte betrat zum ersten Mal seit ihrer Trennung wieder die gemeinsame Wohnung. Jacobs Augen wanderten an Charlotte hinab. Wie wunderschön sie doch war. Der Dämon in seinem Gehirn gewann wieder die Oberhand und verjagte jegliche Vernunft.

»Gut siehst du aus.« Jacob sprach leise und starrte beschämt auf seine Schuhe.

»Danke. Ich würde das Kompliment ja zurückgeben, aber ehrlich gesagt habe ich mich gerade etwas erschreckt, Jacob«, erwiderte Charlotte und blickte ihren Ehemann besorgt an.

Jacob zog die Augenbrauen nach oben und sah auf seine Kleidung hinab.

»Weshalb? Ich habe ein Hemd an, sogar eine Hose«, sagte er und lachte heiser.

»Sieh dein Gesicht an. Du hast Augenringe, wirkst müde und erschöpft. Ich fehle dir sehr, nicht wahr?«

»Ja, sehr sogar«, sagte er mit erstickter Stimme. Jacob wunderte sich über seine schauspielerische Leistung. Er spürte, wie sich Tränen in seinen Augen sammelten. Vielleicht war es seiner Anspannung geschuldet, dass sich die Tränen lösten. Möglicherweise steuerte seine Besessenheit mehr, als er realisieren konnte.

Während der innigen Umarmung konnte Charlotte nicht sehen, wie Jacobs Augen konzentriert ihren Hinterkopf fixierten. Sie ließen, ohne sich zu küssen, voneinander ab und setzten sich schließlich auf die Couch.

Charlotte legte ihre gefalteten Hände in den Schoss und betrachtete ihren Ehemann mit erwartungsvollem Blick. Ihre Augen forderten ihn auf, sich zu entschuldigen, sein seltsames Verhalten zu erklären und sie zu bitten, wieder zurückzukommen.

Er konnte Charlottes Wünsche in ihren Augen lesen wie ein offenes Buch.

»Ich möchte mich für mein Verhalten entschuldigen. Ich weiß nicht, was in mich gefahren ist. Vielleicht war es eine Midlifekrise. Ich habe dir wehgetan, das ist das schlimmste an der ganzen Sache. Ich bin kein böser Mensch, Charlotte, das weißt du doch. Oder?«

Charlotte begann zu lächeln und wischte sich eine Träne von der Wange. Die Einleitung war geglückt.

Jacob spürte, wie sich seine Muskeln langsam entspannten. Sie beugte sich zu ihm und gab ihm einen langen, intensiven Kuss. Jacob spürte, wie die Ungeduld in ihm aufstieg. Zwar wollte er seine Ehefrau zurück, doch viel mehr als das, wollte er endlich die Wahrheit erfahren. Jacobs Körper spannte sich wieder an, er gab alles, um seine Selbstbeherrschung zu bewahren. Der schier ewig

andauernde Kuss machte ihn zunehmend wütender, unge-
duldiger.

Sie ist eine Lügnerin. SIE IST EINE VERDAMMTE LÜG-
NERIN.

»Ich verzeihe dir, du verrückter Biologe. Was war denn
nur in dich gefahren? Ich hatte die letzten Tage richtige
Angst vor dir bekommen?« Besorgt strich sie ihm über
die Wange.

Jacob musste handeln. Die geheuchelte Inszenierung
der besorgten Ehefrau zehrte an seinen Kräften.

»Nun.« Jacob räusperte sich.

Treten Sie ein, die Vorstellung der großen Jacob-West-
Show beginnt in wenigen Minuten.

Es war ihm nicht mehr möglich, einen klaren Gedanken
zu fassen. Jacob schloss kurz die Augen und rieb sich mit
seinem Handballen über sein zuckendes Auge. Dieser
verfluchte Augenreiz.

»Ich habe einen trockenen Hals. Möchtest du auch ein
Glas Wasser?« Er stand auf, ging zur Wohnzimmertür
drehte sich um und wartete wie beiläufig auf eine Antwort.

»Nein, danke.« Charlotte winkte höflich ab und lächelte
ihn liebevoll an.

Sie will kein Wasser. Sie hat Nein gesagt. Nein, danke.
NEIN. NEIN.

»Kein Problem.« Er hatte mit ruhiger Stimme geantwortet, drehte sich um und betrat die Küche.

Er entspannte sich, atmete tief ein und aus. Mit ruhiger Hand nahm er zwei Gläser aus dem Schrank, öffnete den Kühlschrank und nahm zwei kleine Plastikflaschen heraus. Er musterte das kleine, kaum sichtbare C, das er mit einem Messer auf die Kappe der kleineren Flasche geritzt hatte. Behutsam schraubte er die Kappe ab und schüttete den Inhalt in das Glas. Sie würde trinken. Dazu kannte er Charlotte zu gut. Irgendwann würde sie zu dem Glas greifen.

Wenige Momente später betrat Jacob das gemeinsame Wohnzimmer wieder und stellte die beiden Gläser auf den gereinigten Tisch, der Stunden zuvor die Last der Essensreste und Bierdosen getragen hatte.

»Nur für den Fall«, säuselte er und lächelte seine Frau liebevoll und mit ruhigem Blick an.

Jacob nahm einen großen Schluck Wasser und atmete erleichtert.

»Viel besser. Es gibt wohl Situationen im Leben, in denen man seine Spur verliert und nur schwer wieder zurückfindet«, murmelte er nachdenklich.

Sie stimmte ihm zu, ohne zu verstehen, dass Jacob den Satz auf sie bezog. Es kostete ihn viel Überwindung, sich seiner Frau nochmals zu nähern und ihr einen langen Kuss auf den Mund zu geben. Jacob verspürte nichts, keine Zuneigung, keinen Ekel. Getrieben von der Hoffnung, sie endlich trinken zu sehen, verfolgte er seinen Plan konsequent Schritt für Schritt.

»Wir sollten uns die Zeit nehmen, alles zu bereden, uns auszusprechen und diesen Irrsinn ein für alle Mal aus der Welt zu schaffen. Vielleicht haben wir uns beide falsch verhalten. Ich wusste nicht, dass dir die Sache mit William so nahe ging«, sagte sie.

Uns beide falsch verhalten? BEIDE?

Die Worte hallten in seinem Kopf wider. Wieder stieg die Wut auf seinen Freund William Connor hoch. ER hatte ihn in diese Misere gebracht. Ohne ihn würde Jacob nicht in dieser Situation stecken.

»Ja, das sollten wir. Darf ich dich heute Abend zum Essen einladen? Wir können auch gerne zu dem Inder gehen, den du so gerne magst, auch wenn ich danach die halbe Nacht auf der Toilette verbringe.«

Sie lachte. Wieder hatte Jacob mit seiner charmanten, witzigen Art und Weise, die Charlotte auch nach vielen Jahren der Ehe immer noch zum Lachen brachte, gepunktet.

»Du Spinner. Der Italiener geht natürlich auch.« Sie rutschte näher zu ihm heran und küsste ihn.

HÖR AUF. TRINK DAS WASSER. TRINK ENDLICH DAS VERFLUCHTE WASSER.

Der Teufel in ihm schrie und tobte. Sein Körper spannte sich erneut an. Es war kräftezehrend und anstrengend, das Spiel der Harmonie weiterzuführen. Schließlich griff Jacob erneut zu seinem halb leeren Glas, hob es feierlich und sah Charlotte tief in die Augen.

»Es ist kein Champagner und dennoch hat es etwas Feierliches. Auf uns und darauf, dass wir die schlimmste und hoffentlich letzte Krise unseres gemeinsamen Lebens ein für alle Mal überwunden haben.«

Die Worte klangen, als wären sie von Herzen gekommen. Diesen Toast konnte sie unmöglich ausschlagen. Der perfide Plan funktionierte. Charlotte strahlte ihren Mann freudig an, nahm das Glas und hob es andächtig in die Höhe.

»Auf uns, mein Schatz. Sagen wir heute um acht Uhr?«

»Wann immer Sie möchten, Mylady.« Mit einem Zwinkern trank er.

Seine Augen fixierten das Glas seiner Frau, das sich wie in Zeitlupe ihrem Mund näherte. Charlotte trank das Glas aus und stellte es auf den Tisch. Es war vollbracht.

Er fühlte, wie sein Herz zu rasen begann und seine Hände zittrig wurden. Er erinnerte sich an die Worte von Rainmaker833. Die Vorzeichen, der Moment, in dem das Serum wirken würde, und schlussendlich die Symptome, die ihm aufzeigen sollten, dass die Wirkung nachließ.

»Das tat gut, es wird doch ein heißer Tag heute.« Ihm war nichts anderes eingefallen, als eine Floskel auszusprechen. Er beäugte seine Frau aufmerksam.

»Da hast du recht. Vielleicht können wir am Wochenende wieder zu unserem See fahren? Mom hat sich übrigens letzte Woche einen neuen Fernseher bestellt. Sie meinte, dass …« Charlotte stockte.

»Sie meinte was?«, fragte Jacob.

Die kurzweilige Verwirrung trat ein. Er hatte das Serum richtig dosiert. Jacob fiel ein Stein vom Herzen.

Charlottes Pupillen weiteten sich so sehr, dass Jacob für einen Moment Angst bekam. Mit halb offenem Mund starrte jene Frau, die ihn abgöttisch liebte, durch ihn hindurch.

»Charlotte? Was meinte deine Mutter?«, wiederholte er unsicher seine Frage.

»Sie meinte, dass ein neuer Fernseher besser für ihre Augen wäre. Ich glaube, Dad hat ihr das wieder eingeredet«, stammelte sie. Charlotte blinzelte nicht mehr und wirkte wie eine Puppe, deren Batterie zur Neige ging.

»Liebst du mich?«, fragte Jacob.

Er war sicher, dass die Wirkung des Serums ihr Unterbewusstsein erreicht und die Kontrolle ihrer Worte übernommen hatte.

»Ja, das tue ich. Der Sex macht viel aus, nicht wahr? Ich ertrage oft deine Witze nicht und dein Gejammer über deinen Chef. Oft frage ich mich, warum du so ein Weichei bist, aber wenn wir miteinander schlafen, bist du wieder ein Mann.«

Nun saß auch Jacob mit halb offenem Mund da und traute seinen Ohren nicht. Die unverblümte Wahrheit fühlte sich an, wie ein Schlag in sein Gesicht.

»Hast du Kontakt zu William und Olivia?«

Kaum hatte er die Worte ausgesprochen, befürchtete er, dass sich Charlotte nach der Wirkung des Serums an seine Fragen erinnern könne.

»Nein. Er macht mich schon scharf. Ich glaube, ein Dreier mit den beiden täte mir auch einmal gut. Würde es dich stören?«

Jacobs verworrenes Bild einer Verschwörung zerbrach in tausend Teile. In diesem Moment starb nicht nur sein fester Glaube an den gemeinschaftlich geschmiedeten Komplott. Charlotte, die Liebe seines Lebens, wollte mit Olivia und William Connor schlafen. Als wäre dieser geheime Wunsch, den sie niemals zuvor geäußert hatte, nicht schlimm genug für ihn, wurde Jacob obendrein aus der Orgie ihrer innersten Sehnsucht ausgeladen. Irritiert von ihrer Antwort, war Jacob mit einem Male damit beschäftigt, seine Gedankenwelt zu ordnen.

»Ob es mich stören würde?«, wiederholte er laut ihre Worte und versuchte verzweifelt ihren Blick mit seinen Augen zu fangen.

»Das wäre schön. So schön.«

Ungläubig schüttelte er seinen Kopf und stand langsam auf. Jacob wurde schlecht, er spürte, wie sich sein Mageninhalt den Weg nach oben bahnte. Aus dem Augenwinkel registrierte er ihr schnelles Blinzeln und verschwand im Badezimmer. Die Wirkung des Wahrheitsserums ließ nach und während Jacob sich auf allen Vieren übergab, hörte er Charlotte im Wohnzimmer leise stöhnen.

Bleib ruhig. Bring es zu Ende.

Das kalte Nass aus dem Wasserhahn sammelte sich in seinen Handflächen. Es tat gut, das Wasser auf seinem heißen Gesicht zu spüren. Jacob verließ wieder das Badezimmer und betrat mit versteinerter Miene den Raum. Alles hatte sich verändert.

»Gott, habe ich plötzlich Kopfschmerzen. Kannst du mir bitte eine Tablette holen, Schatz?« Charlotte rieb sich mit schmerzverzerrtem Gesicht ihre Schläfen.

Wie mechanisch drehte sich Jacob um und folgte ihrer Bitte.

Wenige Minuten später verabschiedete sich Charlotte von ihm, um zur Arbeit zu fahren, und beteuerte, wie sehr sie sich auf das Abendessen freuen würde.

Ein Treffen, dem Jacob nicht beiwohnen würde. Jacob betrachtete seine Hand, die nach der Verabschiedung den Türknauf der Wohnungstür fest umklammerte. Vor seinem geistigen Auge lag der zerstörte Hofstaat, voll von Soldaten, die die Fahne der Intrigen und Lügen bis zum heutigen Morgen aufrecht gehalten hatten. Der Fakt, dass Charlotte mit den Connors nicht unter einer Decke steckte, löste eine andere viel grausamere Tatsache ab.

»Du willst mit den Connors ficken? Fein. Dann gehen wir der Sache einmal auf den Grund«, zischte er, betrat das Wohnzimmer und schaltete sein Notebook ein.

Kaum hatte er seinen Maileingang aktualisiert und den Entschluss gefasst, William auf ein Bier in Mike's Sportsbar einzuladen, erspähte er ungläubig eine ungelesene E-Mail von William, der zwischenzeitlich aus seinem Kurzurlaub zurückgekehrt war.

Absender: William Connor

Betreff: Aussprache

Hallo mein alter Freund,

ich möchte mich bei dir für mein eigenartiges Verhalten der letzten Wochen entschuldigen. Du weißt, du bist mein Bruder. Es gab Gründe für mein Schweigen und jetzt ist die Zeit gekommen, dir alles zu erklären und Licht ins Dunkel zu bringen.

Olivia und ich würden euch beide am 15. gerne zum Abendessen einladen. Ich würde mir wünschen, dass ihr die Einladung annehmt. Es gibt viel zu bereden, viel zu erzählen.

Wie wäre es gegen Sechs?

Schreib mir mal, Wassermann.
Cheers
William

Jacob rieb sich sein Kinn und las den Text seines ver-
schollenen Freundes wieder und wieder. Was für ein ei-
genartiger Zufall es doch war, dass Charlotte gestern
Abend einer Aussprache zugestimmt und zwei Stunden
später eine E-Mail von William den Weg in Jacobs Postfach gefunden hatte. Entweder hatte er das Serum nicht
hoch genug dosiert, sodass er die tiefsten Täler in Charlottes Seele nicht erreicht hatte oder sie war gegen die
Wirkung der psychoaktiven Stoffe resistent. Eine andere
Erklärung war in seinem Kopf nicht akzeptabel. Ohne
weiter nachzudenken, begann er eine Antwort an den
Mann zu verfassen, der sein geregeltes Leben aus den
Angeln gehoben hatte.

Hallo William,
das können wir gerne machen. Ich möchte mich heute
Abend mit dir auf ein Bierchen in Mike's Sportsbar treffen. Nichts gegen unsere Frauen, aber ich möchte meinen Bruder zuerst allein sehen, ihm in die Augen blicken
und wissen, dass ich ihm noch etwas bedeute.
Sag mir, wann du kannst, und ich werde da sein.
Wassermann

Jacob betrachtete die gesendeten Zeilen. In seinen Augen erschuf er ein kleines emotionales Meisterwerk, aus
dessen Fängen William unmöglich entkommen konnte.

»Dein Zug, mein Freund. Dein Zug«, flüsterte er martialisch in seinen Bildschirm.

Es dauerte nicht lange, bis William geantwortet hatte. Das war für Jacob ein weiteres Indiz dafür, dass etwas nicht stimmte. Jacob konnte sich nicht erinnern, mit William tagsüber jemals gemailt zu haben. Die beiden Männer verabredeten sich für achtzehn Uhr.

»Sechs Uhr Charlotte, sechs Uhr William«, murmelte er nachdenklich. Er dachte darüber nach, Charlotte abzusagen, verwarf den Gedanken allerdings wieder. Sein Groll, seine Enttäuschung und die unendliche Wut auf die Worte, die Charlotte ausgesprochen hatte, waren zu groß. Selbst dafür, ihr zu schreiben.

Den Rest des Tages verbrachte er damit, ein weiteres Fläschchen für seinen Freund William zu präparieren. Trotz seiner Zweifel, bei Charlotte die richtige Dosierung angewandt zu haben, hielt er sich an die genauen Vorgaben von Rainmaker833.

Ausgelaugt von der konzentrierten Herstellung der Mixtur, ließ sich Jacob gegen sechszehn Uhr auf die Couch fallen. Müde rieb er sich über seine Augen und musterte die kleine Plastikflasche, die nicht größer als ein Flakon war. Die Sonnenstrahlen des heißen Julitages reflektierten sich in der durchsichtigen Flüssigkeit und blendeten seine Augen. Bedächtig nahm er das Fläschchen in die Hand und beäugte den Inhalt. Es war ein Geschenk Gottes. Jacob war sich sicher, heute Abend die Antworten auf seine Fragen zu bekommen. Ein Blick auf seine Uhr verriet ihm, dass er sich wieder in seinem nebulösen Gedankenlabyrinth verlaufen hatte. Wie Stunden zuvor begann sich Jacob wieder im Bad herzurichten.

Wenige Momente später fand er sich hinter dem Lenkrad seines alten Pick-ups wieder und steuerte den Parkplatz von Mike's Sportsbar an. Mit klammen Händen sperrte er den Wagen ab, richtete sein Hemd und betrat die Bar.

Mit Wehmut dachte Jacob an die Zeit längst vergangener Tage zurück. Und ohne zu wissen, wie sich das Gespräch mit William entwickeln würde, so wusste er, dass diese Zeiten nicht wieder zurückkehren würden.

Die winkende Hand von einem der hinteren Tische zog ihn wieder in die Gegenwart zurück. Jacob blickte in das verhalten lächelnde Gesicht seines ehemaligen Freundes. William schien sich tatsächlich über Jacob zu freuen. Reflexartig tastete er mit der Hand zu seiner linken Hosentasche. Er fühlte die Plastikflasche in seiner Handfläche.

»Showtime«, flüsterte er und zog die freundliche Maske über sein Gesicht.

»Hallo William. Wie geht es dir?«

Unpersönlicher hätte er seinen ersten Satz nicht formulieren können und dennoch hielt sich Jacob an seinen Plan, den verunsicherten Freund zu mimen.

William kam um den Tisch herum und drückte Jacob kurz an sich.

»Danke, dass du gekommen bist. Ich weiß, ich habe mich wie ein Arsch verhalten. Aber ich kann dir alles erklären.«

Jacob erwiderte die Umarmung und spielte das Spiel fehlerfrei mit.

»Ja, das hast du.« Jacob fixierte den Blick seines Freundes, ohne seine freudigen Emotionen außer Acht zu lassen.

»Komm, ich lade dich auf ein Bier ein, alter Freund. Wie ist es dir so ergangen die letzten Tage?«

William orderte zwei Biere und lehnte sich interessiert nach vorn.

Eigentlich ganz gut, William. Ich werde bald meinen Job verlieren, habe die Ersparnisse der letzten zwanzig Jahre verprasst und meine Frau will mit dir schlafen. Doch, eigentlich geht es mir ganz gut, WILLIAM.

Jacob biss sich auf die Zunge. Dieses aufgesetzte Lächeln und dieser hämische Blick ließen ihn rasend werden vor Wut. Das zweite Mal an diesem Tag übte sich Jacob in Selbstbeherrschung. Das plötzliche Vibrieren in seiner Hosentasche ließ ihn für einen Augenblick seinen Zorn vergessen.

Ich gehe schon einmal rein, Schatz. Ich freu mich auf dich. Kuss, Charlotte.

Er lugte hastig auf die WhatsApp-Nachricht in der Vorschau, öffnete den Chat aber nicht. Eigentlich wollte er Charlotte noch absagen, ihr Treffen auf einen späteren Zeitpunkt verschieben, doch das Zeitfenster für eine rechtzeitige Nachricht hatte sich geschlossen. Im Grunde spielte es auch hier und jetzt keine Rolle. Er saß der Ursache seines außer Kontrolle geratenen Lebens gegenüber.

»Hey, bist du noch da? Wie geht's dir?« William sah ihn neugierig an.

»Gut. Alles in Ordnung. Wir haben momentan viel Arbeit, da sie im Wasserwerk neue Filtersysteme implementieren wollen. Viele Updates, viele Fehler und so weiter. Kannst du dir ja vorstellen«, plapperte Jacob los und war über sein spontan erfundenes Märchen selbst überrascht.

Betty servierte den beiden Männern die Bestellung und verabschiedete sich mit dem gleichen unverständlichen Grummeln, das sie seit Jahren kannten.

»Auf uns, mein alter Freund.« William hob feierlich sein Bierglas.

Jacob sah der nächsten Überwindung entgegen, hob sein Glas und stieß mit einem Lächeln an.

Auf die Wahrheit, du Bastard.

»Ich werde dir jetzt alles erzählen, aber du musst mir versprechen, dass du es Charlotte vor unserem gemeinsamen Essen nicht erzählen wirst, okay?«

Jacob nickte.

»Wassermann, du musst jetzt echt cool bleiben, hörst du? Hör mir einfach zu und versuche einfach cool zu bleiben«, fügte William hinzu und rieb sich die Hände.

Jacob ertrug es nicht mehr. Der Zeitpunkt, in dem er keine Kraft mehr aufwenden konnte, in diesem widerlichen Theaterstück den Komparsen zu mimen, war gekommen. Es war Zeit, zu handeln.

»Bevor du los legst, wie wäre es, wenn du uns die Jukebox anmachst. Weißt du noch damals, als Martina mit dir Schluss gemacht hat? Wir haben uns die halbe Nacht Elton Johns ›I'm still standing‹ angehört. Das war so nervig, ich hätte dich am liebsten an die Wand geklatscht, hättest du nicht die halbe Nacht wie ein Schlosshund durchgeheult.«

William runzelte die Stirn, lachte dann aber und schnippte freudig mit den Fingern.

Er ging hinüber zur Jukebox. Jacobs Moment war gekommen. Er griff in seine Hosentasche, schraubte mit Zeigefinger und Daumen die Kappe ab und versteckte den Flakon in seiner Handfläche. Gekonnt griff er über das Glas von William und ließ die Flüssigkeit binnen weniger Sekunden in das Bier laufen.

Stundenlang hatte Jacob geübt, die kleine Plastikflasche so in seiner Hand zu positionieren, dass es für einen Außenstehenden nur den Eindruck machen würde, als rücke er das Glas zurecht. Immer und immer wieder war ihm der Plastikflakon aus der Hand gefallen, doch dieses Mal funktionierte es.

Während Jacob die Flasche wieder unauffällig in seiner Hosentasche verschwinden ließ, ertönte plötzlich »I'm still standing« von Elton John.

Lausbübisch grinsend, setzte sich William wieder zu seinem Freund an den Tisch.

»Für dich. Du willst es doch auch, oder?«, lachte William und zerzauste Jacobs Frisur.

»Und wie. Auf uns«, antwortete er leise und bemerkte, wie jegliche gespielte Emotion aus seiner Stimme verschwunden war.

William Connor und Jacob West stießen erneut an. Seine Pupillen weiteten sich, als sein Freund einen weiteren Schluck aus dem Glas zu sich nahm.

Kapitel 5 – Nichts als die Wahrheit

24. August, 01:36 Uhr. Der eiskalte Wind, der vom Meer auf die Küste Manhattans hereinbrach, schmerzte in seinem Gesicht. Sein Blick wanderte von einem Cop zum nächsten. Die Polizisten wahrten den Abstand. Jacob konnte seine Hand nicht mehr spüren, er sah zu ihr hinunter und stellte fest, dass er die offene Plastikflasche immer noch fest in seiner Hand hielt. Die klirrende Kälte hatte seine Hände betäubt.

»Wo ist Graham?«, schrie Jacob und hob die Flasche drohend über seinen Kopf.

Der Sheriff trat aus der Reihe der anwesenden Polizisten und begann erneut mit seinen Händen zu gestikulieren.

»Sehen Sie.« Seine Hand deutete auf die Armada von Polizisten, die sich mittlerweile vor Jacob eingefunden hatten.

Er folgte dem Fingerzeig und entdeckte einen herannahenden Polizeiwagen mit hoher Geschwindigkeit. Das Fahrzeug kam wenige Meter hinter den Polizisten zum Stehen. Das hektisch blitzende Licht blendete Jacobs Augen.

»Er soll sofort herkommen«, schrie Jacob entnervt zu dem namenlosen Gesetzeshüter.

»Ich bin auf dem Weg, West. Keine Hektik«, ertönte eine ruhige Stimme.

Jacob versuchte der Stimme zu folgen. Erst jetzt erkannte er die Silhouette einer Person, die sich augenscheinlich in aller Ruhe dem Tatort näherte. Zwei Polizisten machten den Weg frei, Wesley durchschritt die

menschliche Absperrung seiner Kollegen und blieb fünf
Meter vor Jacob stehen. Er musterte die Plastikflasche in
Jacobs Hand.

»Es hätte alles anders laufen können, West«, sagte
Wesley, schlug seinen Kragen hoch und sah mürrisch auf
das dunkle Meer.

»Schicken Sie Ihre Kollegen weg. Ich möchte mit Ihnen
allein sprechen.« Er beruhigte sich langsam und betrachtete skeptisch die unzähligen Cops, die ihre Waffen auf
Jacob richteten.

Wesley nickte und gab den Befehl des Rückzugs. Waffe
für Waffe verschwand in den Holstern, die Polizisten
gingen langsam in die Dunkelheit.

Jacob war klar, dass sie sich nur außer Sichtweite begeben hatten. Ihm war auch bewusst, dass das New Yorker
Police Department sicherlich Scharfschützen positioniert
hatte. Sein Ticket in die Freiheit, seinen letzten Trumpf
hatte Jacob allerdings in seinem Kopf. Solange er Wesley
nichts verriet, würde ihn die Staatsmacht wie ein rohes Ei
behandeln.

Sie hätten ihm eine Kugel in den Kopf schießen oder
ihm die Flasche aus der Hand entreißen können. Es hätte
nichts an der Tatsache geändert, dass die wirklich große
Gefahr nicht an der Küste Manhattans zu suchen war.

»Wie soll es jetzt weitergehen, West?« Fragend blickte
Wesley den Mann an, der mit seinen Schuhen im Wasser
stand.

»Ich will einen neuen Hubschrauber und freies Geleit
nach Mexiko, Graham.« Wesley dachte für einen Moment
über die Worte nach und begann zu lächeln.

»Ich muss Ihnen gratulieren, West. Sie haben es bis an die Spitze der Charts geschafft.«

»Ich verstehe Sie nicht.«

»Sie sind der meistgesuchte Mann der USA, West. Ihnen müsste klar sein, dass ich Sie nicht gehen lassen kann.« In Wesleys Stimme schwang ein amüsierter Unterton mit.

Jacob musterte den Ermittler und erkannte, dass er nicht von dem Schlag Mensch war, der sich auf einen gefährlichen Bluff einlassen würde.

»Sie werden mich gehen lassen, Graham. Andernfalls wird es noch schlimmer werden.« Jacobs Worte klangen nicht nach einer Drohung, vielmehr unterstrichen sie nur die Tatsache, der sich Wesley auch bewusst geworden war.

Der Ermittler ging in die Hocke und deutete auf die Plastikflasche. Er lachte leise.

»Dieses Teufelszeug. West, was ist bloß in Sie gefahren?«

Jacob betrachtete kurz seine Hand und sah durch die kleine Öffnung direkt auf den durchsichtigen Inhalt der Flasche. Wie sensibel das Wasser auf die Vibration seiner zitternden Hand reagierte.

»Es ist nicht das Werk des Teufels. Es ist ein Geschenk Gottes.« Voller Ehrfurcht fixierte er die offene Plastikflasche und widmete sich mit weit aufgerissenen Augen wieder dem Detective.

Wesley erschrak, als er nach all den Wochen die immer noch ungebrochene Besessenheit erkannte. Wieder ertönten aus der Ferne die Sirenen, die sich ihren Weg zur

Küste Manhattans bahnten. Unbeeindruckt hielt Jacob dem Blick von Wesley stand und wartete ab.

»Denken Sie an Ihre Frau, West. Denken Sie an all die anderen Menschen. Es muss nicht noch weitere Opfer geben. Ich kann Ihnen helfen.«

Jacob erinnerte sich an Charlotte. Es fühlte sich an, als wäre es vor Jahren passiert.

»Fehler sind da, um aus Ihnen zu lernen, sie zu korrigieren«, murmelte Jacob in einem unsicheren Ton vor sich hin.

»Musste Ihre Frau für einen Fehler bezahlen oder war das der Preis, den Sie in Kauf genommen haben, um hier und heute mit mir dieses Gespräch zu führen?«

Er dachte über die Worte nach, öffnete seinen Mund, um ihn anschließend ohne einen Laut wieder zu schließen. Der Ermittler hatte recht. Es war der Preis, den Jacob bereitwillig gezahlt hatte, um gemeinsam mit seinem Dämon den Olymp des Wahnsinns zu erklimmen.

»Es geht doch nichts über einen Schluck kühles Bier.«
William wischte sich mit der Hand über den Mund. Sichtlich erleichtert über die Situation, die sich immer mehr zu
lockern schien, klopfte William seinem Freund noch mal
auf die Schulter und lehnte sich zurück. Jacob nickte und
lächelte ihn verhalten an.

In wenigen Augenblicken bin ich schlauer. Grinse mich
nur an, solange du es kannst.

Wieder vibrierte sein Telefon in seiner Hosentasche. Jacob ignorierte es und musterte seinen Freund mit Argusaugen. Mit den letzten Tönen von Elton Johns Hit verschwand auch das Lächeln aus Williams Gesicht. Die
Jukebox verstummte wieder und mit ihr erschien derselbe
leere Blick, den Jacob bereits in Charlottes Augen gesehen hatte. William öffnete ein wenig seinen Mund und
starrte mit halb offenen Augen auf Jacobs Schulter.

Er musste es mit einer harmlosen Frage testen. Nichts
wäre verheerender, als sein Kreuzverhör bei vollem Bewusstsein zu beginnen.

»Hattest du heute viel Arbeit auf der Ranch?« Jacob fiel
auf, dass William seinen Blick nicht von seiner Schulter
nahm.

»Nein. Ich habe heute gar nicht gearbeitet. Keine Arbeit«, stammelte William. Speichel sammelte sich in seinem Mundwinkel.

»Betrügst du mich mit meiner Frau?« Das Serum wirkte, Jacob holte seinen Zettel hervor, überflog hastig die
Fragen und richtete seinen Blick wieder auf den Angeklagten.

»Nein.«

»Willst du mit ihr schlafen?«

»Nein.«

Die Antworten beruhigten ihn in diesem Moment. Es war Zeit, eine komplexere Frage zu stellen und zu sehen, ob Williams eingeschränkte Wahrnehmung seinen Satz verarbeiten konnte.

»Warum hast du dich so lange nicht gemeldet und mich ignoriert? Hattest du in der Zeit Kontakt mit Charlotte?«

»Wollt ihr noch etwas?«

Es hätte keinen ungünstigeren Zeitpunkt für die mürrische Betty geben können, um die Bühne zu betreten. Voller Wut sah Jacob die Bedienung an und winkte sie mit einer hektischen Bewegung weg vom Tisch.

»Nein, danke«, antwortete William schließlich.

Kostbare Zeit verstrich, bis sich Betty schließlich vom Tisch zurückzog, um sich gelangweilt dem nächsten Gast zu widmen.

Jacob schloss die Augen, sammelte sich und stellte seine Frage erneut.

William neigte seinen Kopf leicht zur Seite und schob seine Augenbrauen nach oben.

»Nein. 284 Millionen.«

Fragend sah Jacob William an. Er suchte wieder seinen Blick und erinnerte sich daran, dass dieser Versuch bereits bei Charlotte kläglich gescheitert war.

»Was ist mit 284 Millionen?«

»Die haben wir im Powerball gewonnen. Viel Geld, nicht wahr?« Kaum hatten die Worte seinen Mund verlassen, blinzelte William schnell und unregelmäßig.

Nun tat Jacob es seinem Gegenüber gleich und starrte ihn mit offenem Mund an. Die Antwort hatte Jacob aus dem Konzept gebracht. Die Jukebox erwachte wieder zum Leben. Hells Bells von AC/DC donnerte unter dem Gejohle einzelner Gäste durch die Bar.

»Ach du Scheiße. Das wievielte Bier ist das denn? Mir platzt gleich der Schädel«, jammerte William plötzlich los und betrachtete verwundert die Speichelflecken auf seinem Hemd.

»Hey Buddy, bist du noch da?« Er schnippte vor Jacobs Gesicht herum.

Unter dem Vorwand, eine dringende Nachricht von Charlotte bekommen zu haben, verließ Jacob fluchtartig Mike's Sportsbar.

Ein weiterer Sommertag neigte sich in Kermit dem Ende zu und er raste der untergehenden Sonne entgegen. Immer wieder schüttelte Jacob den Kopf, lachte laut und schaute im nächsten Moment zu Tode betrübt auf den vorbeihuschenden Seitenstreifen. Wie er in seine Wohnung gekommen war, wusste er nicht mehr. Paralysiert fand er sich auf der Couch wieder und starrte auf das Display seines Handys.

Acht Anrufe in Abwesenheit. Drei neue Nachrichten.

Er hatte im Spiel um seine Wahrheit hoch gepokert und letztendlich alles verloren. Langsam realisierte Jacob, dass die Intrigen um seine Person nur seinem Wahn entsprungen waren. Sollte er den Verstand verloren haben? Niemals. Jacob fuhr an der letzten Ausfahrt, die ihn zurück auf die Straße der Normalität geführt hätte, vorbei. Sein Dämon prügelte auf den letzten Keim der Vernunft ein, bis die Logik in seinem Kopf für immer abstarb.

»Ihr habt mich vernichtet. Ihr habt mich mit eurem Verhalten zerstört«, flüsterte er.

Das Klingeln seines Handys riss ihn aus seinen Gedanken. Die Nummer gehörte zu Mark aus der Personalabteilung. Irritiert sah Jacob auf sein ausgeschaltetes Firmenhandy, versuchte die Erinnerung an die letzte Konversation mit ihm abzurufen. Partiell erinnerte er sich an seine Krankmeldung. Hatte er sie eingereicht? Jacob wusste es nicht mehr.

»Hallo Mark.«

»Hallo Jacob. Es tut mir sehr leid, dass ich dich auf deiner privaten Nummer zu später Stunde belästigen muss. Ich nehme an, du hast deine E-Mails nicht gelesen.« Der unterkühlte Ton und die sachliche Einleitung ließen nichts Gutes erahnen, dennoch fand Jacob keinen freien Kanal in seinem Kopf, um sich ernsthafte Sorgen zu machen.

»Nein, das habe ich nicht. Was gibt es?« Jacob hatte in einer dominanten, genervten Tonlage geantwortet.

»Du reagierst seit über einer Woche weder auf E-Mails, noch schaltest du dein Firmenhandy ein. Eine Krankmeldung ist diesmal nicht verspätet, sondern gar nicht bei uns eingegangen. Ich kann dich nicht mehr in Schutz nehmen, Jacob.«

Mark sprach es nicht aus, doch Jacob konnte ahnen, was dies mit sich bringen würde. Eine Abmahnung würde sicherlich nicht das Ende der Welt bedeuten und dennoch würde er ab heute bei seinem Arbeitgeber keinen leichten Stand mehr haben.

»Ich weiß, Mark. Ich werde morgen wieder zur Arbeit erscheinen. Es tut mir …«

»Das musst du nicht mehr, Jacob.«

Er spürte seinen Herzschlag an den Schläfen.

»Das könnt ihr nicht machen. Ich weiß, dass ich eine Abmahnung verdient habe. Aber mehr nicht.« Jacob sprang von der Couch.

»Nicht bei einer Arbeitsverweigerung. Du hast eine fristlose Kündigung in deinem Postfach. Das Originaldokument wird dir per Post zugestellt. Jacob, wir haben dich etliche Male angeschrieben, versucht dich telefonisch zu erreichen, aber …«

»Weißt du was, Mark? Fickt euch. Ich bin fertig mit euch.« Jacob beendete an diesem 13. Juli das letzte Gespräch mit seinem Arbeitgeber.

»Hey, hey, hey. Freitag, Baby, Freeeiiitag! Raus aus den Federn, liebe Hörer. Damit ihr die ersten Sonnenstrahlen nicht verpasst, gibt es direkt zum Einstieg ins Wochenende George Michael mit ›I want your Sex‹ auf die Ohren. Wenn ihr wisst, was ich meine … hahaha.«

Wesley schlug reflexartig mit der flachen Hand auf den großen Knopf, der sich auf der Oberseite seines altmodischen Radioweckers befand. Er musste nicht nur den Klingelton seines Handys, sondern auch die Frequenz seines Radios ändern. Müde schälte sich der Sechzigjährige an diesem Morgen aus dem Bett, beäugte schlaftrunken sein Spiegelbild und stieg in die Dusche. »Blähbauch« arbeitete mehr als ihm lieb war in seinem Unterbewusstsein. Das Zugeständnis auf seine alten Tage, die Arbeit mit nach Hause genommen und sich in seiner freien Zeit unentwegt damit beschäftigt zu haben, zermürbte Wesley. Hatte er doch den Übereifer eines jungen, motivierten Cops im Laufe der Jahre abgelegt und das Gleichgewicht zwischen Arbeit und Freizeit mühsam wiederhergestellt. Umso mehr machte es nun den Anschein, als wäre er in der Zeit zurückversetzt worden, da er diese mysteriöse Mordserie auf jeden Fall aufklären wollte. Er musste sich eingestehen, dass dieser Fall sein Leben in diesen Tagen bestimmte.

Das Geräusch des plätschernden Wassers wurde durch seinen grauenhaften Klingelton gestört.

»Ich werfe alles zum Fenster hinaus. Heute mache ich es«, fluchte Wesley, trocknete sich eilig ab und lief nackt in sein Wohnzimmer.

Lisa kannte keine Ruhezeiten.

»Einen wunderschönen guten Morgen, Frau Parker. Danke, dass du diesmal wenigstens gewartet hast, bis die Sonne aufgegangen ist.«

»Was machst du gerade?«, fragte Lisa und ignorierte die Spitze ihres Kollegen gekonnt.

»Ich stehe nackt im Wohnzimmer und telefoniere mit dir«, konterte Wesley schnell und betrachtete seine Füße.

»Mir kommt das Frühstück gleich wieder hoch. Zu viele Details. Komm sofort in den Belt Parkway, Höhe Brooklyn. Ziehe dir davor aber bitte etwas über.«

Seine charmante Mitstreiterin hatte die rhetorische Schlacht wieder einmal gewonnen.

»Wieder ein Mord?«

»Wenn es nur einer wäre. Bis gleich.« Lisa legte auf.

Zehn Minuten später lenkte Wesley seinen Wagen aus der Tiefgarage, haftete das Blaulicht aufs Dach und raste in Richtung Belt Parkway, der Verbindungsstraße, die New York mit Queens und Brooklyn verband.

Wesley kramte während seiner schnellen Fahrt in den Schubladen seiner Erinnerungen. Soweit er sich nicht irrte, zierten die Schnellstraße, welche die drei Ortsteile miteinander vereinigte, nichts anderes als Leitplanken, Natur und die Sicht auf das Meer. Er trat aufs Gas und erreichte zwanzig Minuten später das Ende eines scheinbar unendlichen Staus. Er aktivierte seine Sirene. Nach und nach drückte er sich mit seinem Wagen an der Blechkolone vorbei. Der Stau hatte in diesen Morgenstunden eine beachtliche Länge erreicht, sodass Wesley geschlagene zehn Minuten später endlich das Blaulichtmeer durch seine Windschutzscheibe erkennen konnte.

Genervt schlug er die Tür seines Wagens zu und betrachtete die zahlreichen Feuerwehr-, Notarzt- und Polizeiwagen.

»Was ist hier los?« Kaum hatte Wesley die Frage gestellt, raste ein tief fliegender Polizeihelikopter an ihnen vorbei.

Lisa führte ihn an den Einsatzfahrzeugen vorbei und blieb schließlich wenige Meter vor einer stark befahrenen Brücke stehen.

»Heute ist dein Glückstag, alter Kollege. Du bist nicht er«, sagte sie ernst.

Wesley verstand den Satz nicht, konnte aber in ihrem Gesicht lesen, dass es sich nicht um einen der typischen Witze handelte. Die beiden näherten sich der Brücke. Schließlich verstand Wesley, was Lisa mit ihrem unverständlichen Wink hatte sagen wollte. Ihm stockte der Atem. Langsam schritt er auf einen der Stützpfeiler der Brücke zu und hielt sich die Hand vor den Mund.

»Großer Gott«, stammelte er sichtlich geschockt und blieb wenige Meter vor dem Tatort stehen.

Unter dem Pfeiler, auf dem vom heißen Sommer verbrannten Gras saßen drei Personen. Zwei Männer und eine Frau lehnten mit ausgestreckten Beinen an dem Pfeiler. Die aufgeblähten Bäuche ließen keinen Zweifel daran, dass es sich um eine weitere groteske Episode der scheinbar unendlichen Mordserie handelte. Doch waren diese Tatsache und die Anzahl der Leichen nicht der ausschlaggebende Grund, der Wesleys Blut in seinen Adern gefrieren ließ. Die Hände des einen Mannes waren über seine Ohren geklebt worden. Der andere Mann verdeckte mit den Händen seine Augen und die Frau ihren Mund. Von schwarzen, mittelgroßen Papieren, die den drei Leichen mit Nadeln auf die Brust befestigt wurden, las Wesley laut die darauf geschriebenen Worte. Sein Blick wanderte langsam von einer Leiche zur nächsten. Die weiße Schrift auf dem glänzenden Schwarz brannte sich in seine Augen.

»Wesley Graham, Lisa Parker, Nick Trevis.« Ungläubig betrachtete er abwechselnd die Leichen.

»Wir haben ein weiteres Tonband, diesmal glücklicherweise in keinem der Bäuche versteckt, gefunden.« Nick Trevis stand mit einem Mal neben Lisa.

Die neugewonnene Schnittstelle zum FBI erzählte Wesley, dass es sich bei den Opfern um die Angestellten eines Forschungslabors handelte, in deren Verantwortung es lag, für einen der größten Pharmakonzerne der USA neue Medikamente zu testen. Das FBI hatte schnell reagiert und Beamte der Bundespolizei sowie der Spurensicherung zum Labor unweit von Queens beordert.

»Das Verhaltensmuster unseres Psychopathen ist immer das Gleiche.« Wesley drehte sich suchend um seine eigene Achse.

»Wie kommen Sie darauf, dass es ein Psychopath ist?« Nick sah Wesley verwundert an.

»Dieses perverse Spiel deutet doch darauf hin, dass wir es hier mit den anomalen Abgründen einer psychisch kranken Person zu tun haben.« Wesley verstand die Frage des FBI-Agenten nicht.

»Sie wurden hierhergebracht und abgesetzt. Die Spurensicherung kämpft sich in diesem Moment durch den Stau.« Lisa zog ihre Handschuhe an und hob das Tonband auf, das zwischen den Füßen der Frau lag. Das kleine digitale Gerät fand Platz in ihrer Handfläche, als sie plötzlich einen kleinen Widerstand auf ihrer Haut fühlte. Parker drehte das Gerät um und fand einen Klebezettel auf der Unterseite des Aufnahmegerätes.

Des Menschen wahre Hoheit ist Demut.

»Ein mordender Poet.« Nachdenklich steckte Lisa den Zettel in einen Plastikbeutel.

An diesem Vormittag trafen sich die drei Verantwortlichen im Ermittlungsfall Blähbauch im Büro von Wesley, um die weitere Vorgehensweise zu besprechen

»Möchtet ihr auch noch einen Kaffee?« Wesley rieb sich seine müden Augen.

»Das wäre jetzt deine vierte Tasse, Wesley.«

»Ich deute das als ein Nein«, murmelte er und verließ das Büro, um einen weiteren Versuch zu unternehmen, seine Immunität, die er sich im Laufe der Jahre antrainiert hatte, zu durchbrechen, um an diesem Morgen ein für alle Mal wach zu werden.

Der FBI-Angestellte musterte die Fotos vom neuesten Tatort akribisch, während Lisa im Polizeiserver den freigegebenen Ordner des FBI sichtete. Der Mauszeiger öffnete die Unterordner, verweilte für einen Moment, um ihn anschließend wieder zu schließen und den nächsten zu öffnen. Der Arbeitsablauf bei einer Kooperation mit dem FBI war fest definiert, sodass auch dem örtlichen Police Department Einsicht in den Ermittlungsstand des FBI gewährt wurde. Sie runzelte die Stirn, klickte auf den letzten Unterordner und sah Nick verwundert an.

Er spürte den Blick seiner zugeteilten Kollegin und sah sie fragend an.

»Was ist denn, Lisa?«

»Der Unterordner mit dem Namen Rainmaker833 ist passwortgeschützt. Wie lautet das Passwort?«

Nick stand auf, sah auf den Bildschirm und schüttelte den Kopf.

»Das ist nicht möglich. Der komplette Ordner wurde von unserer IT freigegeben. Ich kläre das.«

Mit einem Male beschlich Lisa ein mulmiges Gefühl in ihrer Magengegend. In ihrer Vergangenheit hatte die clevere Blondine schon öfters die Ehre gehabt, mit dem FBI zusammenarbeiten zu müssen. Die akkurate Dokumentation und die explizite Schilderung jedes Fortschrittes hatte Lisa schon etwas neidisch werden lassen. Nicht dass das Police Department seine Arbeit nicht verantwortungsbewusst erledigte, doch schien die strukturelle Vorgehensweise des FBI um Welten effizienter zu sein.

»Habt ihr etwas herausfinden können? Gibt es schon einen Bericht der Spurensicherung?« Wesley nippte an seinem Kaffee und sah seine Kollegen abwechselnd an.

Sie schüttelte langsam den Kopf.

»Die Spurensicherung hat mir gerade den vorläufigen Bericht zukommen lassen. Wir haben im Gegensatz zu unserem Clown nicht einmal einen Fingerabdruck. Die Kleidung der Leichen wird noch untersucht«, sagte Nick und steckte die Fotos in einen Umschlag.

»Ich mach mich auf den Weg zu Ethan. Er möchte ein Update zu dem heutigen Fall. Bis später.« Nick verließ den Raum und mit dem Geräusch des einschnappenden Türschlosses drehte sich Lisas Kopf blitzschnell zu Wesley.

»Hier stimmt etwas nicht, Wesley. Der Unterordner des FBI war verschlüsselt.«

»Passiert«, murmelte er und setzte sich.

»Nein. Das passiert eben nicht. Ich bin mir sicher, dass sie uns etwas vorenthalten. Wahrscheinlich geht es doch darum, wer den entscheidenden Hinweis zur Auflösung des Falles liefert. Diese Ratten.«

Wesley stellte seine leere Tasse ab und sah seine Kollegin amüsiert an.

»Du weißt, ich schätze dich sehr. Aber du solltest mal wieder richtig abschalten. Wann hast du das letzte Mal fünf Stunden durchgeschlafen? Mach mal eine Pause, Lisa. Das ist trotz alledem nur ein Job. Du bist übermüdet.«

Sie winkte kommentarlos ab.

Lisa Parker sollte sich an die Vorkommnisse des 14. Julis noch lange erinnern. Noch Jahre später verfluchte sie diesen entscheidenden Moment, der sie nicht erkennen ließ.

Die Verzweiflung und der Hass hatten Jacob durch die Nacht gebracht. Am Morgen des 15. Julis saß Jacob nackt im Schneidersitz inmitten seines Wohnzimmers. Die Entschuldigungen, die Jacob Charlotte in der Nacht geschrieben hatte, fruchteten nicht. Charlotte hatte den Entschluss gefasst, sich von Jacob zu trennen.

Du bist nicht mehr der Mann, den ich einst geheiratet habe. Ich habe Angst vor dir und habe das Gefühl, mit einem Fremden zu reden. Mein Herz blutet, Jacob. Es ist vorbei.

Jacob starrte auf die einzige Antwort, die er nach siebenundzwanzig Nachrichten von seiner Charlotte erhalten hatte. Weitere dreißig folgten in dieser Nacht. Ohne Reaktion. Resigniert lösten sich seine Augen von ihrer Nachricht und er legte das Handy vor sich auf den Boden. Jacob sah zu den zugezogenen Vorhängen. Die aufgehende Sonne erhellte langsam, aber sicher die Fensterfront. Er fragte sich, wie lange er sich die Miete noch leisten konnte. Sein Blick wanderte zu der Wand gegenüber dem Fernseher. Jacobs Pupillen schnellten über das Mauerwerk, er begann zu lächeln. Es muss gegen drei Uhr morgens gewesen sein, als Jacob mit offenem Mund die Lösung aller Probleme gefunden hatte. Mit einem schwarzen Marker hatte der verlassene Texaner seinen diabolischen Plan auf die Wohnzimmerwand geschrieben.

»Muss ihr Zeug rausschaffen. Darf hier nicht rein«, murmelte Jacob nachdenklich vor sich hin.

Seine Hand schnappte sich erneut den schwarzen Stift und fügte dieses kleine, aber wichtige Detail in eine der chronologisch aufgebauten Zeilen hinzu. Das Wahrheitsserum hatte im Bewusstsein von Charlotte und William keinerlei Erinnerung hinterlassen. Doch war sich Jacob sicher, dass die gesprochenen Worte in den Tiefen des Unterbewusstseins verankert waren. Mit prüfendem Blick überflog er nochmals seine Punkte, die anprangernd in schwarzer Schrift auf dem weißen Hintergrund standen. Wieder nickte er. Wieder huschte ein wirres Lächeln über seine Lippen.

Charlotte – Versicherungsagentur

Seine Augen konzentrierten sich auf den ersten Punkt seines perfiden Plans. Er würde ihr eintrichtern, dass er alles wieder ins Reine bringen würde. Dass er sie liebte und alles wieder in Ordnung käme, wenn die Zeit gekommen war. Ihr Gehirn würde es speichern, es glauben. Davon war er überzeugt.

»Du kommst nicht zu mir? Dann komme ich zu dir«, sagte er mit heiserer Stimme und erhob sich. Er betrat die Küche und öffnete den Kühlschrank. Im zweiten Fach, neben der offenen Cola und der halben Pizza des Lieferservice, lag die Spritze. Alles war vorbereitet.

»Ich gehe nicht als Verlierer aus diesem Spiel, Baby.« Er entfernte vorsichtig die Schutzkappe der Kanüle. Ein Tropfen trat aus der Spitze hervor und lief langsam hinab. Es war Zeit, seine Aufgaben abzuarbeiten.

Eine Stunde später betrachtete er frisch gewaschen sein Ebenbild im Spiegel. Seine Augenringe waren dunkler geworden und überrascht stellte Jacob fest, dass er sein zuckendes Auge erfolgreich ignoriert hatte. Ein arbeitsreicher Tag wartete darauf, erfolgreich beendet zu werden. Viertel nach neun. Charlotte war bereits in der Agentur. Es war Zeit, aufzubrechen und sich der ersten Aufgabe zu stellen.

Um halb elf sperrte Jacob seinen Wagen ab, betrachtete den verspiegelten Gebäudekomplex und die großen Lettern auf dem Hausdach.

Harvester Insurance Cooperation

Jacob tanzte mit dem Teufel, während die Musik immer schneller und schneller spielte. Es spielte ihm in die Karten, dass Charlotte während der Teilrenovierung in einem Einzelbüro saß. Das verwinkelte Großraumbüro ließ keinen Blick auf das verglaste Büro zu. Charlotte hasste es, Tag für Tag Plastikflaschen in das Büro zu schleppen und am Ende der Woche mit einer Tüte voller Flaschen in das Wochenende zu starten.

Jacob betrat den Vorraum des Großraumbüros und meldete sich ordnungsgemäß an der Rezeption an.

»Hey Jacob, was führt dich denn hierher?«

Man kannte sich seit Jahren und Jacob wurde wie immer freudig von Rita begrüßt. Er schnippte mit dem Finger und zeigte auf die Rezeptionistin.

»Dreimal darfst du raten.«

»Charlotte hat wieder einmal ihr Ladekabel zu Hause vergessen. Ein Fremdkabel kommt nicht in die Tüte, da ist sie eigen«, lachte Rita los und wartete mit neugierigem Blick auf die Auflösung.

»Bingo. Du kennst sie einfach zu gut. Ich kenne den Weg«, witzelte Jacob und klopfte auf das lackierte Holz des Empfangstresens.

Der kritische Moment war gekommen. Sollte sich Charlotte genau in diesem Moment auf der ungeschützten freien Fläche, verziert mit halbhohen Trennwänden, aufhalten, würde sein Plan scheitern. Das Glück war ihm gnädig. Zügig machte sich Jacob auf den Weg in den hinteren Wartebereich des großen Büros. Die drei kleinen Couchen, das Tischchen mit den Zeitschriften und die großen Plastikpflanzen sollten den Besuchern die Wartezeit versüßen. Er hatte es geschafft. Jacob setzte sich mit dem Rücken zum Wasserspender, der an der Ecke des Wartebereichs in der Nähe der ersten Raumteiler positioniert war. Das großflächige Büro verfügte über zwei Wasserspender. Und obwohl die gegenüberliegende Wasserstation rein rechnerisch viel näher bei Charlottes Büro lag, bevorzugte sie doch den rechtsliegenden Spender. Er atmete durch, den unkontrollierten Teil seiner ersten Aufgabe hatte er mit Bravour gemeistert. Vorsichtig nahm er die Spritze aus seiner Tasche, stand auf und zog einen der grauen Pappbecher aus der Halterung.

Dreh dich um. Ein kurzer Blick genügt. Tu es. JETZT.

Wie beiläufig drehte er sich nach links und nach rechts. Die Mitarbeiter der Harvester Insurance Cooperation taten, wofür sie bezahlt wurden. Sie telefonierten oder starrten in ihre Monitore. Der Biologe fixierte den oberen mit Luft gefüllten Bereich des Tankes.

Rein, Raus. Fertig.

Jacob nickte seinen Gedanken zu. Die Kanüle durchstach leichter als gedacht die Plastikwand und er drückte den Inhalt der Spritze durch das dünne Metallrohr hinein. Vorsichtig zog er die Spritze wieder aus dem Plastikbehälter und verbarg sie in seiner Handinnenfläche. Seine Hand führte den leeren Becher zum Mund. Er neigte den Kopf und ließ die Luft mit schluckenden Geräuschen die Kehle hinuntergleiten. Wie erfrischt vom Nichts, atmete Jacob laut auf.

Übertreib es nicht. Die Show ist zu Ende. Setz dich sofort wieder hin.

Gerade als er im Begriff war, dem Befehl der Stimme zu folgen, spürte er ein leichtes Tippen auf seiner Schulter. Für einen Moment setzte sein Herz aus. Starr richtete er seinen Blick auf die vor ihn stehende Plastikpflanze und wartete darauf, dass seine Atmung wieder eine Regelmäßigkeit an den Tag legen würde.

Jacob schluckte. Halbwegs gefasst von dem Schock, entlarvt worden zu sein, drehte er sich langsam um.

Der kleine, beleibte Mann strahlte ihn durch seine runde Brille an.

Jacob blickte auf die hochpolierte Glatze seines Gegenübers.

»Roger, was machst du denn hier?«

Der Mann namens Roger Seth sah Jacob verwundert an, um anschließend in Lachen auszubrechen.

»Ich dachte, ich arbeite ein bisschen was. Die paar Kröten der Versicherungsagentur müssen auch verdient werden. Wie geht's dir? Was machst du hier? Was macht dein Job?«

Jacob erinnerte sich in diesem Moment wieder an den Kollegen von Charlotte. Roger hatte die nervige Angewohnheit, in einem Satz zwei oder fünf Fragen zu verbauen, was Jacob im Laufe der Konversation zunehmend genervt hatte.

»Gut. Ich besuche Charlotte. Alles in Ordnung.« Er gab die nötigen Antworten knapp von sich und hoffte auf ein schnelles Ende des ungewollten Smalltalks.

»Fein. Cool. Heißer Tag, was? Eigentlich sollte man an den See fahren, oder? Das ist kein Wetter für Bürotiger, richtig?«

Jacob nickte höflich und sah auf die Uhr in der Hoffnung, dass Roger den Wink verstehen würde.

»Na dann. Ein Schluck Wasser und weiter geht's im Hamsterrad, richtig?« Der kleine Mann klopfte Jacob auf die Schulter, nahm sich einen Becher und füllte ihn mit Wasser.

Ein Schluck Wasser und weiter geht's … Ein Schluck Wasser … WASSER

Die Worte des untersetzten Mannes hallten in Jacobs Kopf wider. Seine Pupillen weiteten sich genau in dem Moment, in dem er begriff, welches logische Detail er in seinem verschlagenen Plan vollkommen außer Acht gelassen hatte. Natürlich tranken alle aus dem Spender und natürlich würde sich jeder irgendwann einen Becher nehmen, um seinen Durst zu stillen. Fixiert auf seine Probleme mit Charlotte, hatte sein Tunnelblick diesen unwiderruflichen Fakt nicht gesehen. Hilflos und mit geweiteten Pupillen betrachtete er, wie Schluck für

Schluck des Wassers im Mund von Roger Seth verschwand.

Wirf den Tank um. Nein, mach es, nachdem Charlotte getrunken hat. Warte ab.

»Dann gehe ich mal wieder frisch ans Werk, oder? Ich wünsche dir noch einen wunderschönen Tag, ja?« Roger warf den leeren Pappbecher in den Mülleimer und machte sich wieder auf den Weg zurück in das verwinkelte Labyrinth aus Trennwänden.

Sein Blick folgte dem kleinen Mann, versuchte eine Auffälligkeit festzustellen. Vielleicht würde er sich einfach nur auf seinen Stuhl setzen und fünf Minuten vor sich hinstarren, um anschließend eine Kopfschmerztablette einzunehmen. Vielleicht würde es nicht auffallen. Jacob verlor Roger im Dickicht der Sichtschutzwände und beschloss, wieder seine Warteposition auf der Couch einzunehmen.

»BIST DU TOTAL ÜBERGESCHNAPPT?«, donnerte die Stimme einer Mitarbeiterin durch das offene Büro. Das konstante Stimmengewirr war mit einem Mal verstummt.

»DU ENTSCHULDIGST DICH AUF DER STELLE BEI MIR!«, schrie die Stimme weiter.

Am anderen Ende des Großraumbüros stand eine junge Frau mit hochrotem Kopf auf und sah ihren sitzenden Kollegen wütend an. Jacob versuchte zwischen den Blättern der künstlichen Pflanze etwas zu erspähen.

»Du stinkst jeden Tag fürchterlich nach Schweiß. Aber du hast tolle Brüste, oder?«

Er erkannte die Stimme von Roger Seth, der wie beiläufig die unfassbare Salve an unverblümten Worten an seine Kollegin abfeuerte.

Ein leises Raunen ging durch die Schreibtischreihen, während die betroffene Kollegin entsetzt nach Luft schnappte.

Jacob versank immer tiefer in der Couch und kaute an seinen Fingernägeln.

»DIE PERSONALABTEILUNG, HÖRST DU? ICH MACHE KEINE SCHERZE!!«, kreischte die aufgebrachte Sachbearbeiterin Roger an.

»Wenn du dich mal richtig wäschst, würde ich deine Dinger gerne mal anfassen, oder? Doch, das würde ich wirklich gerne. Thomas aus der Personalabteilung hat, glaube ich, ein Alkoholproblem. Er sieht so versoffen aus, findest du nicht?«, stammelte Roger weiter und vergaß sogar unter dem Einfluss der psychoaktiven Substanz nicht, weiterhin Fragen zu stellen.

»Er wird seinen Job verlieren, verdammt noch mal«, zischte Jacob zu sich, konnte seine Augen aber auch nicht von der Szene lassen, die hochgradig peinlich war. Kaum hatte er seinen Satz ausgesprochen, hörte er ein leises Stöhnen.

»Habe ich Kopfschmerzen. Maggie hast du eine Tablette für mich? Ist heute Föhn? Woher kommen denn plötzlich diese Schmerzen? Warum stehst du eigentlich vor deinem Tisch und schaust mich an?« Roger rieb sich seine Schläfen, als er realisierte, dass nicht nur Maggie ihren Blick auf ihn gerichtet hatte.

»Was ist denn los? Ich habe nur Kopfschmerzen. Ist mein Hosenstall offen?«, witzelte Roger unbedarft weiter

und begann in der Schublade nach einem Schmerzstiller
zu suchen.

Maggie wischte sich die Tränen aus den Augen und verließ das Büro.

Vorbei. Vergiss es wieder. Ein kleines, peinliches Inter-
mezzo am Vormittag. Charlotte zählt. Charlotte ist das
Wichtigste.

Jacob nickte seinen Gedanken zu, als just in diesem
Augenblick die Tür von Charlottes Büro geöffnet wurde
und sich seine Frau höflich von einem adretten Anzugträ-
ger verabschiedete. Seine Hände wurden schlagartig
klamm, er griff sich eine der Zeitschriften vom Tisch und
verbarg sein Gesicht dahinter. Obwohl Jacob mit dem
Rücken zum Wasserspender saß, erschien es ihm sicherer,
hinter einer der langweiligen Zeitschriften abzuwarten.
Vorsichtig beobachtete er den Abschied ihres Geschäfts-
partners. Langsam näherten sich die beiden dem Eingangsbereich des Büros und somit auch Jacob.

»Ich finde den Weg, Mrs. West. Vielen Dank noch
einmal und wir hören uns nächste Woche.«

Der Geschäftspartner machte sich allein auf den Weg
zum Ausgang und Charlotte tat, was sich Jacob so sehr
wünschte. Ohne ihren Mann zu bemerken, füllte sie den
Becher, trank ihn hastig aus und blickte gestresst auf die
Uhr.

»Hast du das gerade mit Roger mitbekommen, Charlotte?« Eine Frau hatte sich zu ihr gestellt und nahm sich
ebenfalls einen Becher.

Nicht trinken. Nicht reden. Geh sofort in dein Büro zurück.

Die Sorge in seinem Kopf wurde größer und Jacob betete, dass diese Frage nicht zu einem langen Smalltalk ausarten würde. Die Erfahrung hatte ihm gezeigt, dass zwischen der Einnahme des Serums und der Wirkung weniger als zwei Minuten Zeit blieben. Es musste funktionieren.

»Nein, ich hatte einen Termin. Was ist denn passiert?« Charlotte ging auf die Frage ein.

Er wusste nicht, wie brisant sich die Minuten gestalten würden, nachdem der teuflische Mix seine Wirkung voll entfaltet hatte. Die Schweißperlen bildeten sich rasant auf seiner Stirn. Ihm wurde schlecht. So akribisch er auch seinen Plan geschmiedet hatte, wurde ihm dieses vergessene Detail scheinbar zum Verhängnis. Sein heimtückischer Plan mutierte zu einem Flächenbrand. Unkontrolliert wechselte das Schicksal die Windrichtung.

Erneut fokussierte Jacob das künstliche Grün, das dieses Mal direkt vor und nicht hinter ihm stand. Er belauschte die detaillierte Ausführung des Vorfalls, bis nach wenigen Sätzen eintrat, was eintreten musste. Die fremde Stimme verstummte inmitten des unvollendeten Satzes und Charlotte schien die Unterbrechung nicht weiter zu stören. Die psychoaktiven Stoffe ließen das Gespräch schlagartig absterben.

Vielleicht sagen die beiden nichts und starren sich nur eine Weile an. Zeit. Vielleicht passiert nichts. Je länger sie schweigen, umso besser.

ZEIT. DIE ZEIT LÄUFT. SIE LÄUFT.

Als kleines Kind hatte er sich in brenzligen Situation oft hinter seinem Zeigefinger versteckt. Er schloss das eine Auge und hielt den Zeigefinger so nah an das offene, bis das Bild vor ihm hinter dem Finger verschwand. In diesem Augenblick erinnerte er sich an seine Kindheit und die Momente, in denen ihn der Zeigefinger beschützt hatte.

Dreh dich um. DREH DICH SOFORT UM.

Er gehorchte seiner inneren Stimme, ließ seine Hand sinken und öffnete das Auge.

»Ich hasse dich und deine überhebliche Art, du dumme Schlampe.«

Das Gewitter war aufgezogen und die Worte von Charlotte erreichten seinen Gehörgang. Langsam drehte sich Jacob um und betrachtete die beiden Frauen, die sich wie abgestellte Marionetten gegenüberstanden.

»Du wirst niemals Teamleiterin werden. Du hast einfach nichts auf der Pfanne, Charlotte«, erwiderte die andere Frau.

Der nächste Moment offenbarte Jacob eine neue Dimension seiner Mixtur, von der Rainmaker833 nichts erwähnt hatte. Er musste sich eingestehen, dass er niemals danach gefragt hatte.

Charlotte machte einen unsicheren Schritt zurück, grinste und holte aus. Mit einem lauten klatschenden Geräusch traf die offene Hand die Wange ihrer Kollegin. Wieder einmal verstummte der Geräuschpegel in dem Großraumbüro. Die Mitarbeiter verfolgten die Szene mit offenen Mündern.

»Das tat sehr weh.« Die Frau hielt sich ihre Wange. Ihre belanglos wirkende Feststellung ließ die Situation noch bizarrer und irrwitziger wirken, als sie sowieso schon war.

In diesem Moment kehrte Maggie mit einem Mann zurück.

»Was ist hier los?«, fragte dieser.

»Charlotte hat mir eine geknallt. Und es tat sehr weh«, stammelte die Frau vor sich hin.

»Nicht weh genug«, sagte Charlotte und holte erneut aus.

CHARLOTTE, WAS TUST DU?? HÖR AUF!! HÖR SOFORT AUF!!

Jacob hielt sich die Hand vor den Mund, um seine Gedanken bei sich zu halten. Entsetzt wurde er Zeuge einer weiteren Runde im Kampf der Versicherungsgladiatoren.

Charlottes Handfläche traf die gerötete Wange ihrer Kollegin heftiger und lauter als zuvor. Wieder durchbrach das peitschende Geräusch die angespannte Ruhe im Büro, gefolgt von einer unvollendeten Pirouette der getroffenen Frau.

»WAS ZUM TEUFEL IST IN DICH GEFAHREN, CHARLOTTE?«, schrie der Mann.

Das beinahe synchrone Stöhnen der beiden Frauen verkündete das Ende der Wirkung. Während sich die geschlagene Frau, erstaunt über ihre pochende Wange, nicht entscheiden konnte, ob sie sich zuerst die Backe oder die Schläfe reiben sollte, stand Charlotte nur regungslos da.

»ICH HABE DICH ETWAS GEFRAGT!«

Langsam realisierte auch Charlotte, dass sie offenbar in den letzten Minuten ein Blackout erlitten hatte. Ihr Blick blieb an ihrer Kollegin haften, die sich ihre rot leuchtende Wange hielt. Charlotte orientierte sich und sah den Mann an. Jacob verließ langsam, ohne sich auch nur einmal umzudrehen das Bürogebäude der Harvester Insurance Cooperation. Sichtlich mitgenommen von den Geschehnissen, drehte Jacob den Zündschlüssel seines Pick-ups um, blickte aus seinem Wagen auf das verspiegelte Gebäude neben ihm und fuhr langsam vom Besucherparkplatz.

In den Mittagsstunden des 15. Julis endete Charlottes Arbeitsverhältnis bei Harvester Insurance mit sofortiger Wirkung.

Es war auch jener Tag, an dem sich ihre ehemalige Kollegin in den Abendstunden mit ihrem Ehemann in der Polizeistation von Kermit einfand, um Strafanzeige zu erstatten. Das Schicksal schien es mit der gebeutelten Ehefrau in diesen Tagen nicht gut zu meinen.

Als Charlotte West in dieser Nacht mit verweinten Augen am Küchentisch ihrer Eltern saß, ahnte sie nicht, dass der Weichensteller dieser Misere bereits andere Pläne schmiedete.

24. August, 01:46 Uhr. Das Geräusch der herannahenden Helikopter wurde lauter. Er wagte einen kurzen Blick nach oben und erkannte trotz der Dunkelheit, dass es sich um keine Hubschrauber der New Yorker Polizei handelte.

»Die Presse, West. Es war nur eine Frage der Zeit«, kommentierte Wesley das laute Geräusch und sah auf die blinkenden Positionslichter.

Ein Hubschrauber verharrte ein Stück weit über dem offenen Meer in seiner Position und lieferte den Zuschauern live das Bild des gesuchten Mannes.

»Staatsfeind Nr. 1.« Jacob lachte hämisch und schien sich von dem Gewirr aus Blaulichtern und dem Lärm der Helikopter nicht beeindrucken zu lassen. Er nahm den Rucksack ab, während er die Plastikflasche weiterhin fest im Griff behielt. Er ließ den Rucksack ins flache Wasser sinken und zog den Reißverschluss auf.

»Was haben wir denn da? Dreimal dürfen Sie raten, Graham.«

»Weitere Plastikflaschen.«

»Guter Cop. Ein Scharfschütze könnte dem Ganzen ein Ende setzen. Die eine Flasche wird nicht allzu viel bewirken. Aber ich habe noch eine kleine Überraschung für Sie. Ticktack, Graham. Ticktack.«

Irritiert von Jacobs Kopf, der sich immer wieder nach links und rechts neigte, hatte Wesley langsam das Gefühl, West würde seinen Verstand verlieren. Jacob zog aus seiner Jackentasche ein kleines, schwarzes Kästchen hervor.

»West, Sie sollten sich ergeben. Sehen Sie sich um. Es macht keinen Sinn, sich in …«

»Das ist eine Zündvorrichtung, die ihr mir natürlich auch aus der Hand schießen könnt. Das Problem ist nur, dass es sich hierbei um einen manuellen Auslöser handelt. Wenn ich ihn nicht zu einer gewissen Zeit betätige, weil ich tot bin, werden die Detonationen in vierundzwanzig Stunden trotzdem hochgehen. Also: Wo ist mein Helikopter, Graham?«

Wesley stockte der Atem. Jacob schien alle Eventualitäten bedacht zu haben und das in die Enge getriebene Raubtier gewann schlagartig die Oberhand. Es war nicht auszudenken, was die Detonationen anrichten würden. Die verheerende Wirkung erschien ihm wie ein Horrorszenario, das weitreichende Folgen haben könnte.

»Selbst, wenn wir Ihnen einen Helikopter stellen. Wir werden Sie jagen, Sie verfolgen und finden. So wie dieses Mal. Es macht keinen Sinn, West. Das Spiel ist vorbei.«

Jacob blickte genervt nach oben und lachte trocken.

»Graham, Graham. Wenn der Helikopter nicht in zehn Minuten landet, werfe ich den Auslöser ins Meer. Verschwinden Sie. JETZT!«, schrie er und zeigte mit dem Finger an Wesley vorbei.

Mit einem langsamen Nicken drehte sich der Cop um und verschwand in der Dunkelheit.

Am Morgen des 18. Julis klingelte es gegen fünf Uhr morgens Sturm an seiner Tür. Feuer!, war sein erster Gedanke, der ihm durch den schlaftrunkenen Kopf schoss. Wesley saß senkrecht im Bett, zog sich schnell seinen Morgenmantel über und schlug sich dabei das Knie an der Bettkante. Mit schmerzverzerrtem Gesichtsausdruck riss er die Wohnungstür auf und sah fragend in die Augen von Lisa. Adrett und frisch wie immer strahlte sie ihn an.

»Guten Morgen, ich trete mal ein.«

Sie huschte an ihm vorbei, während Wesley immer noch den nun leeren Eingangsbereich zu seiner Wohnung anstarrte.

»Es ist fünf Uhr morgens!«, jammerte er und trottete ihr hinterher in die Küche.

Nachdem Lisa Kaffee aufgesetzt und ihm eine Tasse einschenkt hatte, schien sich auch der Schmerz in seinem Knie zu legen. Es machte sowieso keinen Sinn, Lisa zu ermahnen oder auch nur ansatzweise den Versuch zu starten, ihr die Begrifflichkeit »Frühmorgens« zu erklären. Die Fünfunddreißigjährige schien nie zu schlafen.

Sie präsentierte Wesley in aller Früh den Ausdruck eines Mailverkehrs zwischen ihr und einem gewissen Matthew. Er schob ihr die Blätter zurück und starrte mürrisch in seine Tasse.

»Keine Lesebrille da. Liegt im Wohnzimmer. Was steht da?«

Sie erzählte, dass Matthew Administrator und verantwortlich für die Freigabe interner Ordner des FBI sei. Der Kooperationsprozess mit anderen Behörden verlaufe immer nach dem gleichen Schema: Nachdem die Genehmigungen schriftlich vorlagen, gab Matthew die eigens angelegten Dateien für den Fall frei.

»… und weiter steht, dass es keinerlei Unterordner gibt, die er verschlüsseln würde. Es werden immer die Hauptordner mit den dazugehörigen Unterordnern für das Netzwerk freigegeben.« Lisa tippte auf das Papier und sah Wesley erwartungsvoll an.

»Lisa, du bist jetzt nicht wirklich hierhergekommen, weil dich dieser bescheuerte Unterordner noch beschäftigt? Nick hat doch gesagt, dass er sich darum kümmern wird.«

»Ja, das hat er auch. Der Ordner ist freigegeben«, erwiderte Lisa.

Er zog seine Augenbrauen nach oben.

»Matthew hat mir bestätigt, dass die letzte Änderung im Ordner vom 15. Juli stammt. Der Ordner wurde am 16. Juli freigegeben. Erklär mir das.«

Die beiden Kollegen sahen sich schweigend an. Ohne ein weiteres Wort darüber zu verlieren, dachte Wesley das Gleiche wie seine Kollegin: Es musste etwas entfernt oder verändert worden sein, bevor der Unterordner freigegeben wurde. Nick schien es mit der offenen Kooperation zwischen dem FBI und der New Yorker Polizei nicht ganz ehrlich gemeint zu haben.

»Hast du Ethan bereits kontaktiert?«

Lisa schüttelte den Kopf.

»Gut. Ich nehme an, wir können nicht sehen, welche Datei als Letztes bearbeitet wurde, richtig?«

»Natürlich nicht. Wir haben nur Leserechte, weitere Informationen über die Erstellung oder Veränderung sind für uns nicht sichtbar. Wir sollten uns den Superagenten einmal vorknöpfen.« Kaum hatten die Worte ihren Mund verlassen, wählte sie auf ihrem Handy seine Nummer.

Fünf Minuten später fuhren sie in Lisas Wagen zum New Yorker Police Department. Nick hatte eingewilligt, sich in aller Früh zu einer Aussprache im Büro zu treffen.

Doch während sich der Wagen dem Parkplatz des Departments näherte, beschlich den Detective ein seltsames Gefühl in der Magengegend. Er wollte Lisa nicht davon in Kenntnis setzten, jedoch war er überzeugt davon, dass dieses Gespräch nicht den gewünschten Erfolg mit sich bringen würde.

Nick befand sich bereits im Meetingraum, rührte in seiner Tasse und lächelte die beiden eintretenden Kollegen des Police Departments freundlich an. Während Wesley Nick freundlich begrüßte, setzte sich seine impulsive Kollegin wortlos auf einen der unzähligen freien Stühle.

»Was verschafft mir die Ehre an diesem wundervollen sonnigen Morgen?«

Die fröhlichen Worte des FBI-Agenten fruchteten nicht. Kommentarlos schob Lisa die ausgedruckte E-Mail über den Besprechungstisch und sah Nick erwartungsvoll an. Sie beobachtete ihn, betrachtete seine Pupillen, die von Zeile zu Zeile huschten. Schließlich legte Nick das Papier wieder auf den Tisch und sah Lisa ausdruckslos an.

Er öffnete seine abgenutzte Notebooktasche und holte seinen Laptop hervor. Wenige Momente später drehte Nick den Bildschirm zu den beiden Ermittlern.

OPEN CASE: Zugriffsidentität Rainmaker833, Admin Research

Hi Matthew,

der Unterordner wurde verschlüsselt. Tim aus deinem Team war so freundlich, die Verschlüsselung aufzuheben. Offenbar wurde die Datei verändert. Kannst du mir bitte mitteilen, wer die Datei als Letztes verändert hat?

Die Genehmigung meines Chefs sollte bereits im Intranet abrufbar sein.

Danke dir.

Nick

Wesley überflog die geöffnete Anfrage an die Administration des FBI. Er wandte sich an seine Kollegin, die die wenigen Zeilen konzentriert immer wieder las.

»Wir sitzen in einem Boot.« Nick sah Lisa ernst an.

Sie stand auf, ging zum Fenster und blickte nach draußen. Zwei Polizeiwagen verließen mit eingeschalteten Sirenen den Parkplatz des Departments.

»Warum wurden wir von dieser Unregelmäßigkeit nicht unterrichtet, Nick?«

»Unser nächstes Meeting ist übermorgen. Ich hätte diesen Punkt angebracht und wusste nicht, dass du über jede noch so kleine Aktion unterrichtet werden möchtest.«

»Wir hätten uns dieses morgendliche Meeting sparen können. Sei es drum. So lernt man. Beim FBI ticken die Uhren eben anders. Danke fürs Kommen, Nick«, sagte Lisa gleichgültig, die sich wieder ihren Kollegen zugedreht hatte.

»Möchtest du die Berichtserstattungslinie geändert haben? Ich denke, es wäre machbar, wenn unsere Chefs sich …«

»Nein, das möchte ich nicht. Danke für dein Kommen, Nick.«

Die beiden Ermittler verabschiedeten sich von dem Agenten und begleiteten ihn zur Eingangstür des Police Departments.

Zehn Minuten später saßen Wesley und Lisa schweigend im Besprechungsraum und starrten sich an. Während für Wesley die Sache eine logische Erklärung gefunden hatte und alle Schritte bereits eingeleitet worden waren, blickte Lisa ihren Kollegen nach wie vor kritisch an.

»Das Ticket wurde gestern Abend erstellt. Ich habe das Erstellungsdatum gesehen.«

Wesley nickte. Er wusste, was Lisa dachte. Nick hatte an diesem Morgen nicht alle Karten auf den Tisch gelegt.

»Herein.« Ethan wütete auf seine bekannt hektische Art auf seiner Tastatur herum, als Wesley und Lisa sein Büro betraten. Die Tatsache, jeden zweiten Satz aufgrund seiner übereilten Schreibweise korrigieren zu müssen, schien Ethan nicht weiter zu stören. Schließlich konnte er, wie die meisten Menschen, ungeliebte Eigenschaften kaum ändern.

Ein weiterer heißer Sommertag stand in New York an und führte zwischen den Schluchten der Wolkenkratzer dazu, dass die Luft an diesem Morgen stand. Der Bluthochdruck tat den Rest und so wischte sich Ethan den Schweiß von der Stirn, während er letztendlich nach unzähligen Korrekturen die E-Mail in die digitalen Weiten schoss.

»Hi, ihr beiden, was gibt's? Wo habe ich denn diesen … VERFLUCHT NOCHMAL. Wo ist denn der …«

Lisa näherte sich dem Schreibtisch, ergriff den kleinen Ventilator, der sich hinter seinem aufgeklappten Notebook befand, und drückte ihn Ethan in die Hand. Nach all den Jahren kannte man sich. Verlegen bedankte sich Ethan, klappte seinen Laptop zu und betrachtete seine beiden Angestellten.

»Was gibt's?«, wiederholte er seine Frage.

Lisa erzählte ihm von dem Treffen mit Nick, übergab ihm die ausgedruckte E-Mail und berichtete von dem Erstellungsdatum. Sie äußerte den Verdacht, dass Nick die Lorbeeren für sich und das FBI einheimsen wolle.

Harper las sich die Mail durch, schüttelte den Kopf und schob die Ausdrucke zurück.

»Du liegst falsch. Nick hat mir gestern Abend eine E-Mail geschickt und mich darüber informiert, dass offenbar jemand in das FBI-Netz eingedrungen ist. Soweit zumindest seine Vermutung. Es bleibt abzuwarten, was die IT herausfindet. Ich denke nicht, dass es sich hier um Absicht handelt. Das macht keinen Sinn. Weder das FBI noch wir vom Police Department bekommen eine Provision für den erfolgreichen Abschluss eines Verbrechens, nicht wahr?« Ethan unterstrich seinen flachen Witz mit einem übertrieben lauten Lachen.

»Ich gehe einmal davon aus, dass das FBI über genügend Sicherheitsmechanismen verfügt, um Hacker davon abzuhalten. DAS macht keinen Sinn, Ethan«, konterte Lisa, die sichtlich genervt von Ethans Erklärung war.

»Ich würde vorschlagen, wir warten ab. Nick schrieb mir, dass diese Analyse nicht länger als zwei Tage andauern sollte. Dann wissen wir mehr. Und bis dahin gilt: im Zweifelsfall für den Angeklagten. Ruhig Blut, Lisa.«

»Okay, wir müssen noch in die Forensik. Danke dir, Ethan. Gib uns bitte Bescheid, wenn du etwas Neues erfährst.« Wesley war aufgestanden und sah seine Kollegin eindringlich ein.

Lisa öffnete und schloss im nächsten Moment wieder den Mund. Sie hatte den Wink ihres Kollegen verstanden.

Wenige Minuten später fanden sich die beiden auf dem Parkplatz des Police Departments wieder. Der genervte Blick seiner Kollegin entging Wesley nicht. Freundschaftlich legte er seinen Arm um ihre Schulter und zog sie zu sich.

»Vielleicht hat Ethan recht. Vielleicht aber auch eine zu energische Lisa Parker. Lass uns abwarten, was bei der Untersuchung rauskommt.« Er zwinkerte ihr zu.

Möglicherweise war der Erfahrungswert ihres fast doppelt so alten Kollegen in dieser Angelegenheit effektiver als die ungestüme Art, die Lisa heute an den Tag gelegt hatte.

Die schwüle Luft und die dunklen Wolken ließen an diesem Vormittag erkennen, dass sich ein heftiges Sommergewitter über der Küste von Manhattan zusammenbraute.

Kapitel 6 – Der Einzug des Teufels

»Das Linke muss oberhalb stehen. Doch, doch. Das darunter mache ich weg. Nein, das kann ich noch gebrauchen. Später. Irgendwann. Vielleicht davor?«

Es war 4:23 Uhr in der Früh. Jacob saß nur mit seiner Unterhose bekleidet und im Schneidersitz verharrend inmitten seines Wohnzimmers. Immer wieder wippte sein Oberkörper vor und zurück. Vor ihm stand eine Dose mit Ravioli, die bereits gegen zwei Uhr in der Nacht den spärlichen Rest ihrer Wärme verloren hatten. Konzentriert fuhr er sich durch sein fettiges Haar und betrachtete kauend das aufgezeichnete Konstrukt an der Wand. Der Löffel tauchte wieder in die zähe, kalte Soße der Ravioli, rührte und schaufelte den Rest aus dem Topf.

Er begutachtete seine Aufzeichnung. Nein, es war ein Meisterwerk, das seinesgleichen suchte. Eine zeitliche Abfolge, welche jedes Detail bedacht hatte. Jede Eventualität war mit einem Pfeil gekennzeichnet, aus dem ein weiteres komplexes Konstrukt seiner Gedankenwelt geboren wurden war.

»Es ist perfekt.« Jacob konnte zu diesem Zeitpunkt nicht im Geringsten ahnen, wie sehr er mit seinen Worten recht behalten sollte. Zumindest für eine Zeit.

Der Biologe hatte eine Welt erschaffen, die es nun umzusetzen galt. Achtlos warf er den Löffel auf den Teppich, stand auf und berührte mit seinen Fingern die Aufzeichnungen. Langsam bewegte er seine Finger über die raue Fläche der Wand, bis hin zum Anfang. Zu der Stelle, an der er vor siebenunddreißig Stunden begonnen hatte.

Seit dem Desaster in Charlottes Firma hatte Jacob realisiert, nicht nur vor den Trümmern seiner Ehe, sondern auch vor den Ruinen seines gesamten Lebens zu stehen. Fest entschlossen, sich dem Schicksal nicht zu beugen, hatte er den Kampf aufgenommen. Sein Dämon verwuchs mit seinem Denken und Handeln. Er war es nicht, der auf die Anklagebank gehörte. William Connor hatte sein Leben zerstört und er würde dafür bezahlen.

»Auge um Auge, Zahn um Zahn, geliebter Bruder. Ich werde dich mit deinen eigenen Waffen schlagen.« Immer noch hallten seine bedrohlichen Worte in seinem Kopf nach, als er die Kappe des blauen Stiftes entfernte und damit begann, seine bizarren Gedanken aufzuschreiben.

Jacob wollte Charlotte beweisen, dass auch er in der Lage war, viel Geld zu machen. Mehr als Connor. Die wirren Gedanken jagten sich in seinem Kopf, ergaben keinen Sinn und, ohne dass Jacob es realisierte, verbarg sich auch nicht die geringste Logik darin. Jacob war überzeugt davon, die Liebe von Charlotte mit viel Geld zurückgewinnen zu können. Sie würde verstehen, dass er ein Gewinner war. Ein Mensch, der durchaus erfolgreich sein konnte, wenn er es nur wollte.

»Du wolltest immer kranken Tieren helfen, Charlotte. Du bekommst deine Auffangstation und sie wird an der Stelle stehen, an der jetzt noch Connors verfluchte Rinderfarm steht«, flüsterte er.

William Connor
Betreff: Wassermann, was los?

Verächtlich betrachtete er die E-Mail. Sie hatte ihn aus seiner Gedankenwelt gerissen. Wieder löschte er die Mail von William ungelesen. War es die sechste? Die siebte? Es spielte keine Rolle mehr.

Er schob den Stapel ungeöffneter Briefe beiseite. Seine Augen weiteten sich, als er den Schlüssel darunter erblickte. Er nahm sich vor, besser auf ihn aufzupassen. Er war wichtig. Schließlich war es der Schlüssel, der ihm die Pforten zur ersten Stufe seines genialen Planes öffnen würde.

Ross blieb stehen und kratzte sich an seinem feuerroten Vollbart. Als er erkannte, wer sich dem Wasserwerk näherte, begann der stämmige Mann freudig zu grinsen und winkte Jacob euphorisch zu.

»Ey, Buddy. Wie geht's dir? Da ging ne Mail rum bezüglich deiner … eurer … na ja, du weißt schon«, stotterte er verlegen vor sich hin.

Es war Freitag und wie in der Vergangenheit auch machte der Biologe seine Stippvisite am Wasserwerk von Kermit. Jacob hatte bis dato seine Firmenutensilien nicht abgegeben und vermutete, dass sich die zwei ungeöffneten Briefe seines ehemaligen Arbeitgebers genau mit der Thematik beschäftigten. Er betrat mit seinem Rucksack, dem gesperrten Notebook und dem deaktivierten Firmenausweis das Gelände des Wasserwerks und erwiderte die freundliche Geste seines Ex-Kollegen.

Nachdem Ross einen Magenschwinger angetäuscht und lauthals gelacht hatte, umarmten sich die beiden Männer kurz. Das Begrüßungsritual erinnerte Jacob an die Zeit, in der seine Welt noch in Ordnung gewesen war. Wehmütig blickte er an Ross vorbei, zu dem kleinen Häuschen, in dem er Woche für Woche die Kontrolle der Wasserwerte durchgeführt hatte.

»Was führt dich hierher, Buddy?« Kaum hatte er seinen Satz ausgesprochen, blieb sein Blick verwundert an dem Firmenausweis an Jacobs Hosentasche haften.

Jacob schüttelte lächelnd den Kopf und versuchte aus den Augen seines Gegenübers zu lesen.

»Was meinst du damit? Es ist Freitag. Ich bin nicht mehr krankgeschrieben und werde jetzt das machen, was ich jeden verdammten Freitag mache.« Jacob klopfte Ross lachend auf die Schulter.

»Du bist doch nicht mehr hier angestellt. Oder?«

Jacobs Plan schien aufzugehen. Diese Frage war das Stichwort, auf das er gewartet hatte. Jacob hatte gewusst, dass es fallen würde, nicht wann und nicht in welchem Zusammenhang, doch er kannte Ross zu gut, um auch nur eine Sekunde an seiner Strategie zu zweifeln. Das Theaterstück näherte sich dem zweiten Akt.

Er verdrehte genervt die Augen und schlug sich leicht mit der flachen Hand auf die Stirn.

»Ach, jetzt verstehe ich. Mark hat es heute Morgen noch nicht rausgeschickt, oder?«

»Mark von der Personalabteilung? Was rausgeschickt?«

Während Ross fragte, schritt Jacob langsam in die Richtung des Kontrollhauses. Der Mitarbeiter des Wasserwerks folgte ihm und wartete neugierig auf die Auflösung des Rätsels.

»Wir hatten eine Unstimmigkeit und ich war kurz davor zu kündigen. Allerdings haben wir den Streit in letzter Sekunde beilegen können. Mark wollte eine Klarstellung an alle rausschicken. Lange Rede, kurzer Sinn: So schnell wirst du mich nicht los, Mr. Rotbart.«

»Buddy, das ist ja der Hammer. Willkommen zurück«, sagte Ross und drückte seinen Kollegen erneut kurz an sich.

Jacob konnte Ross McGarthy lesen wie ein offenes Buch. Er würde niemals so weit gehen, zu behaupten, dass Ross ein dummer Mensch wäre, und dennoch waren seine Gedanken, seine Schlussfolgerungen und sein Interesse an der Welt außerhalb des Wasserwerks einfach gestrickt und überschaubar.

»Danke! Und jetzt lass mich mal machen, was ich jeden Freitag mache. Ich komme nachher auf einen Kaffee bei dir vorbei, okay?«

Ross nickte fröhlich und machte sich wieder an seine Arbeit. Für einen Moment sah Jacob dem Mann mit den breiten Schultern nach, zog den Schlüssel aus seiner Hosentasche und steckte ihn in das Türschloss. Das Geräusch der mechanischen Entriegelung kam in seinen Ohren einer Symphonie des Erfolges gleich. Er hatte es geschafft. Schnell zog er die Tür hinter sich zu und setzte sich auf den Stuhl.

Das Publikum in Jacobs Kopf spendete Beifall. Der zweite Akt seiner Inszenierung wurde ein voller Erfolg.

Er wandte sich von den unzähligen Messdaten auf den verschiedenen Monitoren ab. Es langweilte ihn, zumal er sein Firmennotebook weder anschließen konnte, noch wollte. Neben dem kleinen Schreibtisch ragten drei Plexiglasröhren aus der Wand, die sich nach oben bogen. Die metallischen Verschlussklappen waren ein wichtiger Bestandteil seines Plans. Wie oft schon hatte er in längst vergangenen Tagen Proben aus den drei Aufbereitungsbecken entnommen. Meistens hatten die Messdaten eine Unregelmäßigkeit, die zur weiteren Untersuchung ins Labor gebracht wurde, offenbart. Bakterien, Pilze oder irrtümliche Fehlermeldungen, die Jacobs Tätigkeit im Wasserwerk rechtfertigten.

Das Wasser durchlief drei Aufbereitungsphasen und wurde nach dem dritten Becken in die unterirdischen Zuleitungen der Stadt Kermit gepumpt und somit freigegeben. Langsam näherte sich Jacob der Verschlusskappe der Röhre, die zum dritten Becken führte, und schraubte den Metalldeckel ab. Das klare Wasser starrte ihn an, forderte ihn förmlich dazu auf. Jacob öffnete seinen Rucksack und holte zwei mittelgroße Plastikflaschen hervor. Nach und nach schüttete er den Inhalt der Flaschen in die Öffnung und schraubte den Metallverschluss wieder zu.

»Neun Uhr zehn. Zwei Minuten«, stellte er mit Blick auf seine Armbanduhr fest und öffnete den Sicherungskasten unterhalb des Schreibtisches. Konzentriert beäugte er den Sekundenzeiger, der unaufhörlich seine Runden zog.

Jacob hatte alles bedacht. Natürlich würde seine Position, von wem auch immer, wieder besetzt werden und zweifelsohne würde die Software Alarm schlagen, sobald die hochkomplexen Sensoren im letzten Becken die Anomalie identifizierten. Er wusste, dass es nach Ausfall der Elektronik drei Minuten dauern würde, bis sich die Notstromversorgung einschaltete und automatisch Alarm schlug. Drei Minuten plus den zwei Minuten, die das Serum Zeit hatte, sich mit dem Wasser im letzten Becken zu vermengen. Weitere drei Minuten würden vergehen, bis die Sensoren einen Shutdown einleiten und die Schleusen automatisch schließen sollte.

»Acht Minuten. Lange genug für mich. Zu lange für euch.«

Jacob hatte errechnet, dass achtzig Prozent des Serums in die Zuleitungen der Stadt gepumpt werden müssten. Konzentriert fixierte er den Sekundenzeiger. Noch dreißig Sekunden. Sein Finger berührte den Hauptsicherungsschalter, als in diesem Moment die Tür des Kontrollbüros aufging und Ross mit zwei Tassen Kaffee in den Händen den am Boden sitzenden Jacob ansah.

»Was machst du da auf dem Boden?«

Erschrocken blickte er Ross in die Augen. Noch zehn Sekunden.

Ross parkte hastig die zwei Tassen auf den Schreibtisch. Jacob sah auf die Uhr.

»Null.« Jacob drückte den Schalter nach unten, die Monitore gingen aus und mit ihr das Licht in dem kleinen Büro.

»BIST DU VERRÜCKT? WARUM STELLST DU DEN STROM AB?«, schrie Ross hysterisch und tastete nach der Türklinke.

»Es musste sein, Ross. Es tut mir leid.« Der leise Ton von Jacob ließ Ross erschaudern. Die vertraute Stimme des Biologen hatte sich verändert. Plötzlich schwang etwas Bedrohliches in ihr mit.

Ein dumpfes Geräusch erschütterte die kurzzeitige Stille in der Dunkelheit. Ein Seufzen folgte ihm, bis schließlich Ruhe eintrat.

Die Tür wurde aufgerissen und das Tageslicht durchflutete das kleine Büro an der Südseite des Wasserwerks von Kermit. Ross hielt seine Zange verkrampft in den Händen und starrte entgeistert auf Jacob, der vor ihm auf den Boden lag.

»WAS IST IN DICH GEFAHREN, BUDDY?« Voller Panik bemerkte er, wie seine Hände zu zittern begannen, als er das kleine, rote Rinnsal entdeckte, das sich von Jacobs Wange seinen Weg nach unten auf den Fußboden bahnte.

»Verdammte Scheiße noch mal«, wimmerte er und suchte in seiner Hosentasche hektisch nach seinem Telefon. Es glitt ihm aus den Fingern und landete direkt neben Jacobs Kopf.

»Verdammt, verdammt. Buddy? Lebst du noch? Verfluchte Scheiße.«

Jacobs dritter Akt nahm eine unerwartete Wendung, als Ross gerade im Begriff war, sich zu bücken, um nach seinem Smartphone zu greifen. Jacob öffnete die Augen und zog mit seinem angewinkelten Bein Ross' Füße zur Seite. Mit einem lauten Schrei stürzte Ross McGarthy vorn über, schlug mit seiner Stirn auf die Ecke des Schreibtisches und blieb regungslos auf dem Boden liegen.

»Du nicht, du mieses Stück. Du wirst mich nicht davon abhalten.« Jacob rappelte sich auf, wischte sich das Blut von der Wange und betrachtete seine Handinnenfläche. Der Anblick seines Blutes machte ihn rasend vor Wut. Er musste sich beeilen. Eilig scannten seine Augen den Raum.

Er hatte alles eingepackt, selbst die Zange von Ross McGarthy. Er packte die beiden Füße des bäuchlings liegenden Hünen, zog ihn aus dem Häuschen und sperrte die Tür wieder zu.

»Das hast du dir selbst zuzuschreiben, du Idiot. DU BIST EIN IDIOT«, schrie Jacob, packte wieder die Beine von Ross und zerrte ihn über den staubigen Boden. Nach drei Minuten hatte er sein Ziel erreicht. Er ließ die Beine des Mannes fallen und blickte auf seine Uhr.

»Eine Minute noch. Verflucht noch mal«, zischte er und rollte den Körper zum zweiten Aufbereitungsbecken.

»Du bist selbst schuld. DU wirst es mir nicht kaputtmachen. DU nicht.« Mit diesen Worten stieß er Ross in das Becken.

Die geraden Betonwände im Inneren gaben keine Möglichkeit eines Ausstieges, doch auf der anderen Seite befand sich eine Leiter. Er würde es schon schaffen. Ross würde aufwachen und versuchen, so schnell wie möglich aus dem Wasser zu kommen. Zeit genug für Jacob, um zu verschwinden.

Jacob rannte zu seinem Wagen, startete den Motor und raste vom Parkplatz des Wasserwerks. Eine halbe Stunde später beugte er sich über die Toilettenschüssel und übergab sich.

»Er hat es geschafft. Sicher hat er es«, sagte er, während er sich das Gesicht mit kaltem Wasser wusch.

Zurück im Wohnzimmer malte er mit einem grünen Marker einen großen Haken über das erste Kästchen.

»Weitermachen. Weiter im Text. E-Mail schreiben«, murmelte er sichtlich mitgenommen, setzte sich an den Schreibtisch und fuhr sein Notebook hoch.

Während er mit dem zweiten Teil seines wirren Plans beschäftigt war, zog die Polizei von Kermit die Leiche von Ross McGarthy aus dem zweiten Aufbereitungsbecken des Wasserwerks.

An diesem 18. Juli um 9:43 Uhr zeigte das psychoaktive Serum in Martas Haircut-Salon seine Wirkung.

Während John Eisen, der ehemalige Bürgermeister der kleinen Stadt, auf seinen Termin wartete, brachte ihm Marta ein Glas Wasser. Die Temperaturen waren auch an diesem Vormittag wieder jenseits der 27 Grad, sodass John das Glas mit der kühlen Flüssigkeit dankbar entgegennahm. Ohne abzusetzen, trank er das Wasser aus. Sichtlich erleichtert, lehnte sich der ehemalige Politiker zurück und wartete geduldig auf seinen Termin. Wenige Augenblicke später trat das Unvermeidliche ein. Das Bewusstsein verschmolz mit dem Unterbewusstsein. Wieder einmal gab es kein Richtig oder Falsch, keine Moralvorstellung oder Erziehung, die in diesem Moment eingriff. Die innersten Wünsche und Ansichten wurden auf heimtückische Art und Weise unkontrolliert nach außen gestülpt. John hatte während seiner politischen Laufbahn immer die Position der Gleichberechtigung zwischen Migranten und der amerikanischen Bevölkerung vertreten. Dass dies nur der Angehörigkeit seiner damaligen Partei geschuldet war und sich keineswegs mit seiner persönlichen Einstellung deckte, wurde an diesem Vormittag allen Anwesenden in Martas Friseursalon deutlich.

Nachdem John aufgesprungen war, sich eine Tube Färbemittel gegriffen und ein Hakenkreuz auf die Fensterfront des Ladens gemalt hatte, ging der siebzigjährige John Eisen in Seelenruhe zu Marta und beschimpfte sie aufgrund ihrer mexikanischen Wurzeln.

Während Marta Gomez die Polizei alarmierte, urinierte Rick Salva lauthals lachend drei Straßen weiter an die Hebebühne seines ehemaligen Arbeitgebers.

»Auch heute wird es wieder ein knallheißer Tag in Kermit, liebe Leute. Die Temperaturen erreichen heute Höchstwerte von bis zu …«

Die Geschwister saßen am Küchentisch und sahen sich mit hochgezogenen Augenbrauen an.

»Wackler?«

»Ich glaube nicht. Das Display vom Radio leuchtet noch.«

Es dauerte nicht lange, bis sich der Moderator des örtlichen Radiosenders wieder zu Wort meldete.

»Ich hasse meinen Job. Und ich hasse euch. Ihr fadenscheinigen Gutmenschen. Immer kritisiert ihr mich, wünscht euch bescheuerte Lieder für eure bescheuerten Partner oder Bälger. Ich hasse euch. Ich könnte jedes Mal kotzen, wenn ich einen von euch höre. Diese Stimmen. Dieses ewige oberflächliche Gelaber. Was man nicht alles für Geld macht, nicht wahr?«

Geschockt starrten die Geschwister auf das Radio und mit ihr die restlichen 5.441 Hörer, die exakt in diesen Minuten dem sonst so fröhlichen Radiomoderator zuhörten.

Der sonst so friedliche Alltag in Kermit schien mit einem Mal aus den Angeln gehoben. Die Polizei von Kermit raste von einem Anrufer zum nächsten, nur um jedes Mal vor einer verwirrten Person zu stehen, die sich an nichts erinnern konnte und über Kopfschmerzen klagte.

Den traurigen Höhepunkt des Tages erlebten die Beamten mit Betty Kenneth. Als die überforderten Beamten am Ort des Geschehens eintrafen, war es bereits zu spät. Betty Kenneth hatte ihren Freund mit einem Kopfschuss regelrecht hingerichtet. Selbstverständlich konnte sich die fünfundzwanzigjährige Altenpflegerin an nichts erinnern. Die Nachbarn gaben zu Protokoll, dass dies die Quittung für die unendlichen Schläge gewesen sei.

Emotionslos hatte sie die Waffe auf die Stirn des wimmernden Frauenschlägers gerichtet und, ohne auch nur mit der Wimper zu zucken, abgedrückt.

So rasch das Chaos auch über Kermit hereingebrochen war, so schnell ebbten auch wieder die zahllosen Anrufe bei der Polizeistation in Kermit ab. Am Abend des 18. Junis zählte die Polizei über 4.000 eingegangene Anrufe. Während der Commissioner mit der Bundespolizei telefonierte, sammelten sich die Journalisten aus Texas vor der Polizeistation der kleinen Stadt.

Am nächsten Morgen brachen die ersten Sonnenstrahlen durch die offenen Schlitze der Jalousie. Sichtlich genervt von der Helligkeit, kniff Jacob seine Augen zusammen, ließ das Band weiter hinunter und tötete somit auch die letzte Option, die Sonne in seine Wohnung zu lassen. Skeptisch beäugte er den zweiten ungeöffneten Brief der Hausverwaltung, der auf dem Nachttisch lag. Seit Wochen vegetierte er in seiner Wohnung vor sich her. Von der Leiche im Wasserwerk hatte er nichts mitbekommen. Vielleicht hätten die Vernunft und der Schock seinen Dämon besiegt, ihn ein für alle Mal niedergestreckt. Eventuell hätte sich Jacob der Polizei gestellt und die apokalyptischen Ereignisse, die bevorstanden, wären nie eingetreten. Doch es kam anders. Sein Blick fuhr konzentriert von Zeile zu Zeile, bis er schlussendlich zufrieden nickte.

An die Knechte des Staates,
ihr habt gesehen, was passiert ist. Dies war nur ein klei-
ner Vorgeschmack dessen, was auf euch zukommen
wird, wenn ihr auf meine Forderungen nicht eingeht.
Im ersten Schritt erwarte ich von euch eine Summe.
Nennt mir den Preis, der es euch wert ist, um weiteres
Chaos zu vermeiden. Sprecht mit euren Bücklingen, eu-
ren raffgierigen Politikern und gebt mir bis zum 1. August
Bescheid.
Sobald die Frist abgelaufen ist, werdet ihr von mir hören.

Überzeugt von seinen Worten, nickte er dem Bildschirm nochmals zu. Es war keine Erpressung, schließlich
hatte er keinen Betrag genannt. Somit befand er sich auf
einem legalen Pfad, soviel war sicher. Und auch dieser
konfuse Gedankengang reihte sich in die grotesken
Rechtfertigungen in seinem Gehirn ein. In den letzten
Wochen hatte sich Jacob zum Fachmann des Darknets
entwickelt. Seine IP-Adresse hatte er durch etliche illegale Softwareprogramme manipuliert, die neu angelegte E-
Mail-Adresse auf russischen Seiten sowie drei Phantom-
VPN-Programme, die im Hintergrund liefen, verwischten
seine Spuren. Diesmal stand die Zeit auf Jacobs Seite.
Er schickte die E-Mail an seinen ehemaligen Arbeitgeber. Anschließend öffnete er den Spamordner seines nor-
malen E-Mail-Accounts, in den er ankommende Nachrichten von William verbannt hatte. Hasserfüllt überflog
er die Betreffzeilen, markierte die E-Mails und löschte sie
endgültig aus seinem Postfach. Er lehnte sich zurück, sah

auf die Uhr und rieb sich die Hände. Ein weiterer Schritt war getan.

Am Morgen des 19. Julis legte sich Jacob gegen sieben Uhr morgens zufrieden und erwartungsvoll schlafen.

Zur gleichen Zeit wurde Melissa McGarthy, die Witwe von Ross, mit einem Nervenzusammenbruch in die Klinik von Kermit eingewiesen. Sie sollte sich nie wieder von dem gewaltsamen Tod ihres geliebten Mannes und Vater ihrer drei Kinder erholen.

Drei Jahre später, in einer kalten Novembernacht, fand man ihre Leiche an einer Bushaltestation, Ecke Medlesterstreet. Die Obduktion ergab eine Überdosis an Schmerztabletten.

Olivia stellte die Klimaanlage ein wenig höher, setzte sich wieder zu William und nahm sich ein Stück Kuchen. Während William nachdenklich in seiner Kaffeetasse rührte und ein weiteres Stück Käsekuchen in seinem Mund verschwand, nahm sie seine Hand. Jacob hatte sich nicht gemeldet. Nach der elften unbeantworteten E-Mail war der letzte Funke Hoffnung auf eine Versöhnung gestorben. Nachdem William die fünfte Sprachnachricht auf dem ausgeschalteten Handy hinterlassen hatte, hatte er seine Frau gebeten, Charlotte zu kontaktieren. Womöglich war Jacob etwas zugestoßen. Eventuell lag er im Krankenhaus und war nicht fähig, sich bei seinem Freund zu melden. Doch das lange Gespräch zwischen Olivia und Charlotte hatte schließlich die verstörende Wahrheit ans Tageslicht gebracht. Die Connors mussten sich nicht lange beraten und überwiesen am gleichen Tag noch zehn Millionen Dollar auf das neu eröffnete Konto von Charlotte. Die Tatsache, dass Jacob den Bausparvertrag gekündigt und das ganze Geld auf seine Kreditkarte überwiesen hatte, war der finale Stoß mitten in ihr gebrochenes Herz. Ihre Entscheidung, sich von Jacob scheiden zu lassen, stand fest. Charlotte hatte von den sonderbaren Ereignissen an ihrem letzten Arbeitstag erzählt, davon dass Jacob krankhaft davon überzeugt gewesen war, einem heimtückischen Komplott aufzusitzen. Mit der Hilfe der Connors war ihre finanzielle Zukunft gesichert, bis zum Ende ihrer Tage. Was allerdings Jacob anging, so versuchte William nach wie vor, seinen Freund zu erreichen, sich mit ihm auszusprechen und ein reinigendes Gewitter zu beschwören.

»Es ist Zeit, dass du dich damit abfindest. Die Zeiten haben sich geändert, Schatz.«

»Es war meine letzte E-Mail. Ich werde nicht mehr anrufen, ihm keine Nachrichten aufs Handy schicken und sicherlich keinen Anrufversuch mehr unternehmen. Er will keinen Kontakt mehr zu uns. Das habe ich verstanden. Vielleicht ist das der Preis, den wir für den Reichtum zahlen müssen.«

William schob den leeren Teller von sich und sah Olivia an. Er hatte ihr nicht davon erzählt, dass er viermal vor Jacobs Wohnungstür gestanden hatte. Die Türklingel hatte der Biologe im gleichen Atemzug abgeschaltet wie auch sein Mobiltelefon.

»Lass ihn kommen oder eben nicht. Du hast alles versucht. Wirklich alles«, tröstete Olivia erneut ihren Mann.

An diesem 20. Juli stellte William die verzweifelten Versuche für immer ein. Doch das Schicksal sah für die Freundschaft der beiden Männer ein anderes Ende vor.

Eine Woche später sah William Jacob im Supermarkt. Sichtlich geschockt von dem verwahrlosten Äußeren seines ehemaligen Bruders, beschloss William, sich schnell im nächsten Gang zu verstecken. In Selbstgesprächen vertieft, lachend über etwas, das sonst niemand zu Ohren bekam, beobachtete William den Mann mit dem Bart. Cola, Bier und sieben Tiefkühlpizzas hatte Jacob damals gekauft. Und als wäre es gestern gewesen, erinnerte sich William noch Jahre später daran, wie Jacob die letzten Groschen aus seinem Geldbeutel kramte und eine Pizza an der Kasse zurückließ. Es war nicht mehr sein Freund, den er damals zufällig getroffen hatte. Ein augenscheinlich geistig verstörter Mann schlurfte während seiner Selbstgespräche durch die Gänge des Supermarktes.

Am Abend des 20. Julis löschte William alle gesendeten E-Mails an seinen Freund und entfernte seine Handynummer aus dem Speicher. Das Bild im Flur, das die Freunde in jungen Jahren lachend auf seiner Ranch zeigte, fand sein neues Zuhause im hinteren Eck, in einer Schublade. Eine Freundschaft starb.

In New York bekam man nichts von den eigenartigen Zwischenfällen in Kermit mit, die sich tausende Kilometer entfernt abspielten. Jacob stand an der Gabelung seines rachsüchtigen Kreuzzugs gegen die Gesellschaft und wartete darauf, eine Reaktion zu bekommen. Gleichgültig, für welchen Weg sich die Verantwortlichen des Wasserwerks entscheiden würden. Es war ihm egal, ob die Polizei involviert werden würde. Jacob war auf jede Eventualität vorbereitet und die Zeit lief langsam ab. Am letzten Tag seines Ultimatums erreichte ihn eine Mail.

»Sieh an, Sieh an. Stevenson höchstpersönlich.«

Der CEO des Wasserwerkes von Kermit hatte höchstpersönlich geantwortet. Zumindest machte es den Anschein, auch wenn Jacob wusste, dass diese Mail von seiner Assistentin verfasst worden war.

Sehr geehrte Dame,
sehr geehrter Herr,
Ihr Schreiben hat Verwunderung bei uns im Hause ausgelöst. Zumal wir nicht wissen, was Sie mit Ihrem Schreiben bezwecken wollen. Wenn Sie auf die Vorfälle der Stadt Kermit anspielen, die sich am 18. Juni abgespielt haben, so sehen wir nicht den geringsten Zusammenhang zwischen unserer Institution und den Vorkommnissen. Ich bitte Sie, von weiteren Drohschreiben abzusehen, da wir ansonsten die Polizei involvieren müssen.
Alex Stevenson

»Bullshit«, schrie Jacob. Doch im nächsten Moment erkannte er den Vorteil dieser Zeilen. Sie wussten immer noch nicht, wer hinter seinem Schreiben steckte. Andernfalls würde der Vertreter des Wasserwerks nicht versuchen, den Unwissenden zu mimen. Jacob kannte die Prozesse, die Abläufe und die technischen Möglichkeiten seines ehemaligen Arbeitgebers. Nach dem Stromausfall hatten die Sensoren Alarm geschlagen, der Inhalt der drei Aufbereitungsbecken war analysiert worden. Jedoch mussten sie von dem Gemisch, das sie unwissend in die Stadt gepumpt hatten, wissen.

»Dann machen wir weiter. Es geht weiter«, flüsterte er diabolisch zu sich und antwortete:

Sehr geehrter Herr Stevenson,
Ihre Entscheidung. Ihr Weg. Ich muss mich nicht mehr bei Ihnen melden.
Sie werden auf die Forderung eingehen. Schneller, als Ihnen lieb ist.
Viel Spaß, Mr. Stevenson. Was folgt, können Sie sich auf Ihre Visitenkarte schreiben.

Er klappte das Notebook zu und musterte die Wohnzimmerwand. Schließlich beschloss er, den nächsten Schritt zu überspringen und einen Gang hochzuschalten. Der nächste ungeöffnete Brief der Hausverwaltung hatte seinen Weg auf Jacobs Schreibtisch gefunden. Die Zeit drängte, es war Zeit für den ersten Geldeingang. Die verbleibenden 14.000 Dollar des Bausparers würden nicht ewig reichen und Jacob musste sich endlich Zeit dafür nehmen, die Überweisungen zu erledigen.

»Ach wie gut, dass niemand weiß, dass ich Rumpelstilzchen heiß«, trällerte Jacob überzogen vor sich hin, kicherte leise und bereitete die Utensilien auf der Küchenablage vor. Es war Zeit, eine weitere Mischung herzustellen. Die Stelle, die so oft der Schauplatz gemeinsamen Kochens und Lachens dargestellt hatte, hatte sich in eine Giftküche verwandelt. Dieser Ort war der einzige, den Jacob in der Wohnung penibel sauber hielt. Eine Stunde später stellte er die fertige Mixtur zufrieden in den Kühlschrank.

»Sechs Tage, Wesley. Sechs.«

Er drehte sich peinlich berührt zu den anderen Gästen um. Niemand schien die laute Anschuldigung von Lisa bemerkt zu haben. Eine Bedienung näherte sich dem Zweiertisch und brachte die gewünschten Getränke. Kittys Bar & Grill Restaurant war überfüllt von Menschen, die sich aus dem überraschenden Regen ins Trockene gerettet hatten.

»Das ist mir bewusst, Lisa. Ich habe allerdings Neuigkeiten. Heute Vormittag war ich im Büro und habe Ethan auf die Verzögerung angesprochen«, versuchte der Sechzigjährige seine impulsive Kollegin zu beschwichtigen.

»Lass mich raten. Er weiß noch nichts und wird sich umgehend darum kümmern. Richtig?« Lisas Laune hatte an diesem Abend ihren Tiefpunkt erreicht. Wenn die Mittdreißigerin etwas auf den Tod nicht ausstehen konnte, dann war es die Tatsache, für dumm verkauft zu werden.

»Nun, nicht ganz. Jefferson Cramer, der Vorgesetzte von Nick Trevis, hat sich bei Ethan gemeldet. Das Gespräch verlief wohl etwas ruppig. Es gab einen internen Fehler beim FBI, sodass die Daten versehentlich gelöscht worden sind. Cramer bat Ethan, seinem Team mitzuteilen, sich an die Richtlinien der jeweiligen Behörden zu halten. Beim FBI sei man kein Freund von Skip-Level-Gesprächen. Und ich sage dir eins, Ethan war keineswegs glücklich darüber, dass du dich mit dem Administrator des FBI ausgetauscht hast.«

»Skip-Level-Gespräche?«

»Das Übergehen deines direkten Ansprechpartners beim FBI.«

Lisa riss Mund und Augen auf und Wesley befürchtete, einen Sturm losgetreten zu haben, an dem auch die restlichen Gäste im Kittys Bar & Grill partizipieren würden. Doch es kam anders. Lisa schloss ihren Mund und nippte an ihrem Wasser.

»Nimm das nicht persönlich, Lisa. Auch an der Front der Polizei ist es ein Politikum. Diese Ellenbogengesellschaft …«

Lisa hob ihre Hand und senkte ihren Kopf. Wesley kannte diese Geste von ihr und beschloss, besser zu schweigen.

»Ich bin nicht dumm, Wesley. Was auch immer das FBI hier treibt, es spielt uns nicht in die Karten. Ich werde in diesem Fall nicht versagen, nur weil ein Jefferson Cramer Bedenken hat, jemand könnte ihm ans Bein pinkeln. In Zukunft werden wir gründlicher darüber nachdenken, unsere Infos ans FBI weiterzugeben.« Kaum hatte Lisa ihren Satz beendet, vibrierte ihr Piepser in ihrer Handtasche. Ihre Augen überflogen das kleine Display und während sie den Melder des Police Departments wieder in ihre Handtasche steckte, winkte sie mit der anderen Hand die Bedienung heran.

»Ich bin gestern auf meinen Piepser getreten.« Wie ein kleiner Schuljunge sah Wesley seine Kollegin an.

»Wir haben wieder zwei Tote.«

»Wo ist es diesmal passiert?«

»An der nächsten Straßenecke. Knapp 300 Meter von dem Restaurant entfernt.«

Während er das Geld auf den Tisch legte, übertönten die Sirenen der Einsatzkräfte die Gespräche in der Bar.

Im nächsten Moment öffnete sich die Tür des Lokals und fünf Polizisten betraten den Raum.

»Wir bitten Sie, Ruhe zu bewahren. Niemand verlässt dieses Restaurant ohne Identifikationskontrolle. Zahlen Sie jetzt und begeben Sie sich in Zweierreihen zu uns an den Ausgang. Vielen Dank«, hallte die Stimme eines Polizisten durch den Raum.

Schlagartig wurde es still in Kittys Bar & Grill. Die beiden Ermittler reihten sich in die Schlange ein. Jeder der Gäste wurde registriert und per Funk überprüft, dementsprechend lange dauerte das Prozedere, bis Lisa und Wesley an der Reihe waren und ihrem unwissenden Kollegen entgegentraten. Die beiden Ermittler übergaben wortlos ihre Marken an den Cop und wurden wenig später von einem anderen Kollegen zum Tatort geführt.

»Das ist echt krank, Leute. Die Welt wird immer schlimmer, das sage ich euch.« Es war nicht schwer, zu erkennen, dass der junge Polizist noch nicht allzu lange im Dienst war. Sein verstörter Blick ließ Lisa sofort erkennen, dass der Frischling die Leichen, oder was auch immer sich am Tatort befand, nicht einordnen konnte. Schließlich stoppte der junge Mann und zeigte auf die Ecke des Hauses.

»Da hinten, hinter der Ecke.« Offenbar war der Polizist nicht gewillt, sich das Szenario noch einmal anzusehen, und so gingen die beiden die letzten Meter allein, bis sie die Ecke des Häuserblocks erreichten.

»Na gut, für einen Jungspund vielleicht wirklich harter Tobak. Zugegebenermaßen ziemlich abartig«, stellte der Sechzigjährige fest und gab dem anwesenden Officer die Hand, ohne seinen Blick von den Leichen zu lassen.

Die beiden Männer mittleren Alters, offensichtlich Angestellte der städtischen Müllabfuhr, saßen friedlich angelehnt an der Hauswand. Es bot sich den beiden Detectives ein verstörendes Bild. Die Mützen der Männer waren entfernt und durch rote Clownsperücken ersetzt worden. Wesley verstörten nicht die roten Nasen, die den leblosen Männern aufgesetzt worden waren, sondern der Fakt, dass die Männer grauenhaft geschminkt waren.

Der Lippenstift war schief und wellenartig aufgetragen und reichte fast bis zu den Ohren. Das weiße Make-up hingegen war gleichmäßig verteilt worden, allerdings waren die Augenpartien ungeschminkt. Lisa zog ihre Handschuhe an und öffnete die Weste der linken Leiche. Das Hemd des Mannes war unterhalb des Brustkorbes abgeschnitten worden und zum Vorschein kam ein bekannter aufgeblähter Bauch, wie ihn Wesley und Lisa schon oft gesehen hatten. Zu oft.

»Eure.« Lisa las das Wort, das mit roter Farbe auf den Bauch des Mannes gemalt worden war.

Wesley öffnete die Weste des zweiten Mannes.

»Schuld«, vollendete er den Satz.

Die Ermittler richteten sich auf und betrachteten die absonderliche Nachricht.

»Hier, das lag neben den Männern. Die Spurensicherung hat es bereits freigegeben.«

Ein Officer übergab Lisa ein Tablet. Erstaunt nahm sie das Gerät an sich und sah den Cop an.

»Habt ihr es überprüft?«, fragte Lisa knapp, der Polizist schüttelte den Kopf.

»Es ist mit einem Zahlencode versehen. Wir können es nicht öffnen.«

Zu Wesley gewandt, sagte sie: »Wir fahren ins Büro. Den Rest erledigt die Spurensicherung. Willst du Nick …«

»Nein, nicht solange wir nicht wissen, was sich auf dem Ding befindet. Er wird sowieso von den Morden erfahren. Bis dahin spielt die Zeit für uns.«

Eine halbe Stunde später brachte Wesley Kaffee in den Meetingraum des Police Departments, stellte die Tassen ab und betrachtete das schwarze Display des Tablets.

Die beiden Ermittler saßen sich wortlos gegenüber und blickten stillschweigend auf das Gerät, das sich zwischen ihnen auf dem Tisch befand. Das sechsstellige Feld lachte den beiden Kommissaren ins Gesicht. Es verhöhnte sie, forderte sie auf, endlich die richtige Zahlenkombination einzugeben.

Der 24. Juli neigte sich dem Ende zu, die Sonne hatte sich schon vor einiger Zeit zurückgezogen. Der Mond schickte in dieser klaren Sommernacht das Licht durch das Fenster des Besprechungsraums im New Yorker Police Department. Wesley drehte sich vom Tablet weg und starrte mit müdem Blick auf die belebten Straßen von Manhattan. Sie hatten alle erdenklichen Zahlenkombinationen eingegeben. Beginnend mit dem Datum der ersten Morde bis hin zur simplen Abfolge sechs gleicher Zahlen. Nichts fruchtete, keine Kombination gab den Inhalt des Tablets frei. Es wäre ein Leichtes gewesen, das Tablet den IT-Spezialisten zu übergeben, doch Lisa war sich sicher, den Code selbst herausfinden zu können, und sie wusste, dass es auch exakt das war, was der mordende Unbekannte von ihr forderte.

»Seit drei Stunden versuchen wir nun schon unser Glück. Meinst du nicht, wir sollten es für heute gut sein lassen, Lisa?«

»Wir werden nicht unseren Superagenten um Hilfe bitten, klar?«

»Das habe ich damit auch nicht gemeint. Aber morgen ist ein neuer Tag, auch ohne Nick.«

Wesley wünschte sich in diesem Moment nichts sehnlicher, als einfach nur in sein Bett fallen zu können. Das laute Einatmen seiner Kollegin ließ ihn wieder wach werden. Blitzartig drehte er seinen Kopf vom Fenster weg und fixierte Lisas Hinterkopf.

»Was ist los?«

»Entsperrt«, flüsterte Lisa und drehte ihren Oberkörper zu Wesley. »150658.«

»Das ist mein Geburtstag«, stammelte Wesley und setzte sich neben sie auf den Stuhl.

»Ich dachte, ich versuche es erst mit meinem Geburtstag und dann mit deinem«, flüsterte Lisa weiter und überflog hastig den übersichtlichen Inhalt des Tablets.

Es offenbarten sich ihnen lediglich zwei Icons. Ein Fotoalbum und ein Videoalbum. Lisas Gemüt erstickte trotz ihrer impulsiven Art jeglichen Anflug von Hektik oder Angst im Keim. Aber in dieser Nacht, in diesem Moment breiteten sich beide Emotionen rasant in ihrem Körper aus. Ihr Finger berührte das Fotoalbum und zum Vorschein kamen zwei Unterordner, betitelt mit »Lisa« und »Wesley«. Die beiden Ermittler überflogen Unmengen von Fotos, die heimlich von ihnen geschossen worden waren. Lisa erkannte sich, wie sie im Supermarkt nach der richtigen Packung Nüsse suchte, und Wesley betrachtete ein Bild, das zeigte, wie er nach einem Arztbesuch gerade im Begriff war, wieder in seinen Wagen zu steigen. Das Sammelsurium von Bildern ließ ihnen das Blut in den Adern gefrieren. Zum ersten Mal, seit Wesley und Lisa den Dienst beim Police Department aufgenommen hatten, empfanden sie das Gefühl, angreifbar zu sein. Wer auch immer die Galerie erschaffen hatte, kannte jedes Detail aus Lisas und Wesleys Leben.

»Grundgütiger, ich weiß nicht mal, wann dieses Bild geschossen wurde«, sagte Lisa und betrachtete ein Foto von sich auf dem Laufband des Fitnessstudios.

»Das muss vor zwei Wochen gewesen sein. Das war vor Dr. Heckers Praxis. Ich hatte einen Termin wegen meines verfluchten Rückens.«

»Er kennt uns. Er weiß, wer wir sind und wo wir wohnen.« Lisas Stimme wurde brüchig, sie kämpfte mit den Tränen.

Wesley berührte Lisas Schulter und zog sie zu sich.

»Bleib ruhig. Und trotzdem sind wir noch am Leben. Offenbar geht es ihm nicht darum, uns auszuschalten. Mit dem Tablet möchte er uns nur zeigen, dass er jeden Schritt von uns beobachtet. Das ist psychologische Kriegsführung.« Wesley ließ sich in diesem Moment nichts anmerken, doch auch sein Herzschlag hatte sich drastisch erhöht. Ihm wurde bewusst, dass das Fadenkreuz des Psychopathen eine Gefahr darstellte.

Die Gemüter beruhigten sich wieder. Wesley und Lisa starrten auf das Foto. Gestochen scharf zeigte es Wesley bei seinem Gang zum Bäcker. Ein Ritual, das der alleinstehende Mann jeden Sonntag zwischen 7:45 Uhr und 8:15 Uhr vollzog.

Er schloss das Foto und öffnete den Video-Ordner. Ohne zu zögern, spielte er das erste der drei Videos ab. Der fünfzig Sekunden lange Mitschnitt zeigte Wesley an der Kasse eines Supermarktes. Offenbar hatte ihn jemand direkt vor ihm in der Schlange gefilmt. Die Kamera musste am Kragen befestigt gewesen sein. Zumindest blickte Wesley entnervt an der Linse vorbei direkt auf die Kasse. Das Video endete. Er schloss die Aufnahme und war gerade im Begriff, die zweite zu öffnen, als Lisa ihre Hand auf seinen Arm legte. Er blickte ihr in die Augen und nickte langsam.

»Es ist egal, ob wir noch eine Minute, eine Stunde oder einen Tag warten. Du würdest es sehen wollen.«

Sie stimmte zu.

Eine weitere versteckte Momentaufnahme bot sich den beiden dar. Es war dunkel. Das Gewirr weiblicher Stimmen war zu hören. Eine Tür wurde geschlossen, jemand hustete. Plötzlich wurde es hell und Lisa erkannte, wo sie gefilmt worden war. Der Spint in der Umkleide ihres Fitnesscenters wurde geöffnet und die Kamera zeigte sie: verschwitzt und im Begriff, ihr Top auszuziehen. Das Video stoppte. Lisa vergrub ihr Gesicht in ihren Händen und begann, verzweifelt zu weinen. Tröstend umarmte Wesley seine Kollegin, suchte nach den richtigen Worten. Doch er fand sie nicht.

»Wie kann das sein? Man nimmt immer den Spint, der frei ist. Der Typ kann doch nicht gewusst haben, wo er die Kamera reinlegen muss?«, sagte Lisa stirnrunzelnd.

»Wahrscheinlich wirst du auch deine Gewohnheiten haben, welchen Spint du bevorzugst, oder?«

Lisa dachte einen Moment darüber nach.

»Ja. Zwölf, elf oder zweiundzwanzig. Wahrscheinlich waren alle drei mit Kameras ausgestattet. Dieses perverse Dreckschwein.« Ihre Hilflosigkeit schlug um in Wut.

Wesley beschloss, das letzte Video zu starten, um diesen Wahnsinn hinter sich zu bringen. Das dritte Video zeigte Holz. Es musste die Oberfläche eines Tisches oder einer Platte sein. Im Hintergrund war ein Schnappen zu hören und eine Hand in einem schwarzen Latexhandschuh erschien im Bild. Mit einem kleinen Klappmesser ritzte sie etwas in das Holz des Tisches. Die Aufnahme wurde beschleunigt abgespielt, bis die Hand das Messer fallen ließ, dreimal auf das Holz klopfte und verschwand. Es wurde herausgezoomt und zum Vorschein kamen folgende Zeilen.

Mister Rainmaker don't waste your time
I found two People who are permanent sunshine
They are the little queens of all my dreams
Carry on – and find someone else to rain on

Das letzte Video endete. Es war die schrecklichste aller drei Aufnahmen. Obwohl der letzte Mitschnitt nichts von Lisa oder Wesley offenbarte, so war er dennoch der persönlichste. Die Botschaft des Rainmaker833 war in dieser Nacht unmissverständlich im New Yorker Police Department angekommen.

In der gleichen Nacht schickten sie die Einladungen zum Krisenmeeting an Nick und Ethan raus. Pünktlich um 9:30 Uhr betraten die Gesetzeshüter den Besprechungsraum im zweiten Stock des Police Departments.

Verwundert blickte Ethan in die übermüdeten Gesichter seiner beiden Mitarbeiter.

»Habt ihr schlecht geschlafen?«

»Wir haben gar nicht geschlafen, Ethan«, murmelte Lisa und rieb sich die Augen.

Dreißig Minuten später wussten Nick und Ethan über die Vorkommnisse der letzten Nacht Bescheid und starrten wie Wesley und Lisa Stunden zuvor ungläubig auf das schwarze Display des Tablets. Wesley konnte sich nicht daran erinnern, seinen Vorgesetzten schon einmal so ernst und vor allen Dingen so ruhig gesehen zu haben. Ethan stand auf und drehte eine Runde um den großen Besprechungstisch, um sich schließlich wieder auf seinen Stuhl zu setzen.

»Ich werde meine Vorgesetzten informieren und die Bundespolizei einschalten. Ihr beide bekommt ab sofort Personenschutz. Ich werde das Leben meiner Mitarbeiter nicht aufs Spiel setzen.«

Nick brummte und blickte noch immer auf das Tablet.

»Wir sollten nichts überstürzen. Ich denke nicht, dass das Leben von Lisa und Wesley in Gefahr ist. Der oder die Täter hätten bereits mehrfach zuschlagen können, haben es aber nicht. Was also könnte hinter dieser Einschüchterungstaktik stecken?«

Lisa schlug mit der flachen Hand auf den Tisch. Der laute Knall ließ die drei Männer zusammenzucken. Sie stand auf und baute sich vor Nick auf.

»Nick, es reicht. Ich weiß, dass du uns den Erfolg nicht gönnst und gegen uns arbeitest. Vielleicht machst du das, weil du uns kleinhalten willst. Aber die Tatsache, dass dieser gestörte Killer weiß, wo ich wohne, was ich wann mache, geht zu weit. Ich habe keine Lust, irgendwann mit einem aufgequollenen Bauch in irgendeiner Seitenstraße von Manhattan zu verenden. Ist das klar?« Während sie ihrem Frust freien Lauf ließ, hatte Ethan versucht, den lauten Ton von Lisa mit seinen verzweifelten Gesten zu dämpfen.

»Du missverstehst mich, Lisa. Ich weiß, dass du mich nicht leiden kannst, aber bleiben wir sachlich. Wir arbeiten an dem gleichen Fall, daran lässt sich jetzt nichts ändern. Hast du schon einmal darüber nachgedacht, dass es genau das ist, was der Täter will? Aufmerksamkeit, Schlagzeilen in der Presse. Schlicht und ergreifend Ruhm. Es wäre nicht der erste Fall, bei dem die Grundintension des Täters ein gewisser Bekanntheitsgrad ist. Es geht also nicht um Rachsucht, sondern um Geld. Geld und Ruhm gehen meist Hand in Hand. Sehe ich das falsch?«

Lisa sah Nick lang in die Augen. Der FBI-Agent konnte fühlen, wie ihr Gehirn auf Hochtouren arbeitete.

Er hatte recht. Es gab die unterschiedlichsten Motive für Verbrechen und in diesem Fall handelte es sich um Geld. Die vielen Toten wurden in Kauf genommen, um an die begehrten Substanzen zu kommen und um diese schließlich in harte Dollar umzuwandeln. Sie dachte über die Worte des Agenten nach.

»Möglich«, murmelte Lisa und setzte sich.

»Es handelt sich hierbei um eine narzisstische Vorgehensweise. Geben wir ihm nicht die Plattform. Ethan, ich würde vorschlagen, dass Lisa und Wesley zwar Personenschutz bekommen, wir allerdings die Bundespolizei aus dem Spiel lassen. Je mehr Menschen involviert werden, umso höher wird das Risiko.«

Die Minuten verstrichen, die drei Vertreter des Police Departments mussten sich eingestehen, dass Nick mit seiner Theorie nah an den Beweggründen des Rainma-kers833 lag.

24. August, 2:21 Uhr. Wesley hatte sich vor zehn Minuten von dem Küstenabschnitt entfernt und bat den Mann mit dem Auslöser in der Hand, einen Moment zu warten. Jacob schmerzten die Beine. Seine Füße, durchnässt von dem kalten Wasser des Atlantiks, fühlten sich an, als ob tausend kleine Nadeln auf sie einstechen würden. Jacob bemerkte, wie das Zittern die Kontrolle über seinen Körper gewann und er nicht mehr dagegen ankam. Er biss sich auf die Zunge, versuchte sich von den Schmerzen, dem tauben Gefühl, welches in seine Beine kroch, abzulenken. Für einen Augenblick wollte er losschreien, Wesley auffordern, sich zu beeilen. Er verwarf den Gedanken wieder. Vielleicht wollte ihn die Polizei in dieser kalten Novembernacht an der Küste New Yorks mürbe machen. Er wusste, dass die kalten Temperaturen immer mehr und mehr von seinem Körper Besitz ergreifen würden. So kurz vor seinem Ziel würde der Biologe nicht einknicken. Er befand sich in der fünfzehnten Runde des Boxkampfes gegen die Gesellschaft, gegen diejenigen, die sein Leben zerstören wollten. Jacob würde aus diesem Boxkampf erhobenen Hauptes herauskommen. Er würde diesen Kampf gewinnen. Seine Zähne erhöhten den Druck auf seine Zunge. Eine warme, metallisch schmeckende Flüssigkeit machte sich in seinem Mund breit.

»Verzeihen Sie, dass es etwas länger gedauert hat, West. Der Helikopter landet in zwanzig Minuten.« Wesley war wieder aus der Finsternis aufgetaucht.

Jacob erkannte in der Hand des Ermittlers einen Thermobecher. Trotz der Tatsache, dass die Männer fünf Meter voneinander entfernt standen, sah er den heißen Dampf, der aus dem Becher emporstieg. Der New Yorker

Ermittler hob seine linke Hand, näherte sich Jacob und stellte die Tasse, ohne den Biologen aus den Augen zu verlieren, zwei Meter vor ihm in den Sand.

»Trinken Sie, West. Sonst fallen Sie uns noch rückwärts ins Meer.«

Jacob lachte lauthals. »Für wie dumm halten Sie mich eigentlich?« In diesem Moment vergaß er seine Schmerzen und die Kälte.

Verwundert zog der Cop seine Augenbrauen nach oben und verstand die Reaktion seines Gegenübers nicht.

»Das ist Kaffee, Mann.« Energisch deutete Wesley auf die Tasse.

Das herannahende Geräusch des Hubschraubers durchbrach den stürmischen Wind.

»Sie geben mir eine Flüssigkeit? Graham, ernsthaft?« Jacob machte einen Schritt nach vorn und stieß den Becher mit seinem Fuß um.

Erst jetzt verstand der Sechzigjährige den Wink des Mannes, der eine ganze Nation in Atem hielt. Natürlich würde Jacob den Inhalt des Bechers nicht trinken.

»Kennen Sie Rainmaker833?« Wesley beschloss, die wenigen Minuten, die er noch hatte, so effektiv wie möglich zu nutzen. Sowohl Ethan als auch das FBI stimmten der Flucht des Mannes nach Mexiko zu. Es gab keine Option, keinen Plan B. Das Geräusch des Hubschraubers wurde lauter und lauter. Schließlich landete der Hubschrauber zwanzig Meter neben den beiden Männern im Sand.

Jacob blickte auf die laufenden Rotoren, sah wieder zu Wesley und lächelte ihn friedfertig an. »Es spielt keine Rolle, ob ich ihn kenne oder nicht. Sollte mich an Bord ein mieser Trick erwarten, wissen Sie, was passieren wird. Glauben Sie mir, Graham, Sie würden nie wieder durchschlafen können.«

Jacob steckte die offene Flasche vorsichtig in die Seitentasche des Rucksacks. Er hielt den Auslöser verkrampft in seiner Hand und lief geduckt zum Helikopter. Hastig zog er die Seitentür auf und stellte sicher, dass sich außer dem Piloten niemand weiter an Bord des Hubschraubers befand. Nachdem er sich hingesetzt hatte, legte Jacob den Rucksack neben sich und sah nochmals zu Wesley. Der Helikopter hob ab, zog eine Rechtskurve und verschwand in der Dunkelheit.

Wesley blickte auf die Ausläufer der Wellen, die unaufhörlich vor ihm auf den Sand schlugen. Das Geräusch der Rotoren verstummte und zurück blieb das tosende Rauschen des Meeres.

»Bis bald, West«, flüsterte er ernst zu sich und rieb seine kalten Handflächen fröstelnd aneinander.

Ein weiterer Monat war verstrichen und der dicke Abreißkalender, den Charlotte letztes Jahr von ihrer Mutter geschenkt bekommen hatte, zeigte den 4. August an. Jacob stand im Flur der Wohnung, hielt den Zettel des Vortages immer noch in seiner Hand und betrachtete den simplen Druck. Die Polizei hatte die Ermittlungen im Fall des ermordeten Ross McGarthy an die Bundespolizei von Texas übergeben. Die Mühlen der Behörden mahlten langsam und die Übergabe der laufenden Ermittlungen musste in den internen Systemen der jeweiligen Abteilungen genehmigt und übergeben werden. Diese Verzögerung schenkte Jacob wertvolle Zeit. Diese Übergabe an neue Detectives brachte neue Ermittlungsstrategien zutage, sodass Jacob aus dem Visier der Tatverdächtigen verschwand und erst Wochen später ganz weit oben auf der Liste der abzuarbeitenden Personen erschien. Das zentrale Gehirn der Bundespolizei arbeitete anders und übernahm nur selten Vermutungen ihrer Vorbesitzer, die auf keinerlei stichfesten Grundlagen basierten.

Frisch rasiert und in einem gebügelten Hemd betrachtete Jacob den Aufdruck des Kalenderblattes.

»4. August. Ich habe euch Zeit gegeben. Sogar weit mehr, als ich ursprünglich geplant hatte. Chance bekommen, Chance verspielt.« Seine Hand ließ das Kalenderblatt fallen. Er griff sich den beladenen Rucksack und machte sich auf den Weg zu seinem Pick-up.

Jacobs Weg führte an der Parallelstraße der Connors vorbei, weiter Richtung Osten, bis zu der Stadtgrenze von Kermit. Der große Parkplatz wurde zum Schauplatz des nächsten Spektakels. Der Motor starb ab und Jacob verharrte angespannt hinter dem Lenkrad des Pick-ups. Unruhig blickte er wieder auf die Uhr. Die Zeit verstrich, wieder suchte sein Blick das Ziffernblatt.

»Zehn Minuten. Los geht's.« Jacob stieg aus dem Wagen, schnallte sich seinen Rucksack um und schlenderte in aller Seelenruhe zum Ende des großen Firmenparkplatzes. Die kleine Laderampe des Außenlagers befand sich unweit des Parkplatzes entfernt. Er ging die kleine Rampe hinab, stellte seinen Rucksack vor sich auf den Boden und blickte wieder auf seine Uhr. Fünf Minuten würde er noch warten müssen, bis der Lkw die neuen Paletten anlieferte. Das kleine Umschlaglager in Texas war eine der unzähligen Zwischenstationen des Limonadenherstellers Cromy. Von hier aus fand der Softdrink seinen Weg in alle Bundesstaaten der USA. Jacob hatte das Anlieferungsverhalten in Cromys Außenlager observiert, sich Notizen gemacht und alle Eventualitäten aus dem Weg geräumt. Zugegebenermaßen war es ein simples Ziel seiner neuen Attacke. Der kleine Getränkehersteller hatte die Zufahrtsrampe weder mit Kameras noch mit Sicherheitspersonal ausgestattet. Ein tiefes Brummen kündigte den Lkw an. Rückwärts fuhr der Transporter die Laderampe hinunter und kam schließlich wenige Meter vor dem Rolltor zum Stehen. Die kleine Verwinkelung am Ende der Rampe gab Jacob genügend Schutz, um vor den Augen des Fahrers im Rückspiegel unentdeckt zu bleiben. Der Mann im Hubwagen schob die erste Palette der Limonade ins Freie, als ein leichtes Tippen auf seiner Schulter ihn mit einem Schrei zusammenfahren ließ. Er drehte sich blitzschnell um und starrte entgeistert in die Augen von Jacob.

»Mann. Ich habe Sie gar nicht gehört. Verdammt noch mal, erschrecken Sie mich doch nicht so.« Der Fahrer atmete erleichtert aus und griff sich an seine Brust.

»Das war nicht meine Absicht. Entschuldigen Sie. Dabei hatte ich da oben nach Ihnen gerufen. Haben Sie mich nicht gehört?« Verwundert sah Jacob dem Mann in die Augen, deutete auf die Laderampe hinauf und machte einen sichtlich erschöpften Eindruck.

Der Fahrer schüttelte irritiert den Kopf. »Nein, habe ich nicht. Ich habe Sie nicht gesehen, geschweige denn gehört. Was gibt's?« Er holte ein Päckchen Zigaretten aus der Hemdtasche hervor.

»Grundgütiger, haben Sie getrunken?«, schrie Jacob den Fahrer plötzlich so laut an, dass dieser erneut zusammenzuckte.

»Was? Nein, Mann. Was wollen Sie von mir?«

»Die alte Dame mit ihrem kleinen Hund. Dort vorne bei der Einfahrt zum Parkplatz. Sie haben den verdammten Köter überfahren! Ich bin Ihrem Lkw den ganzen Weg zu der Rampe nachgelaufen.«

Der Fahrer öffnete den Mund, die unbenutzte Zigarette klebte an seiner Unterlippe, bis sie schließlich zu Boden fiel.

»Ich habe was?« Er drehte sich um und versuchte, etwas hinter seinem Lkw zu erkennen.

»Von hier aus können Sie es natürlich nicht sehen. Oh Mann, die alte Frau hat wie am Spieß geschrien. Dort vorne, kurz bevor es zum Parkplatz geht.« Wieder zeigte Jacob nach hinten.

»Verflucht noch mal. Halten Sie das.« Jacob wurde ein Päckchen Zigaretten auf die Brust gedrückt. Im nächsten

Moment rannte der Mann die Laderampe empor. Jacob zog den Rucksack aus der Ecke der Rampe hervor, öffnete die Lasche und zog eine Flasche heraus. Die Kanüle der Spritze tauchte seitlich in den Flaschenhals und in aller Ruhe zog er die Spritze auf. Es war ein Leichtes, das Plastik zu durchbohren. Die erste Dosis vermengte sich mit dem Zuckerwasser. Rasch widmete er sich der nächsten Flasche, injizierte das Serum und stach in eine weitere. Das Tempo erhöhte sich, erneut füllte er die Spritze auf, warf einen prüfenden Blick am Lkw vorbei und widmete sich den nächsten Flaschen. Jacob hatte den kompletten Behälter mit der psychoaktiven Mixtur gerade geleert, als er aus unmittelbarer Nähe ein Keuchen hörte. Schnell packte er alles wieder in den Rucksack und setzte ihn auf den Rücken.

»Da ist niemand. Wollen Sie mich verarschen?«, stöhnte der Fahrer und ging in die Hocke, um nach Luft zu ringen.

»Ich habe doch gehört, dass das Tier geschrien hat, und auch den Blutfleck auf der Straße gesehen«, antwortete Jacob und musterte den Mann skeptisch.

»Das kann nicht sein … Da war niemand«, sagte der Mann und drehte sich erneut um.

»Dann ist sie wohl schon weg. Nichts für ungut, ich mache mich dann wieder auf den Weg zur Arbeit.« Jacob klopfte ihm auf die Schulter und war gerade im Begriff, die Rampe nach oben zu gehen, als ihn die Hand des Fahrers am Rücken berührte. Er drehte sich um und sah den Mann fragend an.

»Sagen Sie mal, hatten Sie den Rucksack vorhin auch schon auf dem Rücken?«

Für einen Moment wurde er unsicher. Blitzschnell suchte Jacob nach einer plausiblen Lösung, wägte die Eventualitäten ab, die ihn verraten könnten, und achtete darauf, die Maske des Unschuldigen nicht fallen zu lassen. Seine Pupillen weiteten sich, er öffnete entgeistert den Mund, nahm den Rucksack ab und stellte ihn hinter sich ab.

»Der stand die ganze Zeit hinter mir. Ich habe ihn nach meinem Sprint abgelegt. Was zum Teufel ist los mit Ihnen? Erst überfahren Sie ein Tier und dann können Sie sich nicht daran erinnern, was Sie ein paar Minuten zuvor gesehen haben? Vielleicht sollten wir einfach die Polizei rufen. Ich will Ihnen helfen, sich nicht der Fahrerflucht schuldig zu machen, und als Dank greifen Sie mich permanent an.« Jacob gestikulierte wild mit seinen Händen, deutete immer wieder auf seinen Rucksack und richtete im nächsten Moment den Finger direkt auf die Brust des Mannes.

Die perfide Anklage des Biologen fruchtete. In den Augen seines Gegenübers konnte er die Verwirrung lesen, den verzweifelten Versuch, sich an die Details der letzten Minuten zu erinnern. Der Fahrer winkte ab und bockte die abgestellte Palette wieder mit seinem Hubwagen auf. Mit schüttelndem Kopf verließ Jacob die Rampe und ging zurück zu seinem Wagen. Der erste Teil seiner heutigen Arbeit war erledigt.

Jacob steuerte seinen Pick-up weiter Richtung Süden und verließ Kermit. Zwanzig Kilometer später erreichte er die nächstgelegene Stadt Winkler, fuhr auf die Hauptstraße und kam zwanzig Minuten später an seinem letzten Ziel des heutigen Tages an. Vor dem mit Staub bedeckten Willkommensschild stoppte er seinen Wagen.

Welcome to Winkler County Airport

»Ich hasse Flugzeuge, ich hasse Flughäfen.« Seine Hand legte den Gang ein und der alte Pick-up bewegte sich auf den Parkplatz des kleinen Flughafens. Der unscheinbare Airport galt als Zubringer für die großen Drehkreuze der amerikanischen Luftfahrt. Von hier flogen täglich mehr als zwanzig Maschinen Dallas und New Mexico an und boten den Passagieren von dort aus die Option, die Welt zu bereisen.

Genervt vom Anblick der Abflughalle, schlug Jacob die Fahrertür zu. Allein das Geräusch der startenden und landenden Maschinen ließ ihn nervös werden. Die Stimme seines Dämons beruhigte ihn, schließlich war heute nicht der Tag, an dem er in eine dieser langen Röhren steigen musste. Angespannt betrat Jacob den Abflugbereich des Airports und wurde unfreiwillig Teil des hektischen Treibens der Halle. Reisende zogen ihre Trolleys und Koffer hektisch hinter sich her. Die monotone Stimme aus den Lautsprechern bat die Passagiere, ihr Gepäck nicht unbeaufsichtigt zu lassen, gefolgt von dem letzten Boardingaufruf der Maschine nach Dallas. Jacob rieb sich die Schläfen, schloss kurz seine Augen und versuchte innere Ruhe zu finden. Langsam öffnete er wieder die Augen und setzte seinen Weg fort. Am anderen Ende der Halle verließ er die Abflughalle wieder, schritt ein paar Meter über den Rasen und setzte seinen Weg schließlich auf einer kleinen asphaltierten Straße, die nach unten führte, fort. Knapp fünfzig Meter entfernt erkannte er die Schranke, an der seine Reise enden sollte. Vorerst zumindest. Jacob stoppte, kniff seine Augen zusammen und las die Schrift auf dem großen, roten Schild, welches mahnend vor der Schranke postiert worden war.

Zutritt nur für Flughafenpersonal

Videoüberwachung

»Na dann wollen wir mal«, murmelte er und setzte seinen Fußmarsch fort. Er bemerkte die Kameras zu seiner Linken und Rechten. Schnell wendete er den Blick wieder von dem digitalen Auge ab. Jacob gab sich unwissend und versuchte orientierungslos zu wirken. Er blieb stehen, rieb sich die Stirn und sah sich um. Jacob begann zu torkeln.

Ein paar Meter noch. Fünf, vier, drei, zwei, eins. JETZT!

Er fasste sich an seine Schläfen, schwankte weiter zur Schranke, ließ sich dort auf den Boden fallen und blieb regungslos auf dem Bauch liegen. Ein kleiner Spatz landete neben dem scheinbar bewusstlosen Mann auf dem Asphalt, neigte seinen Kopf nach links und beäugte ihn neugierig.

In diesem Augenblick taten die beiden Sicherheitsbeamten der Videoüberwachung des Winkler County Airports es dem kleinen Vogel gleich.

Den skizzierten Bauplan des Winkler County Airports im Internet zu finden, war ein Leichtes. Nachdem sich Jacob stundenlang den Kopf darüber zermartert hatte, wie er mitsamt seinem teuflischen Serum in das Gebäude gelangen konnte, schien die Lösung mit einem Male auf der Hand zu liegen. Dass kein Weg in den Securitybereich des Flughafens führen sollte, war ihm von Anbeginn seiner Planung bewusst. Abgesehen von den Kontrollen, bei denen er schon kläglich gescheitert wäre, schienen die unzähligen Kameras die größere Bedrohung für ihn darzustellen. Es war die große Unbekannte in einem Spiel, das erst begonnen hatte. Das Negativbild der Gesellschaft und so sollte es auch für die Öffentlichkeit bleiben. Die Krankenstation, über die jeder Flughafen verfügte, befand sich unterhalb des Abflugbereiches und nicht weit entfernt von dem Personaleingang, auf dessen Zufahrtsweg Jacob in diesem Moment reglos lag. Die Angestellten würden sicherlich keinen Krankenwagen rufen und auch nicht den Versuch unternehmen, den augenscheinlich kranken Mann die ganze Zufahrt nach oben zu schleppen, um ihn anschließend durch die Abflughalle, den Securitybereich und schlussendlich mit dem Fahrstuhl wieder nach unten zu befördern.

Die kleinen Kieselsteine bohrten sich in Jacobs Wange. Mit geschlossenen Augen versuchte er, jegliche Geräusche zu orten, die darauf hinweisen könnten, dass sich ihm jemand näherte, doch nichts geschah. Minute für Minute verstrich und die scharfkantigen Steinchen, die sich immer tiefer in seine Haut pressten, schmerzten. Sechs Minuten lag Jacob auf der Zufahrtsstraße, unweit der Schranke, doch gefühlt, verbrachte er einen halben Tag in der unbequemen Position, bis er endlich die Stimmen zweier Männer hörte. Sie rannten, näherten sich ihm. Er hörte einen Schlüsselbund im Rhythmus der Laufbewegung klimpern. Die Männer kamen zum Stehen. Einer von ihnen keuchte, er spürte den Atem auf seiner Haut.

»Sir? Alles okay? Können Sie mich hören?«

Jacob reagierte nicht.

»Können Sie mich hören, Sir?«, fragte die andere Stimme.

»Wir sind bei ihm. Keine Reaktion. Schickt die Sanitäter her.« Das bekannte Geräusch eines Funkgerätes ertönte kurz. Jemand tätschelte seine Wange. Zwei Finger fühlten nach seinem Puls.

Drei Minuten später wurde sein Körper auf eine Trage gelegt. Nach zehn Minuten endete die Fahrt und das knirschende Geräusch der Rollen unter der Trage verstummte. Die Tür wurde verschlossen. Im nächsten Augenblick spürte er einen Stich im Arm. Die Zuleitung der Infusion wurde gelegt, auch damit hatte Jacob gerechnet. Langsam öffnete er die Augen und blickte in das Gesicht eines ergrauten Arztes. Der lange, weiße Bart und die Fülle des Gesichts erinnerten ihn zwangsläufig an den Weihnachtsmann.

»Wo bin ich? Was ist hier los?«, lallte er und versuchte sich aufzurichten.

Die Hand des Mediziners drückte leicht auf seinen Brustkorb. »Alles in Ordnung, Sir. Bleiben Sie liegen. Sie sind ohnmächtig geworden. Wir kriegen Sie schon wieder hin.«

»Ich muss Michael abholen. Wie spät ist es?«, murmelte Jacob und versuchte die Zeit auf seiner Uhr abzulesen.

»Michael kann warten. Das ist nicht so wichtig jetzt. Ist Ihnen übel? Haben Sie Kopfschmerzen?«

»Nein, nur Durst«, antwortete er und rieb sich benommen die Augen.

»Ich hole Ihnen ein Glas Wasser.« Der Arzt verließ den Raum.

Die Tür schloss sich, in diesem Moment verwandelte sich der halb offene Blick des Patienten. Jacobs Augen scannten konzentriert den Raum in Windeseile ab. Er hatte die schwierigste Etappe mit Bravour gemeistert.

»Fünf bis sechs Minuten, höchstens. Den Gang runter, einmal links.« Jacob zog die Nadel aus seinem Arm, packte seinen Rucksack und öffnete die Tür des Krankenzimmers. Diesen Ausschnitt des Grundrisses hatte er sich in sein Gehirn eingebrannt. Die unterirdischen Räume waren teils mit dem Stockwerk über ihm, in dem das rege Treiben der Fluggäste stattfand, verbunden. Sei es durch Lastenaufzüge oder Zuleitungsrohre. Letzteres war wichtiger Bestandteil seines Planes. Der Aufzeichnung folgend, lief Jacob den Gang hinunter, bog rechts ab und stand vor der Tür, dem Ziel seiner abenteuerlichen Reise. Er hatte im Vorfeld keinen Gedanken daran verschwendet, was wohl passieren würde, wenn ihm jemand begegnete. Genauso wenig hatte er sich den Kopf darüber zerbrochen, wie es weitergehen würde, wenn die Tür verschlossen war. So hielt er sich doch an jenen Spruch, den sein Vater oftmals von sich gegeben hatte, wenn die Familie am Abend vor dem Fernseher gesessen und die neuesten Ereignisse der Weltpolitik verfolgt hatte: »Manchmal ist es besser, nichts zu wissen«, hatte Harold West oftmals die politischen Debatten und Diskussionen, die ihm im Grunde seines Herzens am Hintern vorbei gingen, kommentiert. Daran hielt sich Jacob an diesem Tag. Alle theoretischen und eventuellen Ereignisse, die seinen Plan hätten zerstören können, waren im Grunde genommen nur Teil eines Kopfkinos, das in der Realität noch nicht stattgefunden hatte.

»Schrödingers Katze«, murmelte er amüsiert zu sich, drückte die Klinke nach unten und öffnete die Tür. Es musste schnell gehen. Jacob betrachtete die riesigen Tanks vor sich und machte sich an die Arbeit. Es dauerte länger als ursprünglich geplant, was der Tatsache geschuldet war, dass er sich mit der vor sich befindlichen Technologie nicht auskannte. Letztendlich kam er aber doch zum gewünschten Ziel. Minuten später schloss er die Tür leise, begab sich in den Gang zurück und rief:

»Hallo? Ist da jemand? Hallo?«

Und natürlich geschah, was geschehen musste. Der Arzt war mittlerweile in Begleitung zweier Sicherheitsmänner und rannte den Gang hinab zu Jacob.

»Was machen Sie denn da, Mann? Wir waren kurz davor, Alarm zu schlagen? Sie können nicht einfach das Krankenzimmer verlassen!«, schimpfte der Weihnachtsmann im weißen Kittel herrisch los.

»Ich finde den Weg zur Ankunftshalle nicht«, sagte Jacob entschuldigend.

»Das ist ein Flughafen, Sir. Ihnen ist schon bewusst, dass Sie hier nicht einfach herum spazieren können, wie Sie gerade lustig sind?«, mahnte einer der Sicherheitsmänner und gab über sein Funkgerät Entwarnung.

»Ich denke, er hat eine Gehirnerschütterung«, sagte der Arzt nun in einem sanfteren Ton.

»Dann bringen Sie mich bitte aus diesem Labyrinth heraus. Ich möchte doch einfach nur in die Ankunftshalle.« Jacob war den Tränen nahe und die drei Männer nahmen dem gestürzten Besucher sein Leid ab.

»Ich empfehle Ihnen, nicht zu gehen. Natürlich kann ich Sie auch nicht aufhalten. Sie sollten sich aber umgehend in ärztliche Untersuchung begeben. Ich hole die Entlassungserklärung, die Sie mir unterschreiben müssen.«

Zehn Minuten später befand sich Jacob wieder im oberen Teil des Flughafens und wurde von den beiden Sicherheitsbeamten verabschiedet.

Genau zur gleichen Zeit hatte sich die Mixtur in den unterirdischen Getränketanks, die in den Transitbereich eines Cafés führten, verteilt. Wasser und Bier wurden in die Gläser der Passagiere, die auf den Abflug ihrer Maschinen warteten, gefüllt.
Am Parkplatz angekommen, startete Jacob seinen Pick-up ohne seinen imaginären Freund Michael, den er am Winkler County Airport hatte abholen wollen.
»Prost, ihr Narren«, flüsterte er zu sich und fuhr auf die Hauptstraße, die ihn nach Kermit zurückführen sollte.

Während der schwarze Pick-up von Jacob auf der Parallelstraße der Connors fuhr, trank Amanda, die Chefin der Marketingabteilung eines großen Bekleidungsunternehmens in Detroit, hastig ihr Wasser aus. Die schlechte Angewohnheit, bis zum Boardingaufruf zu warten, um sich dann übereilt zum Gate zu begeben, hatte die dreißigjährige Managerin nie ablegen können. Sie ließ ein paar Dollarscheine neben dem leeren Glas liegen, griff nach ihrer Notebooktasche und machte sich auf den Weg zu Gate 4c.
Im gleichen Augenblick trank der übermüdete Kanadier Liam sein zweites Bier aus und versuchte damit, die emotionalen Ereignisse der heutigen Beerdigung seiner Tante hinunterzuspülen.

Der kleine Schneeball des Wahnsinns, der sich binnen Minuten zu einer unaufhaltsamen Lawine entwickelt hatte, war am Winkler County Airport nicht mehr aufzuhalten. Jacob hatte in die beiden mächtigen Getränketanks jeweils zwei große Plastikflaschen seines Konzentrats geschüttet.

Auch Merideth und Walter tranken ihre Wassergläser aus, bevor sich das betagte Ehepaar auf den Weg zu ihrem Flugsteig machen wollte.

Jacob sperrte die Wohnungstür hinter sich zu, nahm sich den Rest der Pizza aus seinem Kühlschrank und machte es sich auf der Couch bequem. Er legte die Füße auf den Wohnzimmertisch und schaltete den Fernseher an.

»Na dann wollen wir doch einmal sehen, wie schnell unsere Medien wirklich sind.« Er war überzeugt davon, dass dieser Schlag gegen die unbarmherzige Gesellschaft, die ihn vernichten wollte, von der Presse wahrgenommen werden würde.

Der texanische Nachrichtensender strahlte eine Reportage über den Bau großer Brücken aus. Jacob würgte den Ton des langweiligen Moderators ab und biss genüsslich von seiner Pizza ab. Er musterte den Ticker der aktuellen Aktienwerte im unteren Bereich des Bildes.

»Werde rot. Werde verdammt noch mal rot«, murmelte er zu sich, sah auf die Uhr und stellte fest, dass die Injektion am Winkler County Airport schon vor eineinhalb Stunden geschehen war.

»Was zum Teufel ist los mit euch?«, brüllte Jacob plötzlich los und warf die Pizzaschachtel gegen die Wand. Der unkontrollierte Wutausbruch schockte ihn für den Augenblick. Er betrachtete den Belag seiner Pizza auf dem Boden und konnte nicht fassen, was er gerade getan hatte. Seine Charakterzüge hatten sich verändert. Sein Dämon hatte sich verändert. Fluchend ging er in die Küche, griff nach der Papierrolle und einem feuchten Lappen und widmete sich seinem Essen. Als er gerade den letzten Fleck der Tomatensoße aus dem beigefarbenen Teppich geschrubbt hatte, sah er im Augenwinkel einen roten Streifen auf dem Bildschirm, der unterhalb der Dokumentation eingeblendet wurde. Seine Pupillen weiteten sich, er ließ den Lappen fallen, stürzte auf die Couch und ergriff die Fernbedienung. Zwischen dem Ticker und der Sondersendung vergingen üblicherweise noch Minuten und dennoch drehte er den Ton lauter. Seine Augen schnellten über die vorbeiziehende Schrift und Jacob begann zu grinsen.

++Eilmeldung++ Winkler County Airport (Texas) stellt Flugbetrieb ein ++Eilmeldung++

Er, Jacob West, jenes Feindbild des Systems, hatte es in die Schlagzeilen geschafft. Euphorisch las er immer und immer wieder diesen einen Satz, der in einer Endlosschleife langsam über den Bildschirm lief.

»Das habt ihr davon! DAS HABT IHR DAVON!«, schrie er und zeigte dem Bildschirm den Mittelfinger. Niemand würde ihn zerstören. Er hatte die Macht, die Weiche wieder auf das richtige Gleis zu stellen.

Kapitel 7 – Zahltag

»Meine Damen und Herren, wir unterbrechen unser laufendes Programm für eine Sondersendung.«

Die Brückendokumentation verschwand und eine Moderatorin mit einem Zettel in der Hand erschien. Ernst blickte die Nachrichtensprecherin in die Kamera, so wie sie es immer tat, wenn wichtige Meldungen den Programmplatz eroberten.

Freudig setzte sich Jacob im Schneidersitz direkt vor den Fernseher. Wie ein kleiner Junge, der gespannt auf die nächste Folge seiner geliebten Zeichentrickserie wartete, verfolgte er in seiner verschobenen Wahrnehmung die einleitenden Worte der Sprecherin.

»Folgende Handyaufnahmen, die in den letzten Minuten auf verschiedenen Plattformen im Internet aufgetaucht sind, haben unseren Sender soeben erreicht.«

Eine verwackelte Aufnahme erschien. Der Eigentümer des Smartphones rannte zu dem Geschehen und blieb kurz vor einem Gate stehen. Eine junge Frau in einem adretten Kostüm und mit einer Notebooktasche, offenbar die Marketingmanagerin Amanda, stand auf dem Tisch des Gate-Informationsschalters und schrie lauthals auf die umherstehende Menge ein.

»Ich denke jedes verfluchte Mal, dass ich sterben muss, wenn ich in diese beschissenen Sardinenbüchsen einsteige. Jedes Mal glaube ich, dass ein Terrorist an Bord ist. Vielleicht sind Sie ja einer. Oder Sie. Der Mann dahinten mit dem fetten Bauch. Sie könnten auch einer von ihnen sein!«, schrie die Amerikanerin.

Der Steward hinter dem Schalter versuchte, die Frau zu beruhigen, griff nach ihrem Fuß und bekam die Sohle ihres Schuhs ins Gesicht gerammt. Das Video endete und der nächste Mitschnitt erschien.

Eine Rentnerin machte sich am Fuß einer Mitreisenden zu schaffen, während ihr Ehemann die Frau von hinten festhielt. Auch Merideth und Walter, die zuvor ihr Wasser in dem Café ausgetrunken hatten, bekamen die Wirkung des Serums zu spüren.

»Du musst sie festhalten! Sie hat bestimmt schönere Füße als ich. Alle Frauen haben schönere Füße als ich«, schrie die Rentnerin, während sie versuchte, der Frau den Schuh auszuziehen.

»Ich versuche es ja, Püppi. Aber sie wehrt sich so sehr. Mach schnell.« Walter hatte offenbar ernsthafte Schwierigkeiten damit, die Dame mittleren Alters in seine Gewalt zu bekommen.

Die letzte Momentaufnahme des Winkler County Airports wurde ausgestrahlt. Der Zuschauer konnte nur erahnen, was sich hinter der unscharfen Aufnahme verbarg. Inmitten des Cafés gaben sich eine Bedienung und ein Passagier ihrer Lust hin und übten den Akt mitten auf einem der unzähligen Tische des Flughafenbistros aus.

Das Sammelsurium an unglaublichen Aufnahmen endete und die ernste Moderatorin erschien erneut.

»Zum jetzigen Zeitpunkt können wir Ihnen nicht mitteilen, was mit den Menschen am Winkler County Airport geschehen ist. Uns erreichen immer noch neue Meldungen über bizarre Handlungen im Flughafen in Texas. Als Folge der unkontrollierten Handlungen wurde der Flugbetrieb bis auf Weiteres eingestellt. Das FBI und die Bundespolizei sind in diesen Minuten dabei, den Flughafen zu evakuieren. Es kann nicht ausgeschlossen werden, dass der Grund dieser anomalen Handlungen ein defektes Gasleck im Inneren der Abflughalle ist. Die Feuerwehr ist mit einem Großaufgebot vor Ort und nimmt in diesen Minuten Messungen vor. Wir halten Sie auf dem Laufenden, sobald uns neue Meldungen erreichen.« Die Sondersendung endete und die Dokumentation über den Brückenbau der Golden Gate Bridge begann.

Jacob schaltete den Fernseher ab und begann nachdenklich an seinem Fingernagel zu kauen, während er den kleinen roten Punkt am Fernseher fixierte. Enttäuscht über die kurze Sendezeit und der falschen Annahme der Moderatorin, lehnte er sich an seinen Wohnzimmertisch. Sie würden den wahren Grund herausfinden. Früher oder später würden sie das Rätsel lüften, doch der Gedanke, der Jacob in diesem Moment am meisten Sorgen bereitete, war die Frage, ob auch die Öffentlichkeit davon unterrichtet werden sollte. Vermutlich nicht. Vermutlich würde diese Meldung wie so oft von einem weiteren Mord, einem neuen Skandal oder einer Katastrophe verdrängt werden, in Vergessenheit geraten.

»Mehr Aufmerksamkeit in der Öffentlichkeit bedeutet mehr Geld vom Wasserwerk. Größer. Du musst größer denken. Viel größer«, murmelte er, sprang auf und betrachtete das detaillierte Konstrukt an der Wohnzimmerwand.

Bis tief in die Nacht nahm Jacob an diesem 5. August Korrekturen an seinem Plan vor, bis er erschöpft auf dem Teppich einschlief.

Der Schlaf endete nach wenigen Stunden um acht Uhr. Träge setzte sich Jacob an den Schreibtisch. Die längst überfällige Miete wurde überwiesen und die anderen Rechnungen, Mahnungen und Schreiben etlicher Inkassobüros landeten erledigt im Papierkorb. Nicht nur der Stapel der Verbindlichkeiten verringerte sich, sondern auch der Rest seines aufgelösten Bausparvertrages. Jacob ging davon aus, dass auch die letzte Summe des gemeinsam angesparten Vermögens sich in zwei Monaten in Luft auflösen würde. Ihm blieb genügend Zeit, um seinen ehemaligen Arbeitgeber für die Kündigung bluten zu lassen und Charlotte zurückzuerobern. Jacob startete seine illegalen Programme, die die Spuren zu seiner IP verwischen sollten.

Stevenson,
als Verantwortlicher des Wasserwerks sollte Ihnen spätestens jetzt bewusst werden, wie sehr Sie der Stadt und den Menschen mit Ihrer Ignoranz schaden. Die Behörden werden früher oder später eine Untersuchung anordnen. Ihr Wasser fließt nicht nur durch Kermit, sondern in große Teile der umliegenden Städte. Ihr Wasser war es, das das Chaos am Flughafen in Winkler verursacht hat. Es wird mehr kommen, Schlimmeres passieren. Sie und Ihr Wasserwerk werden in den Fokus der Ermittlungen geraten. Es spielt keine Rolle, ob Ihr wertvolles Wasser manipuliert wurde oder nicht. Fakt ist, Sie waren derjenige, der die Verseuchung nicht stoppen wollte. Nennen Sie mir die Summe, die Ihnen Ihre Position wert ist. Sollte ich

bis zum 10. August keine Antwort erhalten, müssen Sie mit weiteren Konsequenzen leben.

Jacob sendete eine weitere Mail ab und lehnte sich zurück. Er vermutete, dass Stevenson nicht zahlen, sondern spätestens jetzt die Polizei einschalten würde. Doch dieses kleine Zahnrad war nur ein Teil des großen Ganzen. Er hatte Alternativen, Ausweichpläne und andere Optionen, um an Geld zu kommen. So sehr er es sich auch wünschte, seinen ehemaligen Arbeitgeber zahlen zu sehen, letztendlich zählte nur die Tatsache, an viel Geld zu kommen und Charlotte mitsamt seinem alten Leben zurückzugewinnen.

Jacob stand auf und öffnete den Kühlschrank. Er musterte die verschiedenen Flaschen, die er von Rainmaker833 bekommen hatte. Der Dealer aus dem Darknet hatte recht. Die Menge und die verheerende Wirkung rechtfertigten den Preis. Jacob hatte genügend in seinem Kühlschrank, um den ganzen verfluchten See in Kermit in einen hoch konzentrierten Teich der Wahrheit zu verwandeln. Beruhigt schloss er die Kühlschranktür zu und setzte sich wieder an seinen Rechner. Die Vorarbeit seines nächsten Ziels musste erledigt werden. Das Ergebnis seiner Korrektur der letzten Nacht musste umgesetzt werden und konzentriert gab der Biologe seine Suchbegriffe im Internet ein.

Wasserversorgung Washington

Wasserversorgung New York City

Immer tiefer tauchte Jacob mithilfe seiner langjährigen Berufserfahrung in die Thematik und Arbeitsweise der Wasseraufbereitung der beiden Großstädte ein. Nach einer halben Stunde schloss er sein Notebook und lehnte sich zurück. Seine nächsten Ziele galten nicht der breiten Masse, soviel hatte ihn die Erfahrung bereits gelehrt.

»Gott schütze unsere Medien und den Präsidenten der Vereinigten Staaten«, lachte Jacob überzogen los und betrat den letzten Pfad seines Kreuzzuges.

Er konnte zu diesem Zeitpunkt nicht ahnen, welche schrecklichen Ausmaße die Idee seines eingepflanzten Parasiten annehmen würde.

Am 9. August fanden sich Lisa, Wesley und Nick zur allwöchentlichen Besprechung im Department ein. Die Wogen hatten sich nicht geglättet, aber der erste Schock über die Offenlegung der persönlichen Details der beiden Detectives hatte sich zumindest etwas gelegt. Die Ermittlungen waren ins Stocken geraten, da Rainmaker833 wie vom Erdboden verschluckt schien und die bisherigen Spuren nicht ausreichten, um in eine konkrete Richtung weiter zu forschen. Der Status quo war alles andere als selten bei der tagtäglichen Polizeiarbeit und trotzdem hasste Lisa nichts mehr als unproduktiven Stillstand.

Nick betrat den Raum und nahm sein rotes Cap mit dem Symbol der New York Yankees ab. Lisa konnte nicht begreifen, wie der FBI-Agent unentwegt mit diesem hässlichen Cap rumlaufen konnte, verkniff sich aber aufgrund der angespannten Situation jeglichen Kommentar.

»Was hat der finale Bericht der Spurensicherung an den Clown-Leichen ergeben?« Argwöhnisch betrachtete sie das Cap auf dem Schreibtisch und öffnete ihren Block.

»Leider nichts. Keine Spuren, die verwertbar sind oder unsere Ermittlungen in eine konkrete Richtung lenken würden. Die Substanz, die die Magenwand der Opfer zersetzte, war die gleiche wie bei den anderen Fällen auch. Keine Fingerabdrücke, keine Haare, keine Rückstände von Speichel oder sonstiges. Wir stehen wieder am Anfang.« Nick öffnete das Notebook. Auch er würdigte Lisa keines Blickes.

»Habt ihr das gelesen? Die Sache mit der Limonade von Cromy? Verrückt, oder?« Wesley schlug die Zeitung zu und öffnete ebenfalls sein vollgeschriebenes Buch.

»Zuckerwasser scheint generell schlecht für das Gehirn zu sein«, sagte Nick und lächelte Wesley an.

»Offenbar gab es in einem Flughafen in Texas einen ähnlichen Zwischenfall. Die Leute schienen mit einem Mal den Verstand verloren zu haben. Wenige Minuten später konnten sie sich an nichts mehr erinnern. Seltsam. Vielleicht hängt das in irgendeiner Weise mit den gestohlenen Substanzen unserer Ermittlungen zusammen?«, sinnierte Wesley vor sich hin und ahnte nicht, wie sehr er doch mit dem Gedankengang recht hatte.

Lisa dachte für einen Moment über Wesleys Vermutung nach, machte sich ein paar Notizen und widmete sich wieder der nichtssagenden Aussage von Nick. Sie schlug ihr Buch zu, atmete genervt aus und sah den Agenten fordernd an.

»Und jetzt? Irgendeine Idee seitens des FBI? Irgendwelche Schritte, die wir tatkräftig unterstützen dürfen?« Es war offensichtlich, dass Lisa nicht mehr gewillt war, an einer ehrlichen Kooperation der beiden Behörden festzuhalten.

»Lisa, ich habe doch gesagt, dass ich auch nur meinen Job ...«

»Wenn ich kurz unterbrechen dürfte. Ich denke, wir sollten eine Öffentlichkeitsfahndung, einen Zeugenaufruf starten.«

Niemand hatte gemerkt, dass Ethan sich in die Tür des Besprechungsraumes gestellt hatte.

»Ich denke, dass das keine gute Idee ist. Rainmaker833 will genau das bezwecken. Aufmerksamkeit und Anerkennung für seine Taten. Ich denke ...«

Lisa unterbrach Nick: »Warum zum Teufel untergraben Sie jeden noch so kleinen Versuch des Police Departments? Wieso sind alle Vorschläge, die wir bringen, generell schlecht? Ich habe langsam die Schnauze voll von den ewigen Gegenargumenten, die in keiner Weise haltbar sind, Mr. Trevis.« Kaum hatten die Worte ihren Mund verlassen, realisierte Lisa, dass sie zu weit gegangen war.

Nicks Gesichtszüge verwandelten sich zu Stein. Er lehnte sich zurück, sah kurz zu Ethan und tippte auf der Tastatur seines Notebooks.

»Sorry«, hauchte Lisa, doch Nick reagierte nicht darauf.

Die Minuten verstrichen. Zehn Minuten später klappte Nick sein Notebook zu, seufzte sichtlich mitgenommen und rieb sich die Augen.

»Was hast du gerade geschrieben, Nick?« Wesleys Stimme beendete die angespannte Ruhe im Meetingraum.

Nick sah ihn lange an und blickte schließlich Lisa mit kaltem Blick in die Augen.

»Nun, da ihre Kollegin Mrs. Parker scheinbar darauf besteht, die Art der Anrede zu ändern, würde ich vorschlagen, dass wir das gesamtheitlich übernehmen, Mr. Graham. Um auf Ihre Frage zurückzukommen: Ich habe gerade eine Dienstaufsichtsbeschwerde gegen Sie eingereicht.«

Lisas Hand verkrampfte sich um den Kugelschreiber und rote Flecken bildeten sich in ihrem Gesicht.

»Zum Ersten haben Sie beim letzten Meeting angegeben, ich würde das New Yorker Police Department ›kleinhalten‹ wollen. Zum Zweiten vergreifen Sie sich permanent im Ton. Ich muss mich von einem Detective der New Yorker Polizei nicht anbrüllen lassen. Und wenn

Sie, wie Sie erwähnten, die Schnauze voll haben, sollten Sie sich an Ihren Vorgesetzten wenden, der zufällig auch anwesend ist.«

»Lächerlich.« Lisa verschränkte die Arme.

»Des Weiteren habe ich meinen Vorgesetzten gebeten, die Ermittlungen aus Ihrer Dienststelle abzuziehen. Ihr Verhalten ist kontraproduktiv und ehrlich gesagt rauben Sie mir mit haltlosen Beschimpfungen und Beschuldigungen meine kostbare Zeit.«

»Das können Sie nicht machen, Trevis. Wissen Sie, wie viele Stunden, Tage und Wochen wir in den Fall gesteckt haben?«, sagte Wesley, der von seinem Stuhl aufgestanden war und sich mit den Händen auf den Tisch abstützte.

»Doch, Mr. Graham. Das kann ich und das tue ich. Bedanken Sie sich bei Ihrer Kollegin Mrs. Parker, die wirklich alles darangesetzt hat, diese Kooperation zu stören. Mr. Harper wird Sie über die weiteren Entwicklungen auf dem Laufenden halten. Wiedersehen.« Mit diesen Worten zog Nick sein rotes Cap der New York Yankees auf und verließ den Raum.

Ethan, der immer noch in der Tür stand und dem vorbeiziehenden Nick die Hand zur Verabschiedung entgegengestreckt hatte, senkte seinen Arm unverrichteter Dinge nach unten. Während Lisa ihre Hände in den Haaren vergrub, sah Wesley seinen Chef sprachlos an.

»Nun. Dann schreibt bitte bis Ende der Woche eure Abschlussberichte für die Übergabe an das FBI.« Die Enttäuschung war Ethan anzusehen und dennoch reagierte der ansonsten hektische Kopf des Police Departments in diesem Augenblick ruhig.

»Das kann er nicht machen. Das wird niemals durchgehen«, murmelte Lisa. Im Laufe ihrer Polizeikarriere war ihr noch niemals ein Fall entzogen worden.

»Doch, Lisa. Das kann er und das wird er. Auch wenn es in keinem Regelwerk nachlesbar ist. Es ist ein unausgesprochener Codex, den du hier gebrochen hast. Die Arbeitsweise des FBI anzuprangern, kann nach hinten losgehen. Es tut mir sehr leid, aber der Fall wird euch entzogen. Das ist so sicher wie das Amen in der Kirche.« Ethan trat in den Flur hinaus und zog die Tür hinter sich zu.

Zurück blieben Wesley und Lisa. Zwei Ermittler, die sich weit über die vorgeschriebene Arbeitszeit das Hirn über die mysteriöse Mordserie zermartert hatten. Jeder Gedanke über den Fall, der die Wochenenden und die schlaflosen Nächte dominiert hatte, schien in diesem Moment sinnlos und vergebens.

Noch am gleichen Abend suchte Lisa das Gespräch mit Nick. Nachdem sie auch beim zweiten Versuch dem Freizeichen bis zum bitteren Ende gelauscht hatte, gab sie resigniert auf. Lisa war über ihren eigenen Schatten gesprungen, hatte all ihre Selbstbeherrschung zusammengenommen und ihren Stolz abgelegt. Sogar Notizen lagen fein säuberlich auf dem Tisch vor ihr, einzig und allein mit dem Ziel, den Fall nicht zu verlieren. Doch der Versuch, die verhärteten Fronten mit weiblichem Charme und gespielter Anerkennung ihres Fehlverhaltens wiederherzustellen, starb bereits im Keim ab. Es gab keine Chance auf eine Wiedergutmachung.

Lisa schoss nach oben, als die Türklingel ihrer Wohnung läutete. Sie griff ihre Waffe und ging langsam durch den Flur. Sie lauschte kurz und fragte mit fester Stimme: »Wer ist da?«

»Wesley. Mach schon auf.«

»Viertel nach neun?«, sagte Lisa, schlich zur Haustür und erkannte Wesley durch den Spion an der Eingangstür. Verwundert zog sie die Augenbrauen hoch. Sie war immer davon ausgegangen, dass Wesley spätestens um viertel nach acht sabbernd in seinem gespenstischen Sessel seines Apartments vor sich hindöste. Doch die zweite Tatsache erstaunte Lisa noch viel mehr. Wesley hatte sie in all den Jahren nur ein einziges Mal zu Hause besucht hatte. Damals grassierte eine aggressive Grippewelle in New York, der auch Lisa zum Opfer gefallen war, weshalb sie fast eine Woche schwitzend in ihrem Bett vor sich hinvegetierte.

»Wesley? Was verschafft mir die Ehre?«

»Du bist angezogen, gut. Zieh dir noch Schuhe an und nimm deinen Hausschlüssel. Wir müssen los.« Wesley musterte hastig seine Kollegin.

Lisa gehorchte, ohne weitere Fragen zu stellen. War es doch auch ihre Art des Überfalls, wenn etwas Wichtiges anstand. Im nächsten Moment fand sich Lisa auf dem Beifahrersitz von Wesleys Wagen wieder. Mit Blaulicht und Sirene raste Wesley durch die Straßen von Manhattan. Sie erreichten den Stadtteil Queens. Nach einer halben Stunde Fahrt parkte er seinen Wagen neben den unzähligen Einsatzfahrzeugen.

»Warte mal. Die Stelle kommt mir bekannt vor«, murmelte Lisa und versuchte sich an die Stelle zu erinnern.

»Ja, natürlich tut es das. Es ist die exakt gleiche Stelle, an der vor Jahren die ersten Mordfälle geschehen sind. Du erinnerst dich an die ersten Opfer? Die beiden Kurierfahrer?«

»Natürlich. Aber wir wurden von dem Fall abgezogen und …«

»Wir sollen einen Abschlussbericht schreiben. Mehr wissen wir noch nicht. Richtig? Also los.«

Bis zum heutigen Abend waren acht Todesopfer der unheimlichen Mordserie zu beklagen. Dieses Verhaltensmuster wurde am Abend des 9. Augusts durchbrochen.

Die beiden Ermittler näherten sich dem abgeriegelten Bereich der Polizei. Vor ihnen befand sich kein Fahrzeug, keine Häuserwand und auch kein Leichentuch. Es dauerte tatsächlich einen Augenblick, bis Wesley und Lisa die grauenvolle Stelle entdeckten. Von der kleinen Fußgängerbrücke baumelte ein Körper direkt über ihren Köpfen. Lisa erkannte den aufgeblähten Bauch der weiblichen Leiche. Die Tote trug Rainmakers Stempel. Behutsam wurde der Körper heruntergelassen. Als Lisa der toten Frau ins Gesicht leuchtete, zog sie scharf die Luft ein. Auf das Gesicht der Leiche war ein Foto von Lisa geheftet worden.

»Oh mein Gott.« Lisa schossen die Tränen in die Augen, sie rang nach Luft.

»Bringt sie bitte weg von hier. JETZT.« Wesley winkte energisch einen Officer herbei, der sich ihrer annahm und sie zu einem der unzähligen Polizeiwagen begleitete.

Ein weiterer Mord, der nicht dem Raub diente. Er galt Lisa. Dem Leben brutal entrissen, hatte die Frau als Warnung von der Brücke in Queens gehangen und eine neue Dimension der Mordserie eingeläutet.

Die Ereignisse des Tages überforderten die fünfunddreißigjährige Polizistin. Gerade als sich die Kommissarin von dem besorgten Officer losriss, um einen weiteren Blick auf das Opfer zu werfen, brach Lisa zusammen. Der herbeigerufene Krankenwagen brachte die Frau unter Einfluss von starken Beruhigungsmitteln in das nahe gelegene Krankenhaus in Queens.

Wesley sah dem Krankenwagen besorgt nach, der mit Sirenen und Blaulicht in der Dunkelheit der Nacht verschwand. Vielleicht war es ein Wink des Schicksals, dass den beiden Ermittlern der Fall entzogen wurde. Wesleys Lebensphilosophie beruhte immer auf der These, dass alles im Leben seinen Sinn hatte. Auch wenn man ihn erst später oder nie verstand. Doch nichts geschah ohne Grund.

»Detective, das haben wir in ihrem Mund gefunden.« Neben ihm befand sich ein Kollege der Spurensicherung, der ihm ein Papier entgegenstreckte.

»Der Zettel war in einen Plastikbeutel gesteckt worden, sodass die Schrift von dem Speichel nicht durchnässt werden konnte«, fügte der Kollege hinzu, wartete, bis Wesley sich seine Handschuhe angezogen hatte, und übergab ihm das Schriftstück.

Der Pfad der Gerechten ist zu beiden Seiten gesäumt mit Freveleien der Selbstsüchtigen und der Tyrannei böser Männer.

Gesegnet sei der, der im Namen der Barmherzigkeit und des guten Willens die Schwachen durch das Tal der Dunkelheit geleitet.

Denn er ist der wahre Hüter seines Bruders und der Retter der verlorenen Kinder. Und da steht weiter ich will große Rachetaten an denen vollführen, die da versuchen meine Brüder zu vergiften und zu vernichten, und mit Grimm werde ich sie strafen, dass sie erfahren sollen:

Ich sei der Herr, wenn ich meine Rache an ihnen vollstreckt habe.

Hesekiel 25,17

»Das ist aus Pulp Fiction, glaube ich. Haben Sie den Film einmal gesehen?«, fragte der Spezialist der Spurensicherung und nahm seinen Mundschutz ab.

Wesley drehte sich mit ernster Miene zu dem Kollegen und schüttelte den Kopf.

»Aus welchem Film auch immer. Das sind Zitate aus der Bibel, Kapitel 25. Gottes Gericht über die Nachbarn Judas.« Wesley dachte über seinen eigenen Satz nach. Judas. Die verrufene Gestalt aus dem Christentum. Er erkannte den tieferen Sinn der zusammengewürfelten Zitate nicht, doch eines war offensichtlich. Es war eine Warnung und ein Vergeltungsakt für ihre unermüdliche Arbeit, den Mörder zur Strecke zu bringen. Lisa sollte von der Botschaft nie etwas erfahren.

Am nächsten Morgen betrat Wesley das Büro von Ethan Harper.

»Rufen Sie den Vorgesetzten von Nick Trevis an. Es ist nicht notwendig, den bürokratischen Prozess anzukurbeln. Ich möchte, dass Sie mich von dem Fall entbinden, Sir.«

Am Abend überflog Wesley noch einmal die Zeilen seines Abschlussberichtes. Aus dem Gefühlskarussell in seinem Kopf stach eine Empfindung hervor: das Gefühl, das Richtige zu tun. Wesley versuchte zu rekonstruieren, an welcher Abzweigung die Ermittlungen den falschen Weg eingeschlagen hatten. An welchem Punkt hatte die seltsame Eigendynamik das Geschehen erobert und die Fakten und die Arbeit in den Hintergrund verschwinden lassen?

Am Abend des 10. Augusts schloss Wesley den komplexen Fall für sich ab. Bis zu jenem Tag, an dem er und Lisa dem Rainmaker833 gegenüberstehen würden. Eine unerwartete Wendung braute sich wie ein Gewittersturm zusammen, von der Wesley in dieser Nacht nichts ahnen sollte.

Jacob schloss das Fenster des Videochats. Sein Puls raste und er wischte sich seine Hände an der Jeans trocken.

Unwissend, dass Jacob längst zum Mörder geworden war, hatte ihm doch die Frage auf den Nägeln gebrannt, ob das Serum Langzeitschäden oder Nebenwirkungen hervorrufen konnte. Die verfluchten Dollars sollten der Schlüssel zurück in sein altes Leben und zu seiner großen Liebe sein. Doch fürchtete er, Charlotte mit der unfreiwilligen Einnahme des Serums geschadet zu haben. Rainmaker hatte nur knapp geantwortet und ihm einen Link geschickt. Der verschlüsselte Pfad hatte zu einem Chatfenster geführt.

Unvorbereitet auf das, was Jacob erwarten würde, hatte er seine Webcam aktiviert und in das Gesicht des Rainmakers geblickt. Das Gespräch hatte nicht lange gedauert und dennoch hatte Jacob die Antworten auf seine Fragen bekommen. Sollte er die Rezeptur befolgen, die Dosis der Mixtur nicht verändern, so würden seine Opfer keinerlei Schaden von sich tragen.

Jacob überprüfte seinen Posteingang. Stevenson hatte ihm nicht geantwortet. Er ging davon aus, dass seine Mail längst in den Polizeiservern von Texas gespeichert war.

Sein Kopf drehte sich zu dem Reisekoffer auf der Couch. Der aufgeschlagene Koffer forderte ihn dazu auf, ihn zu füllen und sich für den finalen Schlag gegen die hinterhältige Gesellschaft zu wappnen. Jacob öffnete den Umschlag, nahm die Scheine aus dem Kuvert und zählte nach. 7.389 Dollar und 15 Cent. Der erbärmliche Rest des Bausparvertrages lag vor ihm auf dem Schreibtisch. Die Rechnungen waren getilgt, die Miete zwei Monate im Voraus gezahlt, sodass er einen kleinen finanziellen Puffer hatte. Erneut haftete sein Blick an dem gemeinsamen großen Reisekoffer. Jacob erinnerte sich daran, wie er ihn das letzte Mal gepackt hatte. Wie sie gemeinsam den leeren Platz im Inneren befüllt und sich dabei so sehr auf zwei Wochen Urlaub gefreut hatten.

»Und das werden wir wieder machen, mein Schatz. Das schwöre ich dir.« Er wischte sich eine Träne von der Wange.

Gegen zwei Uhr in der Nacht betrat Jacob die Küche und packte die vollen Flaschen in den Koffer. Den vorherigen Tag hatte er damit zugebracht, die unzähligen Behälter vorzubereiten. Jacob hatte den gesamten Inhalt der Substanzen dosiert und in unterschiedlich große Flaschen gefüllt.

Er wischte sich den Schweiß von der Stirn und betrachtete den randvoll gefüllten Koffer. Vorsichtig drückte er die beiden Seiten zusammen, verschloss den Koffer und wuchtete ihn so behutsam, wie es nur ging, auf seine Rollen.

Die Jalousien wurden nach oben gezogen, die Fenster gekippt und die Blumen gegossen. Er betrat den Hinterhof des Wohnhauses und öffnete die Mülltonne. Die Plastiktüte in seiner Hand verbarg die leeren Flaschen, die ihn einst 140.000 Dollar gekostet hatten. Nachdenklich warf er eine nach der anderen in den Glascontainer, klappte den Deckel wieder zu und ging zurück in die Wohnung.

Getrieben von seinem Perfektionismus überprüfte er nochmals die Bestätigungen der verschiedenen Hotels. New York City sollte nur das erste Ziel auf seiner Reise sein. Er musste effektiv agieren und vorsichtig handeln.

Er war sich sicher, dass er nach seinen Besuchen in New York und Washington eine zwielichtige Berühmtheit sein würde. Zumindest für die Knechte und Ja-Sager der Gesellschaft. Die Bevölkerung Amerikas würde ihn als Robin Hood der Neuzeit feiern, ihm einen Heldenstatus verleihen. Er würde sich über das System hinwegsetzen, für sein Ziel kämpfen und die ihm vorgeschriebenen Gesetze für nichtig erklären. Jenseits des gesunden Menschenverstands war es Jacob zu diesem Zeitpunkt nicht mehr möglich, einen geheimen Gedanken vor seinem Dämon zu verbergen.

Um sechs Uhr in der Früh war es so weit. Der große Reisekoffer, der kleine Trolley mit seinen Habseligkeiten sowie der Rucksack waren in dem Pick-up verstaut. Noch einmal drehte sich Jacob um und blickte nach oben zu dem Küchenfenster, das er von der Seitenstraße sehen konnte. Etwas in seiner Magengegend sagte ihm, dass er die gemeinsame Wohnung nie wiedersehen würde.

»Und selbst wenn … Ein neues Heim für einen neuen Anfang«, rechtfertigte er sein Gefühl.

Die Sonnenstrahlen eroberten die Dunkelheit der Nacht, als Jacob seinen vollbetankten Pick-up startete und Kermit verließ. Seine Finger drehten das Radio laut. Voller Enthusiasmus sang er, mehr oder weniger im Takt, zu einem Klassiker von Bon Jovi.

Gerade, als er auf die Bundesstraße 20 abbog, störte ihn ein Licht im Innenspiegel. Seine Pupillen weiteten sich, als er den Polizeiwagen erkannte, dessen Schriftzug im Display ihn zum Halten aufforderten. Er nahm den Fuß vom Gas. Angst machte sich in seinem Kopf breit. Er spürte, wie seine Hände zu zittern begannen und sich der Schweiß auf seiner Stirn bildete.

Bleib cool. Stell den Wagen ab. Atme durch, bleib ruhig.

Für einen kurzen Moment schloss er die Augen und presste die Luft zwischen seine Lippen heraus. Der Pick-up kam zum Stillstand. Jacob schaltete den Motor ab, ließ das Fenster hinunter und wartete. Die grellen Lichter des Polizeiwagens erloschen. Schließlich öffneten sich die Türen und zwei Cops näherten sich langsam dem Pick-up von Jacob.

»Guten Morgen, Sir. Geben Sie mir bitte Ihre Fahrzeugpapiere und Ihren Führerschein.« Der Polizist sah an Jacob vorbei ins Innere des Wagens.

»Natürlich.« Jacob öffnete das Handschuhfach und griff nach der Mappe, in der er alle Papiere verstaut hatte. Er zitterte so sehr, dass ihm die Mappe aus der Hand glitt und sich der gesamte Inhalt über den Beifahrersitz verteilte.

Der Cop zog seine Augenbrauen zusammen und musterte Jacob.

»Steigen Sie bitte aus dem Fahrzeug, Sir.« Und mit diesem Satz entfernte sich der Polizist einen Schritt von dem Fenster, legte die Hand auf den Halfter seiner Dienstwaffe und wartete darauf, dass Jacob ausstieg.

SIE WERDEN DICH FESTNEHMEN ODER ERSCHIEßEN. SIE WERDEN EIN EXEMPEL AN DIR STATUIEREN. ES WIRD WIE NOTWEHR AUSSEHEN.

Wieder begann sich sein Gedankenkarussell immer schneller und schneller zu drehen. Er kniff die Augen zu und wischte sich den Schweiß von der Oberlippe. Die Tür des Pick-ups öffnete sich und mit erhobenen Armen stieg Jacob aus seinem Fahrzeug.

»Was tun Sie da, Sir?« Verwundert deutete der Polizist auf seine Hände, die so weit es nur möglich war, in den Himmel ragten.

Jacob blickte auf seine Arme und senkte sie wieder. »Verzeihung. Ich wollte nur zeigen, dass ich keine Gefahr für Sie darstelle. Oder so?«

Du redest vollkommenen Schwachsinn. Halt den Mund. HALT EINFACH DEINEN MUND.

Der Cop sah zu seinem Kollegen. Es schien das unausgesprochene Stichwort des Zweiergespanns zu sein. Sein Beifahrer entfernte sich wieder vom Fahrzeug, stieg in den Wagen und begann mit der Zentrale zu sprechen.

Sie checken dein Kennzeichen, überprüfen dein Leben. DU BIST AM ARSCH. Es ist vorbei. Einfach vorbei.

Jacob rieb sich an den Schläfen. Er bekam Kopfschmerzen. Wenige Minuten später kehrte der Cop zurück und nickte seinem Kollegen zu. Eine weitere wortlose Information wechselte den Besitzer.

»Haben Sie Drogen oder Alkohol zu sich genommen?«

Jacob riss die Augen auf, deutete mit seinem Finger auf seine Brust und sah den Polizisten perplex an.

»Um Gottes willen nein. Ich rauche nur normale Zigaretten und trinke sicherlich nicht in der Früh statt Kaffee Alkohol.«

Der Cop nickte, ließ Jacob stehen und leuchtete mit der Taschenlampe auf die Rückbank des Pick-ups, auf der der Koffer lag.

»Verreisen Sie, Sir?«

»Ich bin auf dem Weg nach Oklahoma. Dort findet die jährliche Aquatic-Biology-Konferenz statt. Wenn Sie so wollen, eine Konferenz des Wasserforschungsinstituts von Oklahoma.« Wieder gab sich Jacob für seine schauspielerischen Fähigkeiten eine glatte Eins.

»In dem Koffer befinden sich also Kleidung, Kosmetikbeutel und so weiter?«

»Ja, in dem kleinen Koffer. Der große Reisekoffer ist bis obenhin gefüllt mit Flaschen voller Wasser.« Jacob hörte, wie die Worte seinen Mund verließen, und war kurz davor, ohnmächtig zu werden. Er hoffte, betete, dass dieser Satz nicht wirklich gerade seine Lippen verlassen hatte.

»Sir? Sagten Sie, Flaschen mit Wasser?«

Er hatte ihn laut gesagt, es bestand kein Zweifel daran. Jacob wurde schlecht. Er blickte auf den Rücksitz seines Wagens und betrachtete das Reisegepäck. Sein Gehirn arbeitete auf Hochtouren. Rasant öffnete er Schubladen in seinem Kopf, wägte Antworten ab, zog die eventuellen Nachfragen in Betracht. Er spielte in Sekundenschnelle jegliche Optionen des gefährlichen Frage-und-Antwort-Spiels durch und kam, überrascht von seiner effizienten Denkweise, zu einem Entschluss.

»Ja, Sir. Wasser. Schlicht und ergreifend ein Koffer voller Wasserflaschen. Besser als ein Koffer voller Drogen, oder?« Sein Selbstvertrauen baute sich wieder in ihm auf und er hielt dem verwunderten Blick des Polizisten stand.

Irritiert von der Antwort nickte der Cop und sah zu seinem Kollegen, der Jacob mehr und minder ratlos anstarrte.

»Darf ich fragen, warum Sie einen riesigen Reisekoffer mit Wasserflaschen nach Oklahoma fahren?« Der Cop öffnete die hintere Tür des Wagens und betrachtete den Koffer.

»Natürlich dürfen Sie. Ich arbeite für das Wasserwerk in Kermit. Die Flaschen beinhalten Proben verschiedener Instanzen der Wasseraufbereitung. Zum Beispiel ist es nach der Aufbereitung im ersten Becken notwendig, den Natrium- und Kalziumgehalt zu überprüfen. Anders als nach der Phase zwei, hierfür prüfen wir Karbonat-Anion und legen unser Augenmerk auf den Chloridgehalt. Die Proben werden auf dem Kongress in Analysegeräte eingefüllt und dann …«

»Jaja. Okay, also ein Wissenschaftsding. Verstehe.« Sichtlich gelangweilt von der Ausführung des Biologen, winkte der Polizist ab und schloss die Tür des Pick-ups wieder.

Die Aufführung seines Monologs schien sein Publikum nicht dazu zu bewegen, das Theaterstück weiter zu hinterfragen. Er log den Polizisten das Blaue vom Himmel herunter. Weder die Art und Weise der Aufbereitung noch die Reihenfolge stimmte und dennoch war Jacob überzeugt, dass sein Plan aufgehen würde.

»Wir haben Sie angehalten, weil Ihr rechtes Rücklicht nicht mehr funktioniert. Bringen Sie das bitte in Oklahoma in Ordnung.«

»So ein Mist, ich war letzte Woche erst in der Werkstatt.« Jacob ging um seinen Wagen herum und begutachtete den Blinker.

»Gute Fahrt, Sir.«
Ein Handschlag besiegelte das Ende des unerträglichen Fragespiels. Jacob stieg in seinen Pick-up, bog wieder auf die Bundesstraße 20 und wartete, bis der Polizeiwagen ihn überholt hatte und verschwunden war. Mit einem lauten Seufzer verließ auch die letzte Anspannung seinen Körper. Er drehte das Radio laut und sang lauthals »Gimme the Prize« von Queen mit. Es war ein Song aus seinem Lieblingsfilm »Highlander« und in diesem Augenblick fühlte er sich wie der Hauptdarsteller aus den Achtzigerjahren. Ein Highlander. Gekommen, um die Welt von dem Bösen zu befreien. Unaufhaltsam. Unsterblich.

Here I am, I'm the master of your destiny,
I am the one the only one, I am the god of kingdom co-
me,
Gimme the prize, just gimme the prize,
Give me your kings, let me squeeze them in my hands.

Wesley gewöhnte sich an den befremdlichen Tagesablauf, mit dem er nun schon fast seit einer Woche konfrontiert wurde. Der in die Jahre gekommene Ermittler konnte sich nicht erinnern, wann er zuletzt drei Wochen am Stück Urlaub hatte. Genau genommen konnte er sich nicht einmal entsinnen, wann er zuletzt mehr als zwei Tage hintereinander frei hatte. Die gestückelte Aufteilung seiner Urlaubstage in den letzten Jahrzehnten war nicht zuletzt darauf zurückzuführen, dass Wesley mit dieser Zeit nicht viel anfangen konnte. Er musste Urlaub nehmen und er befolgte die Anweisung. Nicht mehr und nicht weniger.

Nachdem die Ermittlungen im Fall »Blähbauch«, dessen Namensgeberin Lisa gewesen war, vollends in die Maschinerie des FBI übergegangen war, änderte sich auch der Arbeitstitel der Ermittlungen. Wesley hatte Lisa zu Hause besucht, nachdem sie sich von dem Schock wegen des letzten Opfers erholt hatte. Er dachte schmunzelnd daran zurück, wie Lisa ihn ungläubig angesehen und schließlich laut losgelacht hatte, als sie den neuen Arbeitstitel von ihm erfuhren hatte. Zugegebenermaßen war »Blähbauch« nicht sonderlich kreativ gewesen, doch schien der fünfunddreißigjährigen Polizeiangestellten alles besser als »Chemical Killer«. Letztendlich war es nur ein Arbeitstitel und am Ende des Tages galt es, die Mordserie aufzuklären.

Lisa hatte sich dem Willen ihres Arztes gebeugt und befand sich im einmonatigen Krankenstand. Sie lenkte sich ab und versuchte sich im Zeichnen, auch wenn ihre Werke denen eines Schulkindes ähnelten. Letztendlich war es egal, es machte ihr Spaß und lenkte sie von dem Albtraum ab, den sie glücklicherweise hinter sich gelassen hatte.

Am 19. August verließ Wesley seine Wohnung mit einem selbst gebackenen Kuchen. Er freute sich über die Einladung zum Kaffee bei Lisa. Nicht ganz uneigennützig. Wenigstens musste er sich für diesen Nachmittag nicht den Kopf darüber zermartern, wie er die freien Stunden füllen konnte.

Die Haustür schnappte hinter ihm in das Schloss und er blickte auf das hektische Treiben, das sich vor ihm abspielte. Er sah amüsiert auf seinen Schokoladenkuchen, der optisch einem dunklen Kuhfladen ähnelte. Die Worte seiner Kollegin hörte er jetzt schon in seinen Ohren und freute sich auf ein paar unterhaltsame Stunden. Die wenigen Meter zu seinem geparkten Wagen balancierte der Ermittler die selbstgebackene Kreation wie ein Kellner, der im Begriff war, das bestellte Gericht zu kredenzen. In dem Moment, als er die Fahrertür seines Wagens öffnete und den Kuchen auf den Beifahrersitz stellen wollte, riss ihn das laute Hupen, gefolgt von quietschenden Reifen, aus seinen Gedanken. Der Schreck hatte seine Folgen und der Kuhfladen landete direkt vor seinem Wagen auf dem Asphalt.

»Verflucht noch mal!« Er riss den Kopf zu dem Pickup, der wenige Meter vor ihm zum Stehen gekommen war. »Verdammter Texaner.« Wütend stampfte er zum Wagen und klopfte rabiat an das Fenster.

»Entschuldigen Sie, Sir. Ist Ihnen etwas passiert?« Der Fahrer schwitzte stark, sah ungepflegt aus und passte irgendwie nicht zu dem großen Pick-up, in dem er sich befand.

»Mir nicht, aber meinem Kuchen. Was ist los mit Ihnen?« Wesley verspürte große Lust, eine spontane Polizeikontrolle durchzuführen.

»Das tut mir unendlich leid. Darf ich Ihnen etwas Geld als Entschädigung geben? Ich habe Sie einfach nicht kommen sehen.«

Wesley musterte das Gesicht des Fahrers. Seine jahrzehntelange Erfahrung im Polizeidienst, die unendlichen Verhöre und Befragungen von Tätern und Unschuldigen hatten ihn sensibilisiert. Wie er die Augen und Mimik seines Gegenübers zu lesen, sie zu deuten hatte, hatte sich in sein Gehirn eingebrannt. Unfreiwillig prüfte das geschulte Gehirn des Ermittlers die Mimik eines fremden Menschen. Wesley folgte dem Ablauf seiner professionellen Beobachtungsgabe. Der Schweißfilm auf der Stirn des Mannes sowie seine Hände, die das Lenkrad immer noch fest umklammerten, weckten sein Interesse. Doch das gravierendste Merkmal seiner Beobachtung war der Fakt, dass der auswärtige Fahrer offenbar nicht in der Lage war, ihm lange in die Augen zu schauen.

Ich zeige ihm meine Marke und werde herausfinden, was mit dem Kerl nicht stimmt.

Während Engelchen und Teufelchen auf Wesleys Schultern angeregt ein Zwiegespräch führten, wollte sich der Unmut gegen den skrupellosen Texaner einfach nicht legen. Zulange hatte Wesley in der Küche gestanden, um Lisa den Gaumenschmaus zuzubereiten.

Er hasste die Küche, die Herdplatten und den Backofen. Allerdings handelte es sich nicht um den chauvinistischen Grundgedanken, dass der Mann nichts in der Küche verloren habe. Vielmehr lag es schlicht und ergreifend an seiner ausgeprägten Talentlosigkeit. Er hatte kein Gespür für das richtige Timing, kein Feingefühl und nicht die gewisse Leidenschaft, um eine kulinarische Köstlichkeit auf den Tisch zu zaubern. Umso verärgerter blickte der Ermittler wieder auf den Kuchen, der vor seiner Fahrertür auf dem Asphalt lag. In diesem Moment stieg der Mann aus seinem Pick-up und betrachtete das Opfer, das der Bremsvorgang mit sich gebracht hatte.

»Oh Mann. Zusammenkratzen bringt da wohl auch nichts mehr«, sagte er mit Blick auf den Kuchen und einem schiefen Lächeln.

»Okay, Sir. Das ist nicht witzig. Geben Sie mir bitte einmal Ihren Führerschein und Ihre Fahrzeugpapiere.«

Eigentlich sah es Wesley nicht ähnlich, seine Marke für solche Lappalien auszunutzen und die Macht der Polizei hierfür zu missbrauchen. Doch er kochte vor Wut und wollte dem Rowdy einen Denkzettel verpassen. Er hielt dem Fahrer seine Polizeimarke vor die Nase und musterte das texanische Nummernschild.

»Das ist heute wohl nicht mein Glückstag. Natürlich, Sir. Dieser Sommer bringt mich noch um. Wollen Sie auch einen Schluck? Ist natürlich noch verschlossen. Ich hole gleich meine Papiere aus dem Handschuhfach.« Der Texaner wischte sich den Schweiß von der Stirn und blickte argwöhnisch in die Mittagssonne. Ohne seinen Blick vom Himmel abzuwenden, hielt er Wesley eine kleine verschlossene Wasserflasche entgegen.

»Danke. Ich möchte trotzdem Ihre Papiere sehen«, grummelte Wesley und griff nach der Flasche.

»Natürlich, Sir. Ich meine es nur nett. Die meisten Leute trinken bei den Temperaturen einfach zu wenig. Unsere Begegnung wird wohl noch ein wenig andauern.«

Zumindest hatte der Texaner verstanden, dass Wesley keine Scherze machte. Langsam legte sich sein Groll. Ein kräftiger Schluck Wasser tat den Rest und Wesley spürte, wie sich das Teufelchen auf seiner Schulter langsam, aber sicher auflöste.

»Sie kommen aus Texas?«, fragte er und gab dem Mann die Flasche zurück.

»Ja, Sir. Ich bin zu Besuch bei meiner Schwester. Sie hat es schon als kleines Kind in die große Stadt gezogen«, lachte er, übergab Wesley die Papiere und blickte interessiert zwischen den gigantischen Häuserschluchten nach oben.

Vielleicht war der Texaner schlichtweg überfordert mit dem hektischen Treiben des New Yorker Verkehrswahnsinns. Wesley überdachte seine Meinung noch einmal. Gerade als er im Begriff war, das kleine Lederetui zu öffnen, um sich die Papiere anzusehen, wurde ihm für einen Augenschlag schwindlig. Er rieb sich die Augen und blinzelte.

»Alles in Ordnung, Sir?«

Wesley erkannte schemenhaft, wie der Mann sich ihm näherte, er spürte die Hand auf seiner Schulter.

»Geht es Ihnen gut?« Die Worte hallten in seinen Ohren nach. Wesley tauchte in eine fremde Dimension seines Bewusstseins ein.

Oh mein Gott, ich bekomme einen Schlaganfall. Meine Arme kribbeln. Sie sind weg. Ich spüre sie nicht mehr, aber ich kann sie noch sehen. Es ist vorbei, alles wieder in Ordnung.

Wesley hob den Blick und entdeckte einen großen schwarzen Vogel, der zwischen den Betonkolossen von Manhattan kreiste. Als er wieder nach unten sah, musterte er einen neureichen, jungen Börsianer, der eiligen Schrittes auf ihn zukam.

Mit spätestens vierzig hat dieser Kerl ausgesorgt. Spätestens. Wie ich dieses arrogante geldgeile Pack verabscheue. Wenn wir nicht dafür sorgen würden, dass Mr. Right nichts passiert, würde er schon lange erschossen in der Gosse von Queens liegen. Es dankt dir niemand. Keiner sieht, was wir Tag für Tag auf uns nehmen, um die Straßen sicherer zu machen. NIEMAND.

Er berührte seinen Bauch. Schlagartig hatte er das Gefühl, sein Magen würde sich in seinem Kehlkopf befinden. Es war keine Übelkeit, die Wesley in diesem Moment verspürte. Eher glich es dem amüsanten Gefühl, bei dem Umzug seiner Organe aktiv mitzuhelfen.

Ich sollte dem Schnösel in dem feinen Zwirn mal eine Lektion erteilen. Danach wird er sicherlich anders über die Polizei denken. Hat er mich gerade angesehen? Nein. Doch hat er. Abfällig, bemitleidend. Ganz sicher, so hat er für einen Moment zu mir herübergesehen. Vielleicht möchte er ein Stück von meinem Kuchen? Wir können bei einem Stück Kuchen sicher über alles reden. Reden ist wichtig.

Die Metamorphose war abgeschlossen. Die Substanz, die seinem Körper injiziert worden war, hatte ihre volle Wirkung entfaltet. Ab diesem Moment gab es keine Zweifel, keine Fragen mehr, die er sich stellte. Alles schien logisch, plausibel und vollkommen normal.

Wesley schlenderte zu seinem Wagen, bückte sich und grub seine Hand tief in den Kuchenfladen. Er stellte sich dem jungen New Yorker in den Weg und grinste ihn friedliebend an.

»Für dich. Und danach reden wir über deinen Blick und warum du so denkst, wie du denkst.« Lächelnd streckte er seinen Arm aus und hielt dem Börsianer die matschigen Überreste seines Schokoladenkuchens unter die Nase.

Angewidert betrachtete der Mann die weichen Stücke, die sich aus Wesleys Hand lösten und nach unten fielen.

»Was ist los mit dir, du Penner? Geh mir aus dem Weg.« Er stieß Wesley zur Seite.

Wenn ich ihn erschieße, bekomme ich Ärger. Obwohl es gerechtfertigt wäre. Ich habe noch nie einen unschuldigen Menschen erschossen. Möchte ich das? Nein, ich denke wohl nicht. Er möchte meinen Kuchen nicht probieren. Er ist es nicht wert, meinen Kuchen zu essen. Vielleicht sollte ich …

Wesleys Gedanken stockten. Sein Magen schien sich in der Nähe seines Kehlkopfes nicht mehr wohlzufühlen und machte sich wieder auf den Weg nach unten. Ihm wurde schwindlig. Heiß und kalt zugleich. Er hatte das Gefühl, dass jemand einen Luftballon in seinem Kopf aufblies. Der Druck in seinem Schädel wurde unerträglich und das Bild vor seinen Augen verzerrte sich erneut. Wesley schloss verkrampft die Augen, hielt sich die Schläfen und mit einem Mal schienen seine Organe wieder an dem ursprünglichen Platz in seinem Körper zu sein. Langsam öffnete er die Augen, blickte auf seine Hand und betrachtete verwundert die Überreste seines Schokoladenkuchens. Seine Schläfen pulsierten.

»Hören Sie, haben Sie eine Kopfschmerztablette?«

Er schüttelte die Überreste von seiner Hand und wandte sich zu dem Fahrer. Der Wagen mit dem Kennzeichen aus Texas war verschwunden. Hastig drehte er sich um seine eigene Achse, doch der schwarze Pick-up schien wie vom Erdboden verschluckt.

Mit geöffnetem Mund stand Wesley am Straßenrand und versuchte, das Geschehene zu rekonstruieren. Er fühlte sich wie nach einer durchzechten Nacht. Krampfhaft wühlte er in seinem Gedächtnis umher, doch das Letzte, woran er sich erinnern konnte, war der Blick auf seine Hand und die darin befindlichen Papiere des Fahrers. Er beschloss, wieder nach oben zu gehen, sich seine Hände zu waschen und sich auf den Weg zu Lisa zu machen.

Während der Fahrt zu ihr beschloss er, am nächsten Morgen Dr. Oswald zu kontaktieren. Die Geschehnisse waren beunruhigend. Eine Routineuntersuchung war zugegebenermaßen längst überfällig. Bei dieser Gelegenheit würde er Dr. Oswald von seinem Blackout erzählen.

»Vielleicht hast du einfach nur das Gleichgewicht verloren, als dir schwindlig wurde. Um nicht auf den Boden zu fallen, hast du dich genau an der Stelle, an dem der Kuchen lag, abgestützt«, sagte Lisa und sah ihn fürsorglich an.

»Lisa, als ich wieder zu Sinnen kam, stand ich bestimmt drei Meter weiter auf dem Bürgersteig. Auf diese Theorie bin ich auch schon gekommen. Das macht keinen Sinn.«

»Lass dich durchchecken. Der Doc wird das Rätsel sicher lüften können.«

In diesem Moment ertönte aus der Küche das Signal einer ankommenden E-Mail. Wesley zog verwundert seine Augenbrauen nach oben, blickte in Richtung Küche und schüttelte den Kopf.

»Du bist krankgeschrieben, Lisa. Warum liest du heimlich E-Mails?«

»Jaja. Pass du bloß auf, dass du nicht unwissend mit deiner Waffe auf der Straße rumballerst. Du seniler Besserwisser«, lachte Lisa, sprang von der Couch auf, um am Küchentisch einen Blick auf ihre E-Mails zu werfen.

»Du kannst einfach nicht anders, verstehe«, murmelte Wesley und sah seiner Kollegin nach.

Es war spät geworden und die mörderischen Kopfschmerzen waren so schnell wieder verflogen, wie sie gekommen waren. Der Sechzigjährige beschloss, die Ereignisse des heutigen Tages gut sein zu lassen und die Zeit mit Lisa zu genießen. So gut es eben möglich war.

»Kommst du noch mal zurück ins Wohnzimmer oder soll ich mich mit der Küchentür unterhalten?«

Seit fast zehn Minuten war Lisa nun schon in der Küche und gab keinen Laut von sich.

»Lisa?«

»Komm mal her und lies dir das durch. Die Mail ging auch an dich.«

Wesley seufzte und folgte Lisas Stimme aus der Küche. Sie nahm ihren Blick nicht vom Monitor, als er eintrat, sondern zeigte mit dem Finger auf die Mail.

Hallo Lisa, hallo Wesley,

ich hoffe, ihr habt die Zeit genutzt, um euch zu regenerieren.

Ich mache es kurz, wenn ihr beide wieder im Dienst seid, werden wir eine größere Besprechung anberaumen. Es gab einige Veränderungen und Diskussionen.

Offenbar seid ihr in der Arbeitsgruppe »Chemical Killer« wieder im Spiel.

Ethan Harper

»Blähbauch? Ich verstehe überhaupt nichts mehr.« Lisa las sich die wenigen Zeilen immer und immer wieder durch. Doch die Botschaft ihres Chefs blieb klar und deutlich. Entweder waren Lisa und Wesley einem falschen Politikum zum Opfer gefallen oder das mächtige FBI war tatsächlich auf die Hilfe der beiden Ermittler angewiesen. Doch Zweites konnten sich Lisa und Wesley beim besten Willen nicht vorstellen.

Die lange Reise des Biologen hatte einige Übernachtungen später und tausende Kilometer entfernt von seinem Heimatort ihr erstes Ziel gefunden. Jacob hatte sich im renommierten Gotham Hotel, unweit des Empire State Buildings, einquartiert. Sicherlich war es keine kostengünstige Übernachtungsmöglichkeit in der Metropole, die vor überteuerten Lebenshaltungskosten nur so strotzte, doch der Anlass war feierlich und ein gravierender Schlag gegen das verlogene System stand bevor. Jacob musste sicherstellen, dass sein manipulativer Plan weitreichende Auswirkungen auf die Gesellschaft hinterließ. Danach würde er weitere E-Mails an das Wasserwerk von Kermit, den Bürgermeister von New York und einige Fernsehsender schicken. Irgendjemand würde zahlen, davon war Jacob felsenfest überzeugt.

An diesem Abend saß er an dem kleinen Schreibtisch seiner Unterkunft und sah nachdenklich aus dem Hotelfenster. Die untergehende Sonne und der stetige Verkehr unterhalb seines Zimmers ließen ihn schwermütig werden. Seine lange Reise zurück in sein altes Leben verlangte ihm viel ab. Den Zwischenfall am heutigen Nachmittag und die eventuellen Folgen, die daraus hervorgegangen wären, hatte er erfolgreich abgewehrt. Das Schicksal konnte ein bösartiges Weib sein. Warum war ihm gerade dieser Cop vor das Auto gelaufen? In einer Stadt wie New York war die Chance, einen Polizisten in Zivil beinahe über den Haufen zu fahren, verschwindet gering. Vielleicht war es ein Test gewesen. Ein weiteres Hindernis auf seinem steinigen Weg zurück zur Normalität. Er blinzelte. Die Gegenwart hatte ihn wieder. Er konzentrierte sich auf die wesentlichen Dinge. Er schüttelte die Gedanken an seine Vergangenheit ab und öffnete eine Datei auf seinem Notebook. Sie enthielt eine komplexe Darstellung von Bauplänen, Zuleitungsrohren und Gebäudeskizzierungen.

Die Recherche war weitaus einfacher gewesen, als er es sich anfangs vorgestellt hatte. Der zwielichtige Jahrmarkt des Darknets hatte ihm seine Pforten geöffnet. Im Zuge seiner Vorbereitungen hatte Jacob vor seiner Abreise die verschiedenen Stände und Buden auf dem anrüchigen Rummelplatz begutachtet. Es war nur eine Frage des Geldes gewesen, um mit den Verkäufern der Waren ins Geschäft zu kommen.

»Grün. Alles ist grün.« Sein prüfender Blick bestätigte Bilddatei für Bilddatei. Er sah auf sein Bett und den Helm aus dem Wasserwerk. Seinen Ausweis und die Pipetten, die akkurat und im exakt gleichen Abstand zueinander auf der Bettdecke lagen. Jacob stand auf, griff sich den Ausweis und hielt ihn gegen das Licht der kleinen Stehtischlampe neben dem Bett.

<table>
<tr><td>William</td><td></td><td>Connor</td></tr>
<tr><td>Wasserwerk</td><td></td><td>Kermit</td></tr>
</table>

Emp. ID: 0441712380991

Der schwierigste Teil der Fälschung war der Name gewesen. Angelehnt an den Mann, der die Lawine ausgelöst hatte. Doch Rainmaker833 hatte ihm erklärt, wie man einen echten Ausweis manipulierte. Dieser Service war auf Kosten des Hauses gegangen und Jacob war erstaunt über das simple Prozedere gewesen, die Buchstaben zu verändern. Anschließend wirkte der Firmenausweis zwar etwas dreckiger und abgenutzter, doch genau das war Teil des Tricks, um die Fälschung zu verschleiern.

Noch einmal überflog er den Text, den er am morgigen Abend seinen Empfängern zuschicken würde. Morgen um diese Zeit würde Manhattan nicht mehr dasselbe sein. Morgen um diese Zeit würde er in seinem Hotelbett liegen und auf jedem Kanal des Fernsehers sein Werk bewundern können.

Am 20. August wütete ein Sommergewitter über der hochbebauten Insel. Während Jacob die letzten Bissen seines vollkommen überteuerten Frühstücks zu sich nahm, betrachtete er die Regentropfen an dem Fenster des Frühstückraumes. Die Regentropfen perlten aufgrund des starken Windes seitlich von der Scheibe. Es musste Ironie des Schicksals sein, dass an seinem großen Tag der große Regen einsetzte.

»Wasser«, säuselte er sarkastisch zu sich und schmunzelte die halb leere Kaffeetasse an. Es war das Element, das ihn seit jeher fasziniert hatte. Letzten Endes würde es auch das Wasser sein, das ihn aus der in seinen Augen unverschuldeten Misere befreien sollte. Jacob schnallte sich seinen Rucksack um und ging durch die Lobby in Richtung Ausgang.

»Ich wünsche Ihnen einen wundervollen Tag, Mr. West«, trällerte der ewig lächelnde Mann hinter dem Tresen der Rezeption.

»Oh ja, den werde ich haben.«

Wenige Momente später wartete Jacob auf die einfahrende U-Bahn. Der Geruch schwitzender Fahrgäste und abgestandener Luft waberte ihm entgegen. Er hatte gelernt, diese Lemminge zu hassen. Hirntot und im Gleichschritt marschierten sie in ihre inhaltslosen Laufräder. Zwei Stationen später stieg er aus und atmete auf der Straße die frische Regenluft ein. Die Tropfen behinderten seine Sicht. Er blinzelte und erkannte das große Firmenschild an einem der Stahlkolosse.

NYC Media

Das Medienhaus im Herzen von Manhattan beherbergte nicht nur vier große Fernsehsender, sondern auch die drei größten Radiosender der Ostküste. Kämpferisch beäugte er die bunte Schrift auf dem silbernen Schild.

»Showtime.«

Jacob betrat die Empfangshalle des Gebäudes, nahm seine Kapuze ab und näherte sich der älteren Dame an der Rezeption. Das schwarze Kostüm und der streng nach hinten gebundene Dutt erinnerten ihn unwillkürlich an seine Deutschlehrerin in der vierten Klasse.

»Einen Moment, ich bin gleich bei Ihnen.« In einem genervten Tonfall und ohne ihr Gegenüber auch nur eines Blickes zu würdigen, beschäftigte sich die Frau weiter mit ihrem Monitor.

Morgen um diese Zeit kannst du dir diesen Ton sparen. Sie werden euch die Bude einrennen. Dann wird dir »Einen Moment« nichts nützen.

Wieder versprühte der Teufel in ihm sein Gift. Er begann, leicht zu schmunzeln.

»Wie kann ich Ihnen helfen?«

»Mein Name ist Connor. Ich komme von der Wasseraufsichtsbehörde in Texas. Verzeihen Sie die Verspätung.

Wo muss ich hin?« Er legte den gefälschten Ausweis auf den Tresen und putzte sich die Nase.

»Wie wohin?« Irritiert musterte die Frau den Ausweis und schob ihn von sich weg.

»Hören Sie, es tut mir leid, dass ich mich verspätet habe. Ich jage von einem Termin zum nächsten, aber ich habe nun auch nur zwei Beine.« Mit genervtem Blick auf die Uhr wurde sein Ton barscher.

Verunsichert blickte die Empfangsdame in die Augen des unbekannten Mannes. Sie zog den Ausweis zu sich.

»Wasserwerk Kermit? Wo soll das sein? Was genau möchten Sie hier, Mr. Connor?«

Jacob verschränkte seine Arme auf dem Tresen der Rezeption. »Das Wasserwerk Kermit liegt in Texas. Ich bin Mitglied des Umweltbundesamtes und überprüfe die Wasserhygiene in den USA. Die Messwerte aus diesem Viertel von Manhattan zeigen einen ungewöhnlich hohen Wert an Sulfat und Chlorid an.«

»Und was macht jemand von der Wasserbehörde in Texas in New York? Das ist doch bestimmt 2.000 Kilometer entfernt von hier. Mit wem haben Sie gesprochen und was wollen Sie genau machen?«

»Es sind exakt 3.264 Kilometer und ich bin vor einem halben Jahr nach Queens gezogen. Bezahlt werde ich vom Umweltbundesamt, keiner Wasserbehörde, wie Sie es nennen. Die Zahl 238 auf dem Ausweis steht für die Kostenstelle der Regierung. Weiter rechts befindet sich die Nummer 0991, welche die Identifikation der Umweltbundesbehörde darstellt. Gesprochen habe ich mit meinem Chef. Von ihm kommt die Anweisung. Soll ich Ihnen noch meinen Personalausweis zeigen, damit Sie sehen, dass ich in Queens lebe? Herrgott noch mal, ich muss heute noch nach Brooklyn und New Jersey.« Die glaubhafte Ausführung erstaunte ihn selbst.

»Kein Grund, die Stimme gegen mich zu erheben, Mr. Connor.«

»Gut. Machen wir es kurz. Bitte zeigen Sie mir den Weg zu den Zuleitungsrohren im Untergeschoss. Sollten Sie noch Zweifel haben, rufe ich eben die Polizei. Sie wird dann alles Weitere klären. Missverstehen Sie mich nicht, aber ich habe wirklich keine Zeit.« Kaum hatten die Worte seinen Mund verlassen, kramte Jacob sein Handy aus der Tasche und begann, die Festnetznummer seiner Wohnung in Kermit einzutippen. Er pokerte hoch, doch die wenigen Minuten mit seinem Gegenüber gaben ihm Gewissheit, dass die Dame es nicht so weit kommen lassen würde.

»Sie sollten sich mal eine Auszeit gönnen, Mr. Connor. Unhöflichkeit ist eine schlechte Angewohnheit.« Mahnend hob die ältere Dame mit dem Dutt ihren Zeigefinger und für einen Moment war Jacob sich nicht sicher, ob er nicht doch mit seiner damaligen Deutschlehrerin aus der vierten Klasse sprach. Im nächsten Moment griff die Frau zum Hörer und tippte eine Kurzwahl.

»Spencer? Kommst du bitte mal hoch. Ich habe hier jemanden vom Wasserwerk, der sich unsere Leitungen ansehen möchte. Danke.«

Ohne ein weiteres Wort mit Jacob zu wechseln, wandte sich die Frau ihrem Monitor zu und bestrafte seine unwirsche Art und Weise mit Ignoranz.

»Leitungen, oder? Hier zum Fahrstuhl.«

Jacob folgte der mürrischen Stimme des Hausmeisters in den Aufzug. Drei Stockwerke tiefer folgte der Biologe dem Mann in der Latzhose durch ein Labyrinth aus schmalen Gängen, die durch Stahltüren voneinander getrennt waren. Spencer blieb stehen und klopfte mit seinem Zollstock gegen eine der verschlossenen Türen.

»Da. Rohre.«

Die wortkarge Ausdrucksweise des Hausmeisters kam Jacob entgegen. Er hatte keine Lust auf weitere Fragen, weitere Zweifel und weitere prüfende Blicke. Spencer sperrte die Tür auf, drehte sich um und ging den langen Gang zurück.

»Einfach mit dem Fahrstuhl wieder hoch, danach«, rief er ihm zu, bevor er durch die nächste Tür verschwand.

Im Inneren des Raumes orientierte sich Jacob an dem Plan, der zwischen den Rohren in einer Folie an die Wand gepinnt worden war. Im Gegensatz zum Wasserwerk von Kermit befand sich an den Rohren keine Öffnung für die Probenentnahme des Wassers. Doch damit hatte er gerechnet. Er griff in seinen Rucksack, zog eine Rohrzange und zwei große Flaschen heraus und legte alles vor sich auf den Boden. An den Flaschen befand sich jeweils, mit wasserfestem Klebeband umwickelt und in einem Plastikbeutel, ein schwarzes Kästchen. Der kleine Sprengkörper war mit einer Zeitschaltuhr versehen und hatte nicht mehr Kraft als ein Silvesterknaller. Allerdings sollte die Druckwelle vollkommen ausreichen, um die Plastikummantelung der Flasche zu zerstören, sodass die teuflische Mixtur austreten konnte.

Mehrere Male hatte der Biologe die Flasche mit dem Zünder unter Wasser getaucht. Hatte seine Konstruktion in der vollen Badewanne beschwert und nach einer Stunde getestet, ob die manuelle Zeitschaltuhr noch funktionierte. Beide Uhren funktionierten einwandfrei und sollten nach Ablauf der Zeit die chemische Reaktion in dem kleinen Kästchen auslösen.

Jacob sah auf die Uhr. Maximal sieben Minuten gab er sich, um die Wasserzufuhr abzudrehen, die Rohrschelle an der Decke abzuschrauben und die Leitung so weit auseinanderzuziehen, dass er seine beiden Flaschen im Inneren positionieren konnte. Mit ein wenig Glück sollte genau zu diesem Zeitpunkt kein Mitarbeiter in der Küche oder auf der Toilette des Gebäudes sein. Selbst wenn, würde die Unterbrechung zu marginal sein, als dass es zu einem großen Problem ausarten sollte. Jacob umklammerte die große Rohrzange, brachte den Stuhl in Position und stoppte die Zeit. Mit all seiner Kraft schob er das gusseiserne Rad nach rechts. Die Hauptschlagader war durchbrochen. Er sprang auf den Stuhl und setzte die Rohrzange an die Schelle. Jacob schob das Rohr aus der Leitung und das restliche Wasser darin ergoss sich über seinen Kopf. Konzentriert stellte er die Zeitschaltuhren an den Flaschen auf neun Stunden und schob sie in das offene Rohr. Zügig drückte er das Rohr wieder in das andere, befestigte die Schelle und sprang vom Stuhl. Er spürte seinen Herzschlag in seiner Brust. Das Tempo seiner kräftezehrenden Arbeit hatte ihn schneller ermüdet als gedacht. Ächzend drehte er das Rad nach links und gab das Wasser wieder frei. Das laute Glucksen in der Leitung oberhalb von ihm gab ihm das Zeichen, dass alles wieder im Fluss war.

»Der Plan hat gestimmt. Der Durchmesser war richtig, keine Verstopfung«, murmelte er zu sich. Er stöhnte erleichtert und wischte sich den Schweiß von der Stirn. Er ging zurück zum Fahrstuhl. Als sich die Tür des Aufzuges öffnete, blickte er in das Gesicht des Hausmeisters.

»Wasser ist weg. Was los?« Mit großen Augen starrte ihn der Neandertaler im Hausmeisterkostüm an.

»Alles gut. Ich musste für die Probe das Wasser abdrehen. Die Zufuhr ist wiederhergestellt.« Er klopfte Spencer auf die Schulter, doch vielmehr galt es ihm selbst und der Tatsache, dass sein Plan tatsächlich funktioniert hatte.

Als Jacob gegen 10:30 Uhr die Empfangshalle des NYC-Media-Konzerns wieder verließ, musste er sich zusammennehmen, um keinen triumphalen Siegesschrei von sich zu lassen.

Jacob blieben neun Stunden bis zum Showdown. Zu den bekanntesten Restaurants in New York gehörte das Shake Shack. Der Touristenmagnet am Times Square war sicherlich nicht die erschwinglichste Option, sich in der Metropole Essen zu beschaffen, doch seine erfolgreiche Infiltration in die verkommene Gesellschaft und der bevorstehende Donnerschlag mussten zelebriert werden.

Nachdem Jacob der vollbusigen Bedienung seine Bestellung mit auf den Weg gegeben hatte, lehnte er sich zurück und betrachtete das Publikum. Eigentlich hätte die Kellnerin sich ihr aufreizendes Outfit schenken können. Das fürchterlich überschminkte Gesicht und die hohe Stimmlage der jungen Dame stahlen jedwedem Augenmerk die Show.

»Themaverfehlung«, murmelte er amüsiert zu sich und beobachtete ein augenscheinlich frisch verliebtes Paar bei ihrem Turtelspiel am Tisch gegenüber. Es war ein unheimlich gut aussehendes Pärchen um die Mitte dreißig. Offenbar gab es in ganz New York nicht einen einzigen Einwohner, der nicht über ein tadelloses Erscheinungsbild verfügte. Er versuchte sich daran zu erinnern, ob er während seines Aufenthaltes in New York jemals einen New Yorker getroffen hatte, der nicht durchtrainiert und perfekt erschien. An diesem Teil der Ostküste gab es anscheinend keinen Platz für die Jacobs und Charlottes dieser Welt. Er fühlte sich hässlich, sah an seinem einfachen Hemd hinunter, wobei ihm sein Bauchansatz auffiel. Sein Hochgefühl verflog und ein unbehagliches Gefühl machte sich in ihm breit. Er ließ das Tablet mit dem Burger stehen und verließ den Laden. Auf dem Weg zur U-Bahn klingelte sein Handy.

»Ja?«

»Spreche ich mit Mr. West?«, fragte eine männliche Stimme mit britischem Akzent.

»Wer will das wissen?«

»Mein Name ist Jonathan Lee. Ich bin der Anwalt von Charlotte West.«

»Mir ist nicht bekannt, dass Charlotte einen Anwalt hat. Was wollen Sie von mir?«

»Sie haben nicht auf mein Schreiben reagiert. Ich wollte mich vergewissern, dass mein Brief zugestellt worden ist.«

»Was für ein Schreiben?«

»Mrs. West reicht die Scheidung ein. Wir wollten einen Termin mit Ihnen und Ihrem Anwalt vereinbaren, um die Angelegenheit außergerichtlich und im Sinne aller Parteien zu lösen.«

Wie der Sand in der Hand rinnt meine Zeit.

Jacob dachte unwillkürlich an den Dialog in einer Filmszene. Ein verbitterter Mann, das Meer und in der Nahaufnahme der Sand, der aus seiner Hand nach unten lief. Jacob blieb im Strom der Menschen, die auf dem Weg zur U-Bahn waren, stehen. Er wurde angerempelt und verächtlich angesehen, doch er bemerkte nichts davon.

»Mr. West, sind Sie noch am Telefon?«

»Tante Maggy ist tot. Wir kümmern uns gerade um die Beerdigung. Sagen Sie Charlotte, ich melde mich in den nächsten zwei Wochen bei ihr. Auf Wiederhören.«

»Oh, mein Beileid, Mr. West. Natürlich können Sie …«

Jacob legte auf. Für eine weitere Lüge hatte seine geliebte Tante Maggy das Zeitliche segnen müssen. Charlotte hatte keine enge Bindung zu seiner Tante aus Texas und hatte die wohlgenährte und immer gut gelaunte Tante Maggy im Laufe der letzten Jahrzehnte nur dreimal gesehen. Ihre Cholesterinwerte und die chronische Lungenkrankheit sollten ausreichen, um die Geschichte glaubwürdig an den Empfänger zu transportieren. Im Gegensatz zu Jacob verfügte Charlotte über ein exzellentes Gedächtnis und das machte sich Jacob zunutze. Die Lüge sollte ihm genügend Zeit verschaffen, um die Sackgasse zu verlassen, den Weg zu korrigieren und seiner geliebten Frau einen reichen Jacob West zu präsentieren. Er stieg in die U-Bahn. An der Station angekommen, kaufte er in dem nahe gelegenen Supermarkt Chips und Erdnüsse für das große Abendprogramm ein. Die Zeit verging schnell. Ein Blick auf die Uhr verriet ihm, dass es nur noch eine Stunde bis zur großen Vorstellung war.

Das kalte Wasser prasselte aus dem Duschkopf direkt auf seinen Nacken. Es kühlte seinen Körper und seine Aufregung ein wenig ab. Jacob machte es sich auf dem Bett seines Hotelzimmers gemütlich. Mit den zugezogenen Vorhängen hatte er das nächtliche Treiben der Stadt aus dem Hotelzimmer ausgesperrt. Er öffnete die Chipstüte und lehnte sich zurück.

»19:10 Uhr. Zwanzig Minuten noch.«

Desinteressiert sah er sich die Wettervorhersage des New Yorker Nachrichtensenders an. Der geschniegelte Moderator berichtete im Anschluss vom Parkett der Wall Street. Anschließend wurde Werbung eingespielt.

»19:29 Uhr. Meine Zeit ist gekommen.«

Vor seinem geistigen Auge liefen die Ereignisse des heutigen Tages noch einmal ab. Als das Intro der Nachrichtensendung ertönte, zuckte Jacob zusammen.

»Guten Abend, meine Damen und Herren. Mein Name ist Melinda Petty und ich begrüße Sie zu den Nachrichten bei KBBC.«

19:31 Uhr. Die kaum hörbaren Detonationen im Mauerwerk ließen Spencer bei seinem Rundgang kurzzeitig nach oben sehen.

»… werde der Kongress einen weiteren Zuschuss nicht billigen. Adam Ziller befindet sich für uns vor dem Weißen Haus. Adam, kann man schon absehen, wie sich der Präsident zu den Vorwürfen äußern wird?«

19:32 Uhr. Das Serum vermischte sich mit dem Leitungswasser und lief in die Zuleitungsrohre.

Jacob überprüfte nochmals seinen Plan. Seine dunkle Seite hatte an alles gedacht. Die Übersicht der monatlichen Bestellliste der Getränkefirma ließ darauf schließen, dass im Inneren des Medienkonzerns mehr Leitungswasser konsumiert wurde als in Plastikflaschen abgefülltes Wasser.

»Es wird dauern. Vielleicht ein paar Minuten, vielleicht ein paar Stunden. Aber ihr werdet trinken. Oh ja, das werdet ihr.«

Er lehnte sich zurück und stellte sich auf eine lange Fernsehnacht ein. Früher oder später würde den Journalisten vor der Kamera ein Glas Wasser gereicht werden. Die Stimme war das Werkzeug jedes Moderators und an diesem 20. August das unverhohlene Sprachrohr des verlogenen Systems.

Kapitel 8 – Unter der Rose

Es klopfte. Jacob riss seinen Kopf in Richtung Hotelzimmertür und blickte auf den Türknauf. Das zögerliche Anklopfen verwandelte sich in ein Hämmern. Unermüdlich und immer schneller trommelte es von außen an die Tür. Jacob legte seine Knabbereien neben sich, sprang von dem Bett auf und blieb wenige Zentimeter vor der Tür stehen. Plötzlich wurde es still, als hätte die Person ihn gesehen, ihn gerochen. Das Klopfen hörte auf. Seine Augen blieben an der Stelle haften, an der sich normalerweise ein Türspion befand. Das in Weiß lackierte Holz lachte ihm zynisch ins Gesicht. Vorsichtig presste er sein Ohr gegen die Tür, in der Hoffnung, irgendetwas hören zu können. Doch in diesem Moment klopfte die Hand auf der gegenüberliegenden Seite genau auf der Höhe seines Ohres zweimal. Er sprang von der Tür weg.

»Wer ist da?« Seine Stimme zitterte.

Erneut klopfte es. Erst einmal, dann zweimal in Folge und wieder einmal. Anscheinend erlaubte sich der ungebetene Gast mit dem verängstigenden Biologen einen Streich. Jacob nahm all seinen Mut zusammen, riss die Hotelzimmertür auf und sah erschrocken in die Augen von Charlotte.

»Du hast alles kaputtgemacht, Jacob.«

Seine Pupillen weiteten sich. Wie konnte es sein, dass seine geliebte Charlotte den weiten Weg nach New York auf sich genommen hatte? Woher wusste sie, dass er hier war?

»Wie hast du mich gefunden? Woher weißt du, dass ich hier bin?«

Charlotte neigte ihren Kopf zur Seite, hob ihren Arm und zeigte in sein Gesicht.

»DU hast alles kaputtgemacht, Jacob West! DU wirst für deine Taten bezahlen. DU bist SCHULD.« Charlotte begann viel zu schnell zu kichern. Ihre Pupillen glitten nach oben und verschwanden in ihren Augenhöhlen.

Entsetzt starrte Jacob in das Weiß ihrer Augen.

»Charlotte … Was ist mit dir?«, flüsterte Jacob.

»… also, dann hoffen wir einfach einmal, dass uns der Sonnengott noch einen goldenen Herbst beschert. Oder was meinst du, Claudia?« Der Moderator gackerte und zeigte seine strahlend weißen Zähne in die Kamera, ohne seine Co-Moderatorin auch nur eines Blickes zu würdigen.

Jacob wachte auf. Sein Nacken war nass vor Schweiß und sein T-Shirt klebte an seiner Brust.

»Verflucht noch mal«, murmelte er und rieb sich den Schlaf aus den Augen.

Jacob versuchte die Uhrzeit im Fernseher zu erkennen. 22:42 Uhr. Unermüdlich witzelte der Moderator, erklärte den Zuschauern anhand der eingeblendeten Grafik den Strömungsverlauf der Westwinde für die nächsten Tage. Nichts war geschehen. Für einen Moment zweifelte Jacob daran, dass sein selbst gebastelter Sprengsatz an den Plastikflaschen gezündet hatte. Skeptisch beäugte er den Moderator.

»Das kann nicht sein. Das ist nicht möglich«, flüsterte er.

Aus welchen Gründen auch immer schien sein injiziertes Gift in den tiefen der Trinkwasserversorgung der NYC Media nicht zu wirken. Verzweifelt griff er sich in sein

Haar, senkte den Kopf und versuchte seine Gedanken zu ordnen. Hatte er ein Detail übersehen? Hatte er einen Fehler gemacht?

»Aber nun genug von mir. Claudia, bist du noch wach? Ich gebe einmal zurück zu …« Er verstummte.

Jacob riss den Kopf nach oben. Sein Herz begann zu rasen und er sah in das Gesicht des Wettermoderators. Mit halb offenem Mund starrte der Sprecher in die Kamera.

Jacobs Mixtur hatte seinen Weg aus den Tiefen der Wasserleitungen in das Gehirn des Mannes gefunden. Die Essenz der Wahrheit begann zu arbeiten. In wenigen Augenblicken würde der Journalist dem Millionenpublikum an den Fernsehgeräten seine intimsten und ehrlichsten Gedanken offenbaren. Wie ein scheues Tier im Zoo beäugte Jacob auf dem Bildschirm das Verhalten des Wettermannes. Der ihm unbekannte Mann begann zu grinsen, er drehte sich kurz zur Grafik hinter sich um und lachte.

»Wissen Sie, hinter mir ist nichts. Nur eine blaue Wand. Die Grafik wird von der Regie eingespielt. Meistens machen das der fette Joe und die Brillenschlange, deren Namen ich mir nie merken kann. Ist ja auch egal.« Als ob er betrunken wäre, winkte der Mann ab, und begann kurzerhand in seiner Nase zu bohren. Er zog seinen Finger heraus und steckte ihn sich in den Mund.

Angeekelt beobachteten Jacob und mit ihm die Millionen Zuschauer den Mann.

»Ich erzähle euch noch etwas. Ihr seid alles Versager.« Er lockerte seine Krawatte und machte einen Schritt auf die Kamera zu. »Ich verdiene verdammt viel Geld damit, auf die Bluescreenwand hinter mir zu zeigen und dabei nett zu lächeln. Wie bescheuert, oder? Aber bevor ich mir wie ihr von neun bis fünf den Arsch aufreißen muss, mache ich lieber diesen Schwachsinn. Ist das nicht genial? Wetter? Hey, ich meine, jeder Idiot kann sich im Internet oder in der Zeitung die beschissene Wettervorhersage ansehen. Aber nein, sie zahlen lieber einem Typen 5.000 Dollar im Monat dafür, dass er das wiederholt, was sowieso schon überall nachzulesen ist. Und wisst ihr Penner noch etwas? Nach der Arbeit fahre ich für einen guten Fick zur Schwester meiner Frau. Ich habe echt den Jackpot gezogen. Ist das nicht der Wahnsinn?« Der Mann klatschte in die Hände und spendete seinem Monolog den gehörigen Applaus.

Die Liveübertragung wurde unterbrochen und das Störbild des Senders erschien. Jacob grinste zufrieden. Die Demaskierung des Mediengiganten im Herzen von New York City hatte begonnen. Er wechselte zum nächsten Kanal des Senders.

»Hallo Melissa«, flüsterte er diabolisch, als er den Namen der Moderatorin in der unteren Leiste des Bildschirmes las. Offenbar befand sich Melissa gerade im Interview mit einem Abgeordneten des Weißen Hauses. Das ließ zumindest die Bild-in-Bild-Darstellung des Senders vermuten. Das Interview nahm seinen Lauf. Ungeduldig verfolgte Jacob das Frage-und-Antwort-Spiel über die bevorstehende Steuererhöhung in der Landwirtschaft und die daraus resultierenden Folgen. Endlich erlöste Melissa Jacob und tat, was das teuflische Serum von ihr verlangte. Während der Politiker ausgiebig und unverständlich auf die Frage antwortete, öffnete die Moderatorin ihren Mund und starrte desinteressiert in die Kamera.

»Was halten Sie von Hitler?«, unterbrach Melissa die Ausführung des Mannes, neigte ihren Kopf zur Seite und schob ihre Augenbrauen nach oben.

Auf eine bizarre Art und Weise erinnerte die Frau Jacob an ein kleines Kind, das seinen Vater fragt, warum es den Mann im Mond nicht sehen kann.

»Wie bitte?« Der Abgeordnete sah verstört in die Kamera.

»Na Hitler. Schon mal gehört? Klar, der hat viel Mist gebaut, aber im Grunde war die Idee doch gar nicht schlecht, oder? Wissen Sie, ich mag keine Mexikaner. Eigentlich mag ich auch keine Europäer.«

»Ich kann Ihnen nicht folgen.« Der republikanische Abgeordnete rang mit seiner Fassung und rutschte nervös auf seinem Stuhl herum.

»Ich schaue mir abends oft Videos des Ku-Klux-Klans an. Ich sage Ihnen, von dieser Vereinigung sollten sich die Republikaner eine Scheibe abschneiden.« Den ungestümen Redefluss von Melissa konnte selbst das entsetzte Gesicht des Abgeordneten nicht stoppen.

»Was ist in Sie gefahren?« Wütend schlug der Politiker mit der flachen Hand auf den Tisch. Er forderte Melissa dazu auf, ihren Monolog sofort zu beenden.

Doch im nächsten Moment öffnete die Moderatorin ihre Bluse, zog ihren BH aus und stellte dem Millionenpublikum ihre Brüste zur Schau. Kritisch betrachtete sie ihren Busen, tastete ihre Brüste ab und richtete ihren Blick wieder in die Kamera.

»Terry sagt, sie sind schön. Aber ich finde, dass meine rechte Brust kleiner ist als die linke. Finden Sie nicht auch?«

Als wäre es die normalste Sache der Welt, den Zuschauern vor den Fernsehgeräten diese Frage zu stellen, sah Melissa in die Kamera. Ihr Blick forderte das Objektiv der Kamera dazu auf, eine Antwort auf ihre Frage zu geben.

Im nächsten Augenblick erschien das Standbild und Jacob schaltete zum dritten Kanal, der jedoch bereits eine Störung anzeigte.

Störung. Wir sind gleich zurück.

»Zu spät, egal«, murrte er und zappte zu einem überregionalen Nachrichtensender. Seine Augen überflogen den roten Ticker in der unteren Hälfte des Bildschirms.

++Breaking News++ NYC Media-Group stellt Sendebetrieb ein ++Breaking News++

»Mir ist nun live der Pressesprecher der NYC Media-Group zugeschaltet. Mr. Galardo, was genau ist der Grund für die Abschaltung Ihrer Sender?«

»Du bist so hässlich. Es muss eine Genugtuung für dich sein, nach unserer Absage an dich, davon berichten zu können, oder?«, tönte die Stimme aus dem Off durch die Lautsprecher des Fernsehers.

Jacob erschrak und hielt sich die Hand vor den Mund. Die Tatsache, dass auch der Pressesprecher seinen Durst stillen musste, erreichte verspätet seinen Verstand. Das Timing war auf seiner Seite und das Echo seines Attentats hallte länger nach, als er zu träumen gewagt hätte. Der Sender aus Boston reagierte sofort und blendete eine Bildstörung ein.

»DAS HABT IHR DAVON!!«, schrie Jacob euphorisch los und zeigte anprangernd mit dem Finger auf den schwarzen Bildschirm.

Der Lärm der Sirenen drang durch das geschlossene Hotelfenster. Jacob zog den Vorhang beiseite und beobachtete die Einsatzwagen, die sich ihren Weg zum Firmensitz der NYC-Mediengruppe bahnten. Jacob nahm an dem kleinen Schreibtisch Platz und fuhr sein Notebook hoch. Nochmals überflog er die vorgefertigten Zeilen, die er sicherlich schon hundertmal gelesen hatte. Alles war perfekt vorbereitet. Wenige Minuten später stand die anonymisierte Leitung. Jacob klickte auf Senden.

»Ihr werdet zahlen. Das werdet ihr.«

Während sein Notebook herunterfuhr, öffnete er seinen Koffer und packte seine Habseligkeiten wieder ein. Es war an der Zeit, den finalen Schlag gegen die Gesellschaft durchzuführen. Vielleicht würde das Serum im Weißen Haus zu einer handfesten Krise führen. Eventuell sogar eine weltweite Katastrophe heraufbeschwören. Doch all das war Jacob egal.

»Bald ist Zahltag, ihr Gutmenschen.«

Er schloss den Koffer, verließ das Zimmer und checkte am Empfang des Hotels aus. Fünf Minuten nach Mitternacht startete Jacob seinen Pick-up. Fünfhundert Kilometer trennten ihn von Washington.

»Was zur Hölle war gestern Abend in unserer Stadt los? Habt ihr das gelesen?« Ethan tippte in seiner bekannt hektischen Art mit dem Finger auf die Tageszeitung.

»Ich habe gelesen, dass die Moderatorin des Radiosenders WBC angefangen hat, Trashmetal abzuspielen, bevor man ihr den Saft abgedrehte«, antwortete Wesley und sah ungeduldig auf die Uhr.

Die Neugier und das Aufflammen der Hoffnung, den Fall wieder übernehmen zu können, ließen keine andere Entscheidung zu. Nicht nur Wesley hatte seinen Urlaub vorzeitig beendet. Lisa hatte mit Engelszungen auf ihren Arzt eingeredet, bis dieser schlussendlich entnervt grünes Licht gegeben und der fünfunddreißigjährigen Beamtin die Arbeitsfähigkeit attestiert hatte. Ethan hatte das Meeting kurzfristig anberaumt.

Endlich öffnete sich die Tür und eine überaus frisch wirkende und energiegeladene Lisa betrat den Besprechungsraum.

»Siehe da. Die üblichen Verdächtigen. Wesley, Nick und Ethan. Es ist mir eine Ehre.« Lisa setzte sich auf einen der leeren Stühle.

Nach dem Smalltalk über die Geschehnisse in New York, die an diesem Tag die Nachrichten in den Vereinigten Staaten und weit darüber hinaus beschäftigten, widmete sich Ethan wieder dem Grund des Zusammenkommens. Seine hektische Art hatte durchaus auch ihr Gutes. In Ethans Welt der Rhetorik gab es kein Ausholen und keine Einleitung. Er kam auf den Punkt, schnell, übereilt und sachlich.

»Schön, dass du wohlauf bist, Lisa«, sagte Ethan und lächelte. »Dann können wir loslegen. Ich fasse das noch mal zusammen: Es gab zwei weitere Morde. Entwendet wurden Substanzen aus einem Chemielabor. Das FBI will wieder mit uns zusammenarbeiten. Ist das so weit richtig?« Ethan nickte Lisa zu.

»Und der Grund des Sinneswandels ist die Überlastung des FBI. Echt jetzt?« Verwundert zog Lisa ihre Augenbrauen nach oben und sah Nick an, der ihrem Blick eisern standhielt.

Er stand auf, setzte sein rotes Baseballcap auf und ging nachdenklich um den Besprechungstisch.

»Die IS plant einen Terroranschlag in New York. Die Teams arbeiten eng mit der NSA zusammen, um den Anschlag zu verhindern. Trotzdem können wir diesen Fall nicht ruhen und dieses Monster weitermorden lassen. Glaub es oder nicht. So sehen die Fakten nun einmal aus.«

Lisa stand auf, näherte sich Nick auf ein paar Zentimeter und beäugte ihn skeptisch.

»Wenn dem kleinen Kind langweilig ist, öffnet es einfach wieder die unterste Schublade und holt das Spielzeug hervor, das zuvor reizlos geworden ist, ja? Ist das die Art und Weise, wie das FBI mit anderen Behörden umgeht? Natürlich ist es das. Schließlich seid ihr ja das FBI. Richtig?« Lisa sprach leise, ruhig und sehr langsam.

Nick senkte den Blick in der Hoffnung, nicht wieder mit einer eskalierenden Situation konfrontiert zu werden.

Lisa winkte ab, drehte sich um und setzte sich wieder auf den Stuhl.

»Sei's drum. Ich kann zumindest noch jeden Morgen in den Spiegel schauen.«

»Danke, Lisa«, antwortete Nick zurückhaltend und nahm ebenfalls wieder am Besprechungstisch Platz.

»Blähbauch.«

»Was meinst du?« Nick sah Lisa fragend an.

»Der Arbeitstitel ist wieder Blähbauch. Kein Chemical Killer oder sonstige kreative Ergüsse deiner Abteilung. Einfach nur Blähbauch.« Und hätte Lisa ihrem Kontrahenten nicht bitterernst in die Augen gesehen, so hätte man ihren Satz als Ansatz einer Versöhnung deuten können.

Nick willigte ein, zumindest schien dieses Detail vom Tisch zu sein. Die Ermittler des Police Departments und der Vertreter des FBI nahmen ihre Arbeit auf. Nick unterrichtete Wesley und Lisa über die neuen Mordfälle und darüber, dass das Chemielabor, das für die Regierung arbeitete, um ein Kilo Chloracetophenon erleichtert worden war. Chloracetophenon, auch als Tränengas bekannt, konnte in Kombination mit anderen toxischen Stoffen zu einem tödlichen Mix mutieren. Vom Täter fehlte jede Spur und im Gegensatz zu den anderen Morden hatte der Mörder keinerlei Nachricht oder Hinweis hinterlassen. Akribisch notierte sich Lisa alle Fakten zu den neuesten Ereignissen, ungeachtet dessen, dass die detaillierten Berichte bereits in ihrem Postfach waren. Es war ihre Art, nachzudenken und zu kombinieren. Ein Stift und ein Blatt Papier förderten Lisas Kombinationsgabe und ließen ihre Synapsen auf Hochtouren laufen.

Gegen halb elf, gerade in dem Moment, in dem die Anwesenden die Aktivitäten für die nächsten Tage besprachen, wurde die Besprechung durch ein schnelles Klopfen an der Tür abrupt unterbrochen. Phillip aus dem

Labor huschte geduckt zu Ethan, übergab ihm einen Bericht und verließ genauso schnell, wie er gekommen war, und in gebückter Haltung den Besprechungsraum. Phillip war dafür bekannt, der Überbringer wichtiger Daten aus dem Labor zu sein und in diesem Zuge oftmals Besprechungen zu unterbrechen. Sein liebevoller Spitzname »Helikopter-Phil« rührte von seiner geduckten Haltung her, die er bei solchen Störungen an den Tag legte. Phil bewegte sich nun einmal wie jemand, der gerade den Hubschrauber bei laufenden Rotoren verlassen hatte.

Ethan verstummte und las den Bericht seines Kollegen aufmerksam durch.

»Unsere Kollegen haben gestern Nacht eine Probe aus einem der Wassergläser der NYC-Mediagruppe ins Labor gegeben. Die Vermutung hat sich bestätigt. Dem Wasser wurden Substanzen zugeführt. Ich zitiere: ›Folgende Substanzen wurden identifiziert: Tranquillanzien, Ethanol, Scopolamin, 3-Chinuclidinylbenzilat, hypnotische Benzodiazepine sowie Midazolam. Die Analyse lässt keinen Zweifel daran, dass die zusammengeführten Substanzen das kognitive Bewusstsein manipulieren. Die Kombination ist umgangssprachlich als Wahrheitsserum bekannt.‹«

Er übergab das Blatt an Nick. Die Auswertung ging durch die Runde und landete schlussendlich wieder in Ethans Händen.

»Diese Stoffe wurden im Laufe der Jahre bei den Morden entwendet«, stellte Wesley fest und suchte in seiner chaotischen Mailordnung nach dem Bericht des ersten Mordes in Queens.

»Wir haben noch etwas. Das erreichte mich gerade von meinem Chef. Diese E-Mail wurde gestern Abend an die

Polizei, die Pressestelle der NYC-Mediagruppe und ein texanisches Wasserwerk geschickt.« Ethan drehte seinen Laptop um.

An die ignoranten Knechte des Systems,
ich erwarte eine Zahlung von 50 Millionen Dollar binnen 5 Tagen auf folgendes Onlinekonto.

https://223.54.1992.11.2

Ihr habt gesehen, wozu ich fähig bin. Es hätte vermieden werden können. Das hat sich das Wasserwerk in Kermit zuzuschreiben. Lernt aus den Fehlern. Andernfalls wird das Spiel weitergehen. Vergesst nicht:
Diesen Kampf gewinnt ihr nicht.

»Ich denke, dass dieses Erpresserschreiben in Zusammenhang mit unserem Fall steht. Womöglich ist es nicht unser Mörder, aber er wird ihn sicherlich kennen«, sinnierte Wesley und sah zu Nick, der stirnrunzelnd seiner Ausführung folgte.

Der FBI-Agent ersparte sich jeglichen Kommentar und wollte den gerade geschlossenen Waffenstillstand auf keinen Fall gefährden.

Die Untersuchungen wurden ausgeweitet und Ethan beschloss, seinen Chef von den neuesten Erkenntnissen zu unterrichten.

Gegen 19 Uhr schickte Ethan eine Mail an sein Team.

Wie mit meinem Vorgesetzten besprochen, werden uns die Ermittlungsergebnisse im Fall »NYC Media« zur Verfügung gestellt. Wir haben Zugang zu allen gefundenen Anhaltspunkten. Es besteht kein Zweifel, dass diese beiden Fälle in unmittelbarem Zusammenhang stehen.
Schönen Abend
Ethan

Lisa saß an diesem Abend auf ihrer Couch, schaltete den Fernseher ein und widmete sich wieder den Nachrichten. Die Ereignisse aus New York schlugen hohe Wellen. Die Gerüchteküche brodelte. Von einer Massenhypnose bis hin zu einem tropischen Erreger, der in New York City grassieren sollte, schienen der Vielfältigkeit an Theorien keine Grenzen gesetzt. Der Eingangsbereich des Medienhauses wurde von zahlreichen Reporterteams aus aller Welt umzingelt. Lisa realisierte an diesem Abend, dass die Zeit drängte. Mehr denn je. Nun ging es nicht nur darum, die nächsten Opfer vor ihrem Mörder zu schützen. Der Fall hatte eine neue Dimension angenommen und es fühlte sich an, als würden sie gegen Windmühlen ankämpfen. Es war nur eine Frage der Zeit, bis die Wellen zu hoch schlagen und das Patchwork-Team in den ergebnislosen Fluten verschlucken würden. Was dann geschehen würde, lag auf der Hand. Die Bundespolizei würde Ethan den Fall entziehen und zur Staatssache erklären.

Nachdenklich betrachtete Lisa den eingeblendeten asiatischen Reporter, der vor der Eingangstür um ein Interview bettelte. Die Sanduhr lief aus und Lisa wusste auch genau wann. Niemand würde das Geld auf das anonymisierte Onlinekonto überweisen. Sie ahnte, dass die fünf Tage ins Land ziehen würden und ein weiterer Schlag des Erpressers bevorstand. Womöglich größer, schlimmstenfalls in einem anderen Bundesstaat. Spätestens dann würde Lisa zum ersten Mal in ihrer Karriere nicht nur einen Fall als ungelöst ablegen müssen, sondern als Versagen ihrer selbst deklarieren. Sie wusste, dass es nur ein Detail war, welches sie auf die richtige Fährte bringen sollte. Sie hatten etwas übersehen, doch so sehr Lisa sich auch bemühte, die Vogelperspektive aufrechtzuerhalten, schien der Blick über den Wäldern genauso undurchsichtig wie auf dem Boden der Tatsachen.

»Viertel nach zehn. Mach das Licht aus, du blöde Kuh«, murmelte sie zu sich und schaltete den Fernseher ab.

Am nächsten Tag sollten die Auswertungen der Überwachungskameras vorliegen. Lisa hoffte, dass sie dadurch mehr Klarheit über die Zusammenhänge mit dem Wasserwerk in Texas erlangen würden. Morgen war ein neuer Tag. Das Handy klingelte und riss Lisa aus ihrer Gedankenwelt.

»Wesley?«

»Ich weiß, wer der Erpresser ist. Ich weiß, wer es getan hat.« Wesley klang aufgebracht und außer Atem.

Lisa hatte das Gefühl, ihr Herzschlag würde für einen Moment aussetzen.

»Ich bin gleich bei dir.« Lisa legte auf, lief ins Bad und tauschte ihre Jogginghose gegen eine Jeans aus. Wenige Momente später klingelte es an ihrer Tür.

Perplex sah sie in das Gesicht ihres Kollegen, der vor ihrer Tür stand und die vielen Stufen zu ihrer Wohnung hochgesprintet war. Zielstrebig ging Wesley ins Wohnzimmer und ließ sich erschöpft auf die Couch fallen. Wesley erzählte nochmals von seiner eigenartigen Begegnung mit dem Texaner und der Geschichte mit dem Schokokuhfladen.

»Ich habe heute Abend noch mit einem Kameramann sprechen können, der ebenfalls das Wasser getrunken hat. Die Symptome, die Kopfschmerzen. Das alles habe ich genauso erlebt, nachdem mich der Texaner fast über den Haufen gefahren hat.«

Wesley erzählte Lisa jedes Detail seiner Erinnerung. Wie seltsam sich sein Körper angefühlt hatte und er fest davon überzeugt gewesen war, dass seine Organe in seinem Körper wandern würden.

»Genau das hat der Kameramann auch gefühlt, bevor der Filmriss einsetzte. Wie bei mir.«

Es bestand kein Zweifel. Wesley hatte vor dem Anschlag die schicksalhafte Bekanntschaft mit dem Erpresser gemacht. Bis tief in die Nacht versuchte Lisa, Wesleys Gedächtnis jedes noch so kleine Detail über den Fahrer oder den Wagen zu entlocken. Gegen zwei Uhr in der Nacht schliefen die beiden auf der Couch ein. Umgeben von Blättern, auf denen sie versucht hatten, ein Phantombild des Mannes zu erstellen.

»Die Videoaufnahmen sind da. Wir können Sie gleich … Meine Güte, wart ihr beide gestern feiern?« Ethan hatte den Besprechungsraum am nächsten Morgen betreten und schaute in die übermüdeten Gesichter seiner Mitarbeiter.

Wesley grummelte etwas Unverständliches vor sich hin und beschloss, sich wieder seiner Kaffeetasse zu widmen.

Ethan schüttelte den Kopf, schloss das Kabel an sein Notebook an und wartete darauf, dass der große Monitor hinter ihm das Signal empfing. Der Screen projizierte seinen Desktophintergrund, er spielte die Datei ab. Gebannt verfolgte das Team die unzähligen Menschen, die wenige Stunden vor der Tat in dem Gebäude ein und aus gingen. Doch keine der Personen schien sich auffällig zu verhalten. Sein Handy unterbrach das langatmige Meeting.

»Harper?« Ethan gab Lisa und Wesley das Signal für eine kurze Pause und verließ den Besprechungsraum.

»Wo ist eigentlich Nick?« Erschöpft rieb sich Lisa die Müdigkeit aus den Augen.

»Ethan meinte, er hat heute eine Besprechung mit seinem Boss. Geht wohl um diesen IS-Anschlag.«

Harper riss die Tür des Meetingraumes so schwungvoll auf, dass Lisa ihre Müdigkeit für einen kurzen Augenblick vergaß. Mit weit aufgerissenen Augen und hochrotem Kopf hastete er zu seinem Stuhl und erzählte von seinem Telefonat mit seinem Chef. Die ersten Vernehmungen hatten bereits ins Schwarze getroffen. Die Empfangsdame der NYC-Mediagruppe hatte den Polizisten erzählt, einen Mitarbeiter der Umweltbehörde empfangen zu haben. Die Datei mit dem entsprechenden Zeitmitschnitt war schnell gefunden. Ethan startete das File und sie beobachteten mit Argusaugen jede Person, die den Eingangsbereich des Medienkonzerns betrat oder verließ. Die Minuten verstrichen. Konzentriert beobachteten die Polizisten die Personen, stoppten die Datei, standen auf, um auf dem großen Monitor die Gesichter besser erkennen zu können, und ließen das Video schließlich weiterlaufen. Zwanzig Minuten später sprang Wesley plötzlich von seinem Stuhl, kippte dabei den Rest seines Kaffees über den Tisch und schrie los, als ein Mann mit Rucksack an die Rezeption trat.

»Das ist er!« Wesley zeigte auf den Monitor.

Ethan stoppte die Aufnahme, setzte die Aufzeichnung wenige Sekunden zurück und fror das Bild ein. Langsam näherten sich Wesley und Lisa dem großen Monitor. Die Frontalaufnahme zeigte einen Mann mittleren Alters mit einem Rucksack, der den Eingangsbereich der NYC Media betrat.

»Ich erkenne ihn wieder. Das ist unser Mann«, flüsterte Wesley leise und erinnerte sich in diesem Moment an seine unfreiwillige Begegnung mit Jacob West.

Die regen Telefonate zwischen dem New Yorker Police Department und der Polizei von Texas bestimmten den restlichen Vormittag. Binnen einer halben Stunde schickte der zuständige Officer aus Kermit die Ermittlungsdaten über Jacob West nach New York. Nach einem weiteren Meeting von Ethan und seinem Vorgesetzten sowie einer zehnminütigen Telefonkonferenz mit dem FBI war es in letzter Konsequenz nur noch ein Knopfdruck, der um 13:32 Uhr Jacob Wests Schicksal besiegelte. Der Biologe aus Texas wurde zur nationalen Fahndung ausgeschrieben und stieg in den FBI-Charts der Most-Wanted-Liste direkt auf Platz dreizehn ein. Jacobs Identität fiel durch den Trichter in die professionelle Maschinerie und deren Automatismen. Innerhalb einer Stunde wurde sein Lichtbild an die Flughäfen und Grenzübergänge geschickt. Über Nacht reihte sich Jacob in die Liste der Männer ein, die die nationale Sicherheit gefährdeten. Auch die Polizei in

Texas richtete ihr Augenmerk auf Jacob und verdächtigte ihn im Mordfall von Ross McGarthy.

Zur gleichen Zeit, als die Polizei in New York an diesem Abend Streife fuhr und die Kollegen der Spurensicherung das Hotelzimmer von Jacob in der Nähe des Empire State Buildings untersuchten, hörte Jacob seinen Namen im Autoradio.

»... fahndet die Polizei nach Jacob West. West ist möglicherweise in einem schwarzen Pick-up mit texanischem Kennzeichen unterwegs. Die gesuchte Person ist womöglich bewaffnet. Sollten Sie den Mann sehen, rufen Sie sofort die Polizei und nähern Sie sich ihm unter keinen Umständen. West hat schwarze, mittellange Haare. Er ist 1,78 groß und hat eine normale Statur. Er wird ...«

Jacob drehte das Radio ab. Er warf einen Blick auf das Schild zu seiner Rechten. Die hohe Geschwindigkeit ließ das große Schild mit der Aufschrift »Pennsylvania« mit einem Augenschlag wieder verschwinden.

»Noch 3.600 Kilometer. Jeden Tag, eintausend Kilometer. Muss das Fahrzeug wechseln.«

Jacob steuerte seinen Pick-up in die Zufahrt einer Kiesgrube. Es war zwei Uhr in der Nacht. Jacob konnte keine Menschenseele erkennen. Er schaltete den Motor ab. Die Scheinwerfer erloschen. Mit den Händen auf dem Lenkrad blickte er auf den verlassenen Bagger, der wenige Meter vor ihm in der Kiesgrube seinen Platz für die Nacht gefunden hatte. Jacob realisierte, dass seine Identität ans Tageslicht gekommen war, und starrte nachdenklich durch die Windschutzscheibe.

»Es ist zu früh … viel zu früh«, flüsterte er mit heiserer Stimme zu sich.

SIE hatten ihm alles genommen. Sein normales, glückliches Leben. Seine geliebte Charlotte. Und nun nahmen sie auch seinen Pick-up. Er biss sich auf die Lippen, seine Halsadern schwollen an. Jacob hasste in diesem Augenblick mehr, als er es jemals getan hatte. SIE jagten ihn wie ein tollwütiges Tier durch sein Heimatland.

»ICH HABE NICHTS GETAN«, brüllte er und schlug mit seiner Faust auf den Beifahrersitz. Der Dämon in seinem Kopf besänftigte ihn wieder, gab ihm recht und ließ ihn Hoffnung schöpfen. Er würde es schaffen, er konnte alles schaffen, wenn er es nur wollte.

Jacob drehte den Zündschlüssel herum und schaltete das Licht ein. Er fuhr zurück auf die Bundesstraße von Pennsylvania und steuerte das knapp 300 Kilometer entfernte Hotel an, das er für seinen ersten Stopp auf dem Weg nach Washington gebucht hatte.

Um sieben Uhr in der Früh, am 22. August erreichte Jacob Pittsburgh in Pennsylvania. Der Name des Hotels, der ironischerweise Sport & Relaxhotel – Joe's Island lautete, hatte einen bitteren Beigeschmack.

West lenkte den Pick-up in den nahe gelegenen Wald unweit des Hotels. Die Äste brachen vor seiner Windschutzscheibe und das Holz knirschte ungesund an seiner Fahrerseite. Nach etwa dreißig Metern zog er den Autoschlüssel seines geliebten Pick-ups ein letztes Mal aus dem Zündschloss.

24. August, 7:32 Uhr. Die Müdigkeit hatte gesiegt. Jacob schlief nun schon seit einer Stunde, als er plötzlich durch den sinkenden Luftdruck in der Kabine aus dem Schlaf gerissen wurde. Orientierungslos sah er sich im Helikopter um. Sie flogen immer noch. Jacob wusste nicht, ob das unangenehme Gefühl, aus dem Schlaf gerissen zu werden, besser war, als in die Beklommenheit der Realität zurückzukehren. Sein Puls stieg wieder. Wie sehr er das Fliegen doch hasste.

»Was ist los? Stürzen wir ab?« Besorgt sah Jacob nach unten und tastete nach seinem Rucksack.

»Nein, Sir. Wir müssen runter zum Auftanken, dann geht es weiter«, antwortete der Pilot, ohne seinen Blick vom Cockpit zu lassen.

Skeptisch beäugte er den Hinterkopf des Piloten. Es war ein Trick, er war das Raubtier in der Falle und musste nun langsam und sicher in den Käfig gebracht werden. Jacob zog seine Waffe aus seiner Jackentasche und drückte sie dem Piloten in den Nacken. Der Mann zuckte kurz, sagte dann aber mit ruhiger Stimme:

»Die Distanz nach Mexico beträgt knapp 3.000 Kilometer. Dieser Hubschrauber fliegt mit einer Höchstgeschwindigkeit von 330 km/h und kann mit einer Tankfüllung knapp 1.000 Kilometer weit fliegen. Wir müssen dreimal tanken und werden Ihr Ziel heute mittags erreichen. Wenn Sie nicht sterben wollen, sollten Sie mich auftanken lassen, Sir.«

Die Erklärung des Piloten klang logisch. Langsam nahm Jacob seine Waffe von dem Nacken des Mannes und steckte sie wieder ein. Die Sonne war bereits aufgegangen und während der Helikopter seine Reiseflughöhe verließ, erkannte Jacob den weißen Reif auf den Feldern. Der Herbst schien dieses Jahr früh über das Land hereinzubrechen.

»Wo sind wir?« Langsam beruhigte sich sein Puls wieder. Sie näherten sich dem Boden und die Nervosität verflüchtigte sich zunehmend.

»Charlotteville, Virginia.«

Wenige Minuten später setzte der Helikopter auf einer Landebasis des örtlichen Militärs auf. Jacob duckte sich, sah aus dem Plexiglasfenster des Hubschraubers und stellte sich darauf ein, von schwer bewaffneten Soldaten umringt zu werden. Doch nichts geschah. Der Pilot stieg aus, nahm den schweren Schlauch eines uniformierten Mannes entgegen und dockte ihn mit einem dumpfen Geräusch an den Hubschrauber an.

»Alles cool. Alles in Ordnung.« Seine beruhigenden Worte zeigten Wirkung. Auch Jacob beschloss, den Helikopter für ein paar Minuten zu verlassen. Mit umgeschnalltem Rucksack betrachtete er skeptisch den Tankvorgang. Er musterte die verlassene Landebasis. Selbst der Soldat, der dem Piloten vor wenigen Momenten den Schlauch überreicht hatte, schien wie vom Erdboden verschluckt zu sein. Irgendetwas stimmte nicht.

Langsam drehte er sich um seine eigene Achse. Unwillkürlich musste er an den Film Langoliers von Stephen King denken. Er schien in einer anderen Dimension angekommen zu sein. In einer Zeit, in der die Menschen noch nicht oder bereits gewesen waren.

»Wo sind wir, sagten Sie?« Jacob hörte sich selbst die Frage stellen und begriff nicht, dass sein Unterbewusstsein bereits Alarm geschlagen hatte.

»Virginia, Sir«, rief der Pilot vom hinteren Teil des Hecks.

Virginia ist höchstens 600 Kilometer von Manhattan entfernt.

Die Bremsen der Achterbahn in seinem Kopf lösten sich und nahmen seine Gedanken mit auf eine stürmische Fahrt. Fakt war, dass der Helikopter keine 1.000 Kilometer geflogen war. Tatsache war auch, dass der Pilot Jacob, scheinbar beiläufig, aus dem Augenwinkel beobachtete.

Jacob nickte dem Piloten zu, entfernte sich ein paar Meter von dem Helikopter und sah sich gleichgültig um. Das nahe gelegene Gebäude des amerikanischen Militärs schien unbewohnt, obwohl im Erdgeschoss des Hauses ein Licht den Raum erleuchtete. Ein weiteres Indiz dafür, dass etwas für die geplante Landung präpariert worden war. Er war weder ein Militärexperte noch im Bereich der Luftfahrt bewandert. Doch schien es ihm äußerst unglaubwürdig, dass der Pilot bei einer Betankung auf einer Militärbasis auf sich allein gestellt war.

Du sitzt in der Falle. Es ist nur eine Frage der Zeit. Sie werden dich überwältigen.

»Hören Sie, wo finde ich die Toiletten?« Er kickte einen Kieselstein über den Asphalt.

Der Pilot sah seinen Fluggast an, stoppte schließlich den lauten Pumpvorgang der Zuleitung und kratzte sich fragend am Kinn.

»Ich bin auch das erste Mal auf der Landebasis. Ich frage mal nach.«

Wenige Momente später befand sich Jacob allein auf dem Flugfeld. Der Pilot war in dem nahe gelegenen Haus verschwunden. Er kniff die Augen zusammen, um den entfernten Turm besser erkennen zu können.

Der Aussichtsturm scheint verlassen. ES IST EINE FALLE.

Seine Hand umklammerte den Auslöser in seiner Jackentasche. Doch das beruhigende Gefühl der Macht und Kontrolle wollte in diesem Moment nicht einsetzen.

»Kommen Sie«, rief der Pilot von der Eingangstür zu Jacob und winkte ihm zu.

»Während Sie Ihr Geschäft verrichten, befülle ich das Baby weiter. Es sollte gleich weitergehen.«

Der Mann machte seinen Job gut. Wirklich gut. In seinen Augen und seiner Mimik konnte er nicht eine Sekunde lang Unsicherheit erkennen. Jacob betrat das Haus und öffnete die Tür zur Toilette, die sich wenige Meter zu seiner Rechten befand. Auch das Innere des Militärgebäudes schien verlassen. Die Toilettenräume erinnerten ihn an die Örtlichkeiten seines ehemaligen Arbeitgebers. Er setzte sich auf den geschlossenen Toilettendeckel

Denk nach. Du musst weg von hier. DENK NACH.

Das kleine Fenster neben dem Waschbecken zeigte das Flugfeld. Außer der Tür und dem Fenster gab es keinen Weg, um diesen Raum zu verlassen. Er presste seine Lippen fest aufeinander, sodass ein kleiner blutleerer Strich entstand. Er fuhr sich mit der Hand verzweifelt durch die Haare. Er musste wieder raus, der Pilot sollte keinen Verdacht schöpfen. Doch in diesem Moment, in dem seine Hand die Türklinke berührte und er sie nach unten drücken wollte, hörte er leise Stimmen auf dem Flur. Er presste sein Ohr an die Tür, schloss seine Augen und konzentrierte sich auf das Stimmenwirrwarr, das leise durch die Tür drang.

»… ist bereits abgeschlossen … keine Sorge, wir sind im Zeitplan … sind auf Position.«

Seine Hand löste sich von der Türklinke. Er drehte sich mit dem Rücken zur Tür und starrte schnell atmend auf das kleine Fenster.

Sind auf Position. SIND AUF POSITION.

Die Worte hallten in seinem Kopf nach. Jacob ging zum Fenster, versuchte aus dem eingeschränkten Blickwinkel irgendetwas, irgendjemanden zu erkennen. Scharfschützen, eine SWAT-Einheit oder bewaffnete Soldaten. Doch nichts lag in seinem Sichtwinkel. Die Landebasis schien nach wie vor leer und friedlich vor ihm zu liegen.

Zornig biss er die Zähne aufeinander, drehte sich um und riss die Tür auf. Sie konnten ihn nicht überwältigen oder gar töten. Er hielt seinen einzigen Trumpf fest in seiner Jackentasche umklammert.

Olivia blickte in die geröteten Augen von Charlotte, als sie an diesem Morgen die Tür öffnete. Die beiden Freundinnen hatten sich zum Frühstück verabredet, unwissend dass ein ganz anderes Thema an diesem Morgen die Stunden dominieren sollte.

»Ich habe es gesehen, Charlotte. Ich habe es auch gesehen«, flüsterte sie mit erstickter Stimme. Olivia kämpfte mit den Tränen und umarmte ihre weinende Freundin innig.

»Die ganzen verdammten Zeitungen sind voll damit. Überall sehe ich das Bild von Jacob.« Schluchzend krallte sich Charlotte an Olivia und hoffte, dass dies nur ein schlechter Albtraum wäre, aus dem sie jeden Moment erwachen würde.

Sie gingen in die Küche, wo auch William war. Als er Charlotte sah, nahm er sie stumm in die Arme. Sie erzählte Olivia und William davon, dass sie am Tag zuvor Besuch vom FBI bekommen hatte und einer Flut von Fragen über eine Stunde standhalten musste. Die geschulten Ermittler hatten schnell erkannt, dass die Ehefrau des Jacob Wests nichts von seinem Rachefeldzug und dem Mord wusste. Der gerufene Notarzt hatte die beiden FBI-Agenten abgelöst und Charlotte ein Beruhigungsmittel für die Nacht gegeben.

Sie stellte die Tasse mit zittrigen Händen auf den Tisch und starrte auf den Fernseher in der Küchennische. Wieder blickte sie in das Gesicht ihres Mannes, betrachtete den Rucksack und sein eingefrorenes lächelndes Gesicht, als er die Empfangshalle der NYC Media betrat.

»Mach bitte lauter.«

Olivia schaltete den Ton an.

»... befindet sich immer noch auf der Flucht. Die Bundespolizei sowie das FBI fahnden mit einem Großaufgebot nach dem vermutlichen Attentäter von New York. Nach noch unbestätigten Meldungen geht ein Mord im Raum Texas auf das Konto von West. Mir zugeschaltet ist jetzt der Pressesprecher des FBI, Dr...«

William schaltete den Fernseher aus und setzte sich zu den beiden Frauen an den Tisch. Verzweifelt vergrub er sein Gesicht in seinen Händen und stellte sich dem Richter und seinen Geschworenen, vor seinem geistigen Auge. Die Zeiten hatten sich geändert und dennoch fühlte er sich schuldig, weil er die Probleme seines Freundes nicht erkannt hatte. Hätte er es verhindern können? Hätte er diesen Wahnsinn erkennen und das Übel im Keim ersticken können. Die Antwort, die sich William in diesem Moment gab, war ein Nein. Er hätte es nicht gekonnt und versuchte, das auferlegte Scheitern von seinen Schultern zu klopfen.

»Es ist wie es ist. Wir wissen nicht, was ihn dazu getrieben hat. Ich erkenne ihn nicht wieder. Das ist nicht der Jacob, mit dem ich älter geworden bin«, sagte William leise und starrte auf den Küchentisch.

Charlotte wischte sich die Tränen aus den Augen, sah immer noch in den ausgeschalteten Fernseher und nickte.

»Mord. Jacob ist ein Mörder«, sagte sie schließlich und schüttelte ungläubig den Kopf. »Unsere Liebe starb langsam ab. Ich habe alles versucht.« Charlotte hatte sich gefangen, zeigte anprangernd mit dem Finger auf das Bild ihres Mannes in der Zeitung. »Es ist vorbei. Ich will mit diesem Monster nichts mehr zu tun haben. Nie wieder.«

Am Morgen des 22. Augusts schloss Charlotte trotz der aufwühlenden Ereignisse mit ihrer langjährigen Ehe ein für alle Mal ab. Sie hatte die Liebe ihres Lebens verloren und alte Freunde wiedergewonnen.

Sie konnte an diesem Morgen nicht wissen, dass sie Jacob ein letztes Mal entgegentreten würde. Charlotte hatte sich aus den Klauen ihrer schlimmsten Lebensepoche noch nicht ganz befreit.

Der Fußmarsch zum Sport & Relaxhotel Joe's Island war beschwerlich. Beladen wie ein Packesel schleppte Jacob so viele Taschen, wie er nur tragen konnte, in das Foyer des abgelegenen Hotels. Mit einem Seufzer legte er sein Gepäck ab und sah genervt zurück zur Eingangstür. Er musste noch einmal zurück, den Rest seines abgefüllten Übels aus dem Pick-up retten, bevor die Polizei früher oder später seinen Wagen finden würde.

»Wunderschönen guten Morgen, Sir«, sagte die Rezeptionistin und strahlte Jacob freudig an, während sich der Biologe den Schweiß von der Stirn wischte.

»Connor. Ich hatte für eine Nacht reserviert.«

»Natürlich, Mister Connor. Sie haben das Zimmer 23, zweite Etage. Brauchen Sie Hilfe mit Ihrem Gepäck?«

Natürlich lehnte er das Angebot ab und ließ sich eine Stunde später erschöpft auf das Bett fallen. Er betrachtete die Taschen, seinen Rucksack und war froh, dass die Frau ihn offensichtlich nicht erkannt hatte. Seine Hand griff den Telefonhörer und Jacob drückte die unterste Taste für die Rezeption.

»Connor. Ich brauche bitte einen Leihwagen. Marke ist egal. Was gerade verfügbar ist. Ich brauche den Wagen heute Abend. Vielen Dank.«

Jacob wartete die Reaktion der Frau nicht ab und legte wieder auf. Sie würde es hinbekommen, davon war er überzeugt. Mit letzter Kraft setzte er sich nochmals auf, fuhr sein Notebook hoch und überprüfte das anonymisierte Onlinekonto. Es war leer. Er schlug sein Notebook resigniert zu. Seine Augen brannten und die Ereignisse der letzten Stunden bereiteten ihm zunehmend Kopfschmerzen. Der durchdachte Plan, all seine detaillierten

Aufzeichnungen, die er auf der Wohnzimmerwand der gemeinsamen Wohnung Stück für Stück erarbeitet hatte, schienen in diesem Moment nutzlos. Es war wie ein fast fertig gestelltes Kartenhaus, das durch den Windzug eines offenen Fensters in sich zusammengefallen war. Er betrachtete die einzelnen Karten und versuchte das Konstrukt seiner kranken Seele erneut zusammenzufügen und zu stabilisieren.

»Du schläfst bis abends, fährst in der Nacht. Tagsüber schlafen, nachts fahren. Der Rest bleibt gleich.«

Er würde Washington erreichen. In vier Tagen würde der Präsident das Staatsoberhaupt Russlands im Weißen Haus empfangen und den Journalisten nach dem Vieraugengespräch Rede und Antwort stehen. Der Gedanke gab ihm Kraft. Er blickte zu seinem Gepäck. Verborgen in dem abgenutzten Rucksack, schlummerten die Pläne sämtlicher Leitungssysteme, die zum Weißen Haus führten. Ein weiterer gefälschter Ausweis und ein täuschend echt aussehendes Dokument sollten ihm Zugang zu der Firma verschaffen, die die Hydranten nahe dem Regierungsgebäude wartete. Jacob wusste, dass die Zuleitungen vom Geheimdienst kontrolliert wurden. Umso euphorischer war Jacob damals aufgesprungen, als er entdeckt hatte, dass dies zwar die Wasserleitungen betraf, jedoch nicht die verzweigten Zuleitungen der Hydranten, die sich im Inneren und tief unter der Erde des Regierungssitzes wiedervereinten.

Der schrille Klingelton des Zimmertelefons riss Jacob aus seinem erholsamen Schlaf. Er saß senkrecht im Bett, sah sich ängstlich um und realisierte nur langsam, dass nichts geschehen war. Kein SWAT-Team, das ihm die

Mündungsrohre seiner Waffen ins Gesicht hielt. Keine Sirenen, die außerhalb des Fensters alarmierend ins Innere seines Hotelzimmers drangen. Erleichtert hob er den Hörer ab.

»Ja?«

»Mr. Connor, Ihr Wagen ist nun da. Sie können sich den Schlüssel bei mir abholen.«

Jacob bedankte sich für die Information und sah auf seine Uhr.

»19 Uhr. Acht Stunden geschlafen. Weiter.« Jacob rieb sich die Augen und fühlte sich wie ein gehetztes Tier. Er überlegte für einen Moment, sich kurz zu duschen, und verwarf den Gedanken schnell wieder. Bei seinem nächsten Stopp würde er sich waschen, wenn es die Zeit zuließ.

Der gefälschte Führerschein machte den Weg für Jacob frei. Seine Habseligkeiten fanden in der schwarzen Limousine ihren Platz. Jacob hatte nicht vor, persönlich auszuchecken. Stattdessen platzierte er den Betrag neben dem Fernseher. Er war gerade im Begriff, das Zimmer zu verlassen, als seine Augen an dem ausgeschalteten Fernseher haften blieben. Ein letzter Blick in die Nachrichten, die Neugier und Angst ließen ihn einen Moment innehalten.

»… wurde die Fahndung nach dem Attentäter von New York ausgeweitet. Es besteht die Befürchtung, dass weitere Anschläge auf die Trinkwasserversorg…« Jacob schaltete wieder ab.

»ANSCHLÄGE? IHR HABT MEIN LEBEN ZERSTÖRT.«

Das Tribunal der Gesellschaft hatte ihn verurteilt. Es jagte den Hexer durch das Dorf, bis er endlich auf dem

Scheiterhaufen für seine Taten brennen sollte. Sie hatten nichts verstanden.

Er schaltete sein Handy wieder ein und hoffte auf eine Nachricht von Charlotte. Sie hatte nicht geschrieben. Jacob atmete aus und war gerade im Begriff, sein Handy wieder abzuschalten, als die Vibration just in diesem Augenblick einsetzte. Jacob starrte auf das Display und dachte nach. Die Nummer wurde unterdrückt. Die Sekunden vergingen, doch er konnte sich nicht überwinden abzuheben. Sicherlich war es wieder der Anwalt von Charlotte oder sein ehemaliger Arbeitgeber. Wer auch immer am anderen Ende der Leitung war, würde ihn letztendlich nur bedrängen wollen, so wie es die ganze Menschheit offenbar vorhatte. Der Anrufversuch endete und gerade, als er das Handy wieder in die Hosentasche stecken wollte, begann die Vibration erneut. Der anonyme Anrufer schien hartnäckig an seinem Vorhaben festzuhalten. Jacob hatte weder den Nerv noch die Lust dazu, während seiner langen Fahrt zum nächsten Rastpunkt immer wieder von dem unbekannten Anrufer abgelenkt zu werden, und hob ab.

»Was ist?«, fauchte er barsch in den Hörer.

»Hallo, Mr. West. Mein Name ist Wesley Graham vom Police Department New York. Lassen Sie uns bitte reden.«

Jacob stockte der Atem. Er setzte sich auf das Bett und fühlte, wie seine Hände zu zittern begannen, ihm wurde übel. In Sekundenschnelle meldete sich sein Dämon zurück und flüsterte ihm die bedrohlichen Worte in seinen Kopf.

Mit einem Satz sprang er vom Bett auf, riss das Fenster auf und warf sein Smartphone mit voller Kraft aus dem zweiten Stock des Sport & Relaxhotels Joe's Island. Jacob stürzte die Treppen hinunter, drückte sich mit voller Wucht gegen die Drehtür am Eingang des Hotels und stand vollkommen außer Atem auf dem Parkplatz des Hotels. Das leise Zirpen der Grillen und ein paar lachende Teenager aus der Ferne waren das Einzige, das er in diesem Moment hören konnte. Auf dem verlassenen Parkplatz erkannte er drei Wagen. Seine Augen richteten sich nach rechts, die Zufahrtsstraße schien wie ausgestorben.

Er atmete tief ein und begann loszurennen. Zwei Meter vor dem Leihwagen stieß er mit dem Sicherheitsmann des Hotels zusammen, der gerade seine Runde um das Hotel gedreht hatte. Die beiden Männer gingen von dem Aufprall zu Boden. Er fühlte den Puls in seinen Schläfen und seinem Kopf. Er rappelte sich schnell wieder auf und betrachtete den älteren Mann am Boden. Der Wachmann hatte sich bei dem Zusammenstoß mit Jacob eine Platzwunde zugezogen und hielt sich schmerzverzerrt den Hinterkopf.

»Verdammte Scheiße noch mal. Rufen Sie Hilfe, ich blute«, sagte der Mann und betrachtete seine blutverschmierte Hand.

Jacob bemerkte den Holster am Gürtel. Seine Pupillen fixierten die Waffe, wechselten das Ziel und musterten wieder das Gesicht des Mannes, das sich in eine schmerzerfüllte Fratze verwandelt hatte. Ohne nachzudenken, presste er den Kopf des Mannes zurück auf den Boden. Der Druck auf die Platzwunde ließ den Mann laut aufschreien. Jacobs linke Hand öffnete das Holster und zog die Waffe heraus. Er ließ von dem Wachmann ab, der sich vor Schmerzen windend auf dem Asphalt umherrollte.

»Du verdammtes Arschloch«, wimmerte der Wachmann, doch Jacob konnte die Worte nicht mehr hören.

Er öffnete die Tür des Leihwagens, startete den Wagen und verließ mit quietschenden Reifen den Parkplatz. Die Nebenstraßen sollten ihn nach wenigen Minuten wieder auf den Highway 80 bringen und somit zu seinem nächsten Stopp auf seinem langen Weg nach Washington.

Jacob stoppte den Wagen. Die Scheinwerfer beleuchteten einen Zeitungsstand, der sich zu seiner Rechten befand. Langsam fuhr er vor, um die Schlagzeile der aktuellen Zeitung lesen zu können.

LEITUNGSWASSER VERSEUCHT – JACOB WEST WEITER AUF DER FLUCHT

Darunter platziert war sein Foto, das die halbe Seite der Zeitung ausfüllte. Er blickte sich in die Augen, spürte, wie sich der Schweißfilm auf seiner Stirn bildete.

»Nicht nachdenken, weiter«, versuchte er sich mit zittriger Stimme zu beruhigen.

Er schaltete in den Rückwärtsgang, fuhr auf die Straße und befand sich wenige Momente später wieder auf der

Route 80, die ihn nach Washington führen sollte. Immer wieder suchte sein Blick im Rückspiegel nach herannahenden Fahrzeugen, doch in dieser Nacht war der Verkehr auf der Bundesstraße wie ausgestorben. Langsam beruhigten sich seine Nerven wieder. Vielleicht hatte er sein Handy doch noch rechtzeitig aus dem Fenster geworfen und somit die Nachverfolgung zu seinem Standort verhindert. Schlagartig weitete er seine Augen, schaltete das Licht aus und brachte den Wagen zum Stehen. Vor ihm, drei Kilometer entfernt, hatte sich wie aus dem Nichts eine Kette von Blaulichtern aufgebaut.

»Straßensperre. Sie wissen, wo ich bin.« Ungläubig betrachtete er die Mauer aus Polizeiwagen.

Sie bewegen sich. Nein, das täuscht. Doch, zwei dieser Lichter kommen näher. SIE KOMMEN NÄHER.

Verzweifelt schrie der Teufel in seinem Kopf und Jacob handelte. Sie hatten die Scheinwerfer seines Wagens gesehen. Sie mussten ihn erkannt haben. Schnell wendete er den Wagen und gab Vollgas. Die ausgeschalteten Scheinwerfer erschwerten die Fahrt, doch Jacob schaffte es, auf dem Highway zu bleiben und die nächste Ausfahrt zu nehmen, ohne den Wagen in den Graben zu manövrieren. Er sah in den Rückspiegel. Auch wenn er nichts erkennen konnte, wusste er, dass sie hinter ihm waren. Sie würden ihn mit ihren hochmotorisierten Wagen einholen. Jacob beschloss, für einen Augenblick die Scheinwerfer wieder einzuschalten, um sich zu orientieren.

Pennsylvania Airport

»Zehn Kilometer.« Sein Fuß drückte das Gaspedal erneut bis zum Anschlag durch. Ohne einen durchdachten Plan seines Vorhabens zu haben, steuerte er den Wagen in Richtung des Flughafens von Pennsylvania. Jacob konnte nicht mehr zurück auf den Highway. Im Grunde war es nur eine Frage der Zeit, bis sie ihn umzingelt hatten. Nach fünf Minuten erkannte er das leuchtende Schild des Flughafengebäudes. Hektisch suchten seine Augen den Zubringer nach Fahrzeugen ab. Vor ihm baute sich ein Stau auf. Die Straße hätte ihn direkt zum Parkplatz des Ankunftsbereichs bringen sollen. Der Biologe konnte keinen klaren Gedanken mehr fassen. Es spielte keine Rolle, ob es ein echter oder künstlicher Stau war.

Jacob sah nach rechts und erkannte die Rollbahn, die durch einen großen Metallzaun von der Straße abgetrennt wurde. Er atmete tief ein, riss das Lenkrad herum und schoss über den kleinen Hügel nach oben. Der Wagen durchbrach den Sicherheitszaun des Flughafens und landete direkt auf dem Rollfeld des International Airports. Mit achtzig Kilometern pro Stunde raste Jacob an einer heranrollenden Passagiermaschine vorbei, manövrierte den Wagen nach links und versuchte, so schnell es möglich war, von der Startbahn des Flughafens zu kommen. Durch die geschlossenen Scheiben des Wagens hörte er die Sirenen der Flughafenpolizei. Befremdlich wirkende Lichter begannen auf dem Flugfeld rot zu blinken. Die Passagiermaschine hinter ihm wurde langsamer und kam schließlich zum Stehen. Zweifelsohne hatte er einen Großalarm ausgelöst und war verantwortlich dafür, dass der Flugverkehr am Pennsylvania Airport komplett zum Erliegen kam. Er erkannte den Parkplatz der kleineren

Flugzeuge und Hubschrauber, der etwas abgelegen lag. Jacob riss das Lenkrad wieder nach rechts. Die Blaulichter reflektierten im Innenspiegel und störten seine Sicht. Jacob duckte sich, versuchte krampfhaft, auf einer Spur zu bleiben.

»Da!«, schrie er erlöst und bewegte den Leihwagen direkt auf einen Hubschrauber und dessen Piloten zu.

Mit quietschenden Reifen kam der Wagen zu Stillstand. Der Pilot des Hubschraubers sah das Auto perplex an, wendete seinen Blick zu dem Blaulichtmeer, das bedrohlich näher kam, und öffnete ungläubig seinen Mund.

Jacob griff nach seinem Rucksack, sprang aus dem Wagen und presste dem Piloten die Waffe an die Stirn.

»EINSTEIGEN. STARTE DAS DING«, brüllte er wie von Sinnen los und erhöhte den Druck auf die Stirn des Mannes.

»Ich … ich kann nicht. Ich habe keine Starterlaubnis. Es wird …«

Jacob drehte die Waffe um und schlug den Kolben mit aller Härte gegen den Wangenknochen des Mannes.

»WILLST DU STERBEN? IST ES DAS, WAS DU WILLST?«

Der Mann schüttelte panisch den Kopf und tat, was Jacob ihm befahl. Während der Pilot die Maschinen startete, drehte sich Jacob zu den heranrasenden Polizeiwagen, zielte und feuerte zwei Schüsse ab. Die Fahrzeuge kamen zum Stillstand und die Polizisten sprangen aus ihren Wagen, um dahinter in Deckung zu gehen.

»Lassen Sie die Waffe fallen, West«, tönte die blecherne Stimme auffordernd aus dem Megafon.

Er sprang in den Helikopter, drückte dem Piloten erneut die Waffe an die Schläfe und schrie: »STARTE!«

»Eine Sekunde noch, ich muss die Anzeige der Hydraulik …«

»STARTE. JETZT!«

Der Pilot gehorchte. In diesem Augenblick verdrängte Jacob seine Flugangst. Was zählte, war, diesen Moment zu überleben und dem Wahnsinn zu entkommen.

Die Rotorblätter begannen sich immer schneller zu drehen, bis der Helikopter schließlich die bedrohliche Situation am Pennsylvania Airport hinter sich ließ und immer weiter nach oben stieg. Das Wummern in Jacobs Trommelfell wurde für ihn unerträglich, er griff sich den Kopfhörer neben sich und setzte ihn auf. Ängstlich blickte er nach unten.

Der Anfang vom Ende hatte begonnen.

24. August, 7:33 Uhr

Die Tür zur Toilette stand offen. Irgendwo auf einer militärischen Landebasis im Herzen von Virgina stand Jacob zwischen Tür und Angel. Er hatte mit dem Schlimmsten gerechnet. Seine Fantasie hatte ihm eingetrichtert, dass er in diesem Moment von einer Spezialeinheit überwältigt oder durch einen gezielten Kopfschuss aus diesem Albtraum befreit werden würde. Doch nichts von all dem wurde Realität. Der Pilot, der Sekunden zuvor offensichtlich eine Konversation geführt hatte, schien wie vom Erdboden verschluckt. Jacob betrachtete den leeren Gang. Das Tageslicht, das durch die Eingangstür des Gebäudes unweit der Toilette in den Flur fiel, beruhigte ihn. Er war nicht eingesperrt und augenscheinlich auch nicht umzingelt. Wie ein Zuschauer eines Filmes betrachtete er seine

Beine, die sich langsam in Bewegung setzten. Er verließ das Gebäude und fand sich im nächsten Moment in der Nähe des Helikopters wieder. Der Pilot war verschwunden und dennoch steckte der schwere Schlauch, der das Kerosin in den Bauch des Helikopters pumpen sollte, in der Tankstutze. Vorsichtig sah sich Jacob um. Verkrampft hielt er mit der einen Hand die Schlaufe seines Rucksacks fest und umklammerte mit der anderen das Kästchen, das sich in seiner Jackentasche befand und ihm so viel Sicherheit gab.

»Ich bin wieder da«, schrie Jacob in die Richtung des Hauses, aus dem er gekommen war, und fixierte die offene Tür. Nichts geschah. »Es ist eine Falle.«

Panik machte sich in seinem Körper breit und seine Knie wurden weich. Blitzschnell drehte sich Jacob in alle Himmelsrichtungen, versuchte sich zu orientieren und jede Möglichkeit eines Fluchtweges auszuloten. Er hörte Schritte aus der Ferne, drehte sich um seine eigene Achse, bis er schließlich auf dem langen Rollfeld die Silhouette einer Person erkannte. Langsam näherte sich der Mann dem Helikopter. Die Sonne stand ungünstig und Jacob versuchte, mit seiner Hand seine Augen zu schützen und die Person zu erkennen. Ohne Hast näherte sich der Unbekannte Jacob. Er duckte sich, versuchte die blendenden Sonnenstrahlen abzuwehren. Langsam senkte sich seine Hand von der Stirn, als er den Mann erkannte, der langsam auf ihn zukam.

»Graham? Sind Sie das?«, schrie Jacob.

Wesley blieb wenige Meter vor Jacob stehen und lächelte friedfertig.

»Hallo Jacob. So sehen wir uns wieder«, entgegnete Wesley ruhig.

Langsam schüttelte Jacob den Kopf, versuchte, sich und seinem Dämon das Unlogische zu erklären. Es war unmöglich, dass der Ermittler hier war. Wieder sah er sich panisch um. Der sechzigjährige Ermittler mit dem Pferdeschwanz schien der einzige Mensch zu sein, der sich auf der Landebasis von Virgina aufhielt.

»Das ist nicht möglich«, stammelte Jacob und versuchte, die Erlebnisse der letzten Stunden zu rekonstruieren.

»Als Sie eingeschlafen sind, hat uns Ihr Pilot einen Vorsprung verschafft. Er flog Schleifen über Virginia. So konnten wir Sie einholen. Das war kein Hexenwerk, West«, erklärte Wesley und nahm nun auch seine zweite Hand aus seiner Jackentasche.

Wieder betrachtete Jacob wie Stunden zuvor die Handinnenflächen des Ermittlers, die eine friedliche Geste in einer ausweglosen Situation darstellen sollten.

»Denken Sie bitte nicht daran, West. Sehen Sie das Dach des Gebäudes, den Tower zu Ihrer Linken und den Hügel südwestlich von Ihnen? Scharfschützen. Tun Sie es nicht.«

Jacob drehte sich um und erkannte die Schatten auf dem Dach des Militärgebäudes.

»Wir können reden, Jacob. Einfach nur reden. Nicht mehr und nicht weniger.«

Doch die Worte von Wesley erreichen ihn nicht. Jacob begann zu lächeln, betrachtete nachdenklich seinen Rucksack. Sein Gehirn öffnete alle Schubladen seiner Erinnerungen, während der Teufel in seinem Kopf kreischte und tobte. Bilder von seinem ersten Kuss seiner geliebten

Charlotte, von seiner ersten Rauferei mit William und seiner Hochzeit zogen vor seinem geistigen Auge an ihm vorbei. Jacob sah sich und Charlotte vor sieben Jahren mit seinen Eltern an Weihnachten am Esstisch sitzen, sie lachten. Sie waren glücklich. Sein erster Rausch mit William und die Idee nach etlichen Bier- und Schnapsrunden, eine Zeitmaschine aus einem Kleiderbügel und einer Aktentasche zu bauen, ließ ihn kurz traurig auflachen. Er dachte an seine erste Begegnung mit Olivia, den Einzug in die erste gemeinsame Wohnung. Charlotte. Jacob atmete tief aus und sah Wesley ausdruckslos an.

»Es ist vorbei. Ihr habt gewonnen und mein Leben zerstört. Ich gebe mich geschlagen«, sagte er langsam und deutlich.

Wesley zog verwundert die Augenbrauen nach oben und schüttelte den Kopf.

»Niemand will Ihr Leben zerstören, West. Niemand möchte Ihnen etwas Böses. Wir wollen die Menschen und auch Sie schützen.«

»Wovor? Vor wem?«, fragte Jacob und hob seinen Kopf. In Virginia schien es ein wundervoller Sommertag zu werden. Ein Vogelschwarm flog über seinen Kopf hinweg, er begann zu lächeln.

»Vor Ihnen selbst. Sie sind nicht böse, das weiß ich. Aber Sie brauchen Hilfe und deshalb bin ich da.«

Die psychologische Einleitung und der Versuch, die Konversation in eine andere Richtung zu lenken, schlugen fehl. Jacob ließ den Rucksack fallen und griff mit der Hand in die Jackentasche.

Wesley blickte auf die Hände des Biologen, die tief in den Taschen vergraben waren.

»Sie haben es in der Hand. Es muss nicht so enden. Nehmen Sie bitte die Hände heraus. Wenn Sie uns verraten, an welchen Stellen Sie die Detonationen des Serums planen, können wir Menschenleben retten. Bitte drücken Sie den Zünder nicht.«

Jacob lachte los, Tränen bildeten sich in seinen Augen und liefen seine Wangen hinab. Langsam zog er die linke Hand aus der Jackentasche und hielt das Kästchen wie eine Trophäe nach oben.

Wesley sah irritiert auf den Apparat in seiner Hand und rieb sich die Augen. Der Ermittler des Police Departments erkannte, was Jacob wie die Freiheitsstatue von New York triumphal nach oben streckte.

»Das ist eine Fernbedienung«, stellte er fest und sah West fragend in die Augen.

»Ja, das ist es. Aus unserer Wohnung in Kermit. Es gibt keine versteckten Bomben, keine Sprengsätze, keine Detonationen. Wir haben uns den Fernseher damals zusammen gekauft, wissen Sie? Ich und meine Charlotte.« Die Tränen liefen Jacob in die Mundwinkel. Er schmeckte die salzige Flüssigkeit und nickte langsam vor sich hin.

Vielleicht waren es seine langjährige Erfahrung im Polizeidienst und die zahllosen gefährlichen Situationen, die er erlebt hatte. Vielleicht war es aber auch nur sein Instinkt, seine Gabe, die dem sechzigjährigen Ermittler in die Wiege gelegt worden war. Wesley fühlte, dass er die Kontrolle über dieses Momentum verloren hatte. Sein Magen fühlte sich mit einem Mal flau an.

»Haben Sie Rainmaker833 jemals zu Gesicht bekommen?« Mit diesem Satz wollte Wesley die Situation nicht entschärfen. Das stand nicht mehr in seiner Macht. Er wusste, dass nicht mehr viel Zeit blieb, um mit Jacob zu sprechen. Es war dieses besondere Gespür, das ihn leider Gottes bisher nie getäuscht hatte. Jenes Gefühl, das den Fall des großen Vorhangs am Ende des letzten Aktes ankündigte.

Jacobs Augen wanderten zu einem kleinen Spatzen, der direkt neben seinen Füßen gelandet war und nach Nahrung suchte. Er erinnerte sich an seinen Besuch am Winkler County Airport, den Moment, in dem er regungslos vor der Schranke gelegen und aus dem Augenwinkel einen kleinen Vogel neben ihn beäugt hatte. Der gefiederte Freund schien das exakte Duplikat seines Vorgängers zu sein. Jacob dachte für einen Augenblick darüber nach, ob es wirklich derselbe Vogel sein könnte. Vielleicht hatte er im Laufe seiner Odyssee einen tierischen Freund gewonnen, der ihn begleitete. Friedlich saß der Vogel ohne Furcht neben ihm, pickte auf dem Boden herum und hüpfte von links nach rechts. Er begann zu lächeln und richtete seinen Blick wieder auf den Cop.

»Ja, das habe ich, Graham. Er wollte mir nur helfen. Mir beistehen, den Kampf gegen das Ungerechte in dieser Welt zu besiegen, doch ich habe es nicht geschafft.«

Selbst in dieser aussichtslosen Situation zweifelte Jacob nicht eine Sekunde an seinem Vorhaben und richtete über das vermeintlich Ungerechte, das ihm zugestoßen war.

»Wie sah er aus? West, Sie trifft keine Schuld. Sie haben mit einem Massenmörder Geschäfte gemacht. Das konnten Sie nicht wissen.«

»Es war nur kurz über die Webcam. Außer dem roten Cap der Yankees und dem gleichen Dialekt, den Sie sprechen, kann ich mich an nichts erinnern. Er hatte kalte Augen, schmale Augen.«

Jacob atmete genervt aus und richtete seinen Blick wieder auf den kleinen Punkt auf dem Turm, an dem die Scharfschützen auf Position waren. Er sah auf seine Hand, betrachtete die Fernbedienung und ließ sie fallen. Die Steuerung zerbrach auf dem harten Beton. Mit leerem Blick betrachtete er die Einzelteile, nickte, als würde er einen unausgesprochenen Gedanken bestätigen, und sah wieder zu Wesley.

»Sie haben einen guten Job gemacht, Officer. Aber nun ist es Zeit, dass ich mich verabschiede. Ich habe es nicht geschafft, mein Leben zurückzugewinnen. Ich habe alles versucht und bin gescheitert. Ein weiterer Arbeiter, der das Hamsterrad verlässt. Leben Sie wohl, Graham.«

Jacob schloss seine Augen, griff in seine Jackentasche und zog blitzschnell seine Waffe hervor. Mit geschlossenen Augen presste er seine Lippen so fest er nur konnte aufeinander und wartete darauf, dass sein Plan aufging und er erlöst wurde.

Wesley begriff innerhalb von Sekunden, was Jacob vorhatte, und riss seine Augen weit auf. »NICHT. DAS IST EIN BLUFF!«, schrie er, doch es war zu spät.

Ein leises Zischen, gefolgt von einem kaum hörbaren, dumpfen Einschlag, besiegelte das Schicksal von Jacob West. Die Waffe löste sich aus seiner Hand und Wesley erkannte, dass der Schaft für die Munition fehlte. Aufgeschreckt von dem Geräusch, flog der kleine Spatz in die Höhe.

Aus seiner Jackentasche hörte Wesley das Rauschen des Funkgerätes und die Stimme eines Kollegen: »Person neutralisiert.«

Es waren nur zwei Worte, an die Wesley sich noch lange erinnerte. Es war das Ende einer Odyssee.

Ein Rinnsal aus Blut sickerte aus der Schläfe. Jacob öffnete noch einmal die Augen und sah Wesley ins Gesicht. Es machte den Eindruck, als würde er versuchen, ein letztes Mal zu lächeln, bevor er am Landeplatz von Virginia in sich zusammenbrach.

Um 7:53 Uhr atmete Jacob West das letzte Mal aus.

Der Helikopter überflog Virginia. An Bord der Militärmaschine saß Wesley, der die Ereignisse der letzten Stunden noch einmal Revue passieren ließ. Er hatte alles Erdenkliche getan, um den Mann von seinem Vorhaben abzubringen. Doch leider gab es in seinem Beruf nicht immer ein Happy End. Ethan spendete Wesley wie so oft tröstende Worte, die mehr Floskeln glichen als einer aufrichtigen Beileidsbekundung. Wesley schloss die Augen und versuchte sich ein wenig von den Strapazen zu erholen, als er plötzlich seine Augen wieder aufriss und das Mikrofon näher an den Mund zog.

»Verbinden Sie mich bitte mit Lisa Parker«, bat er den Co-Piloten.

Die Verbindung wurde hergestellt und er hörte das Freizeichen in seinem Kopfhörer.

»Parker?«

»Ich weiß es. Ich weiß, wer Rainmaker833 ist, Lisa.«

Wesley und Lisa unterhielten sich eine Stunde. Sie nahmen Ethan und dessen Chef mit in die Telefonkonferenz. In 3.000 Metern Höhe erklärte Wesley seinen Zuhörern, wie er auf die Identität des Rainmakers833 gekommen war, und am Ende seiner Ausführung gab es keine Zweifel, keinen Grund seiner Theorie keinen Glauben zu schenken.

Wesley würde es schaffen, den Landeplatz in New York vor dem Zugriff zu erreichen. Die New Yorker Polizei hatte in Zusammenarbeit mit dem FBI eine Überfluglaubnis der Militärbasen und Flughäfen auf seiner Route erwirkt, die es ihm ermöglichte, eine Stunde früher in New York zu landen.

»Mr. Graham, wir setzen zur Landung an«, ertönte die Stimme in seinen Kopfhörern.

Wesley sah nach unten und erkannte das New Yorker Krankenhaus. Von hier aus sollte ein Wagen den ankommenden Ermittler abholen und ihn direkt zum Zugriffsort fahren.

Zwanzig Minuten später öffnete sich die Tür des Lastenaufzuges der Klinik und Wesley rannte so schnell er konnte zum Eingangsbereich des Hospitals.

»Eine bessere Chauffeurin hätte ich mir nicht wünschen können«, begrüßte er Lisa außer Atmen und stieg in den Polizeiwagen.

Lisa schaltete die Sirene ein und raste sechs Blocks weiter, um schließlich neben den verdunkelten Vans zum Stillstand zu kommen.

»SWAT-Einheit«, stellte Wesley fest und deutete auf die drei verdunkelten Vans.

»Zwei Einheiten, Wesley. Er darf nicht entkommen«, entgegnete Lisa ihrem Kollegen und stieg aus dem Wagen.

Die beiden Ermittler legten die letzten Meter bis zur Wohnung von Rainmaker833 zu Fuß zurück.

»Das Team ist bereits auf Position und wartet auf unser Signal«, sagte Lisa.

Sie dachte an die voyeuristischen Fotos und Videos, an den Moment, in dem sie am Tatort zusammengebrochen war, und die Angst, die sie begleitet hatte. Trotz ihrer Ausbildung fiel es ihr schwer, objektiv zu bleiben. Sie empfand Hass, Wut und Rachsucht.

»Wir sind da. Hier ist es. Im zweiten Stock ist seine Wohnung.« Lisa deutete auf das Wohnhaus abseits der Hauptverkehrsstraße.

Wesley spürte, wie sich sein Puls erhöhte. Er öffnete die Eingangstür des Wohnhauses und sah der Vielzahl an vermummten und schwer bewaffneten Kollegen der Spezialeinheit entgegen.

»Eine Einheit ist unten, die andere auf dem Hausdach«, sagte Lisa.

»Es geht los«, murmelte Graham und deutete auf das Treppenhaus.

Das SWAT-Team setzte sich leise in Bewegung und stieg Stockwerk für Stockwerk nach oben, gefolgt von Wesley und Lisa.

Der Aufstieg war langsam. Die Spezialeinheit näherte sich lautlos ihrem Ziel. Lisa hatte Wesley noch vor dem Wagen verkabelt, sodass die Ermittler den Funkverkehr des Einsatzes mithören konnten.

»Castle auf Position«, erklang eine Stimme über Funk. Es herrschte wieder Stille.

Die Einheit blieb im zweiten Stock stehen. Lisa und Wesley verharrten auf dem Treppenabsatz. Zu viele Einsatzkräfte standen in dem schmalen Flur des Wohnhauses, sodass die beiden New Yorker Ermittler drei Treppenstufen unter dem zweiten Stock zum Stillstand kamen.

Konzentriert sah Lisa auf die schwere schusssichere Weste vor ihr, auf der in bedrohlichen Lettern »S.W.A.T. NYPD« stand. Sie schien durch die Spezialeinheiten hindurchzusehen und ihre ganze Konzentration auf die Wohnungstür zu richten. In diesem Augenblick der Stille spürte Lisa, wie ihre Hände zu zittern begannen. Sie schloss ihre Augen, konzentrierte sich auf den kleinen Knopf in ihrem Ohr und hoffte, das erlösende Wort jede Sekunde zu hören.

»Zugriff«, befahl die Stimme über Funk.

Die Wohnungstür wurde mit zwei Schlägen mit dem Rammbock aufgebrochen. Das pfeifende Geräusch der Blendgranaten hallte im Treppenhaus nach. Wesley sah zu Lisa und wartete auf die erlösende Meldung aus dem Inneren der Wohnung.

»NYPD, HÄNDE HOCH! AUF DEN BODEN. NYPD, HÄNDE HOCH, AUF DEN BODEN.«

Immer und immer wieder brüllten die Männer der Spezialeinheit den Satz, den Wesley schon so oft in seinem Leben gehört hatte, doch dieses eine Mal fühlte es sich schlimmer und bedrohlicher an als je zuvor. Plötzlich verstummten die Männer und zu hören waren nur noch die schweren Schritte der Einsatzkräfte.

»Zugriff erfolgreich. Person überwältigt.« Die Stimme hallte synchron aus der Wohnung sowie aus den kleinen Sendern in den Ohren der beiden Ermittler.

Lisa atmete erleichtert aus und öffnete wieder ihre Augen. Die beiden setzten sich langsam in Bewegung und stiegen die letzten Stufen des Treppenhauses nach oben. Sie sah die aufgebrochene Tür und das Holz des Scharniers, das halb nach unten hing. Ihr Blick wanderte zum Namensschild unterhalb der Klingel. Ihre Pupillen wanderten von links nach rechts, um den Namen schließlich erneut zu lesen. Dieser Moment war zu surreal, als dass Lisa es auf Anhieb hätte realisieren können.

Nick Trevis.

Sie betraten die fast steril wirkende Wohnung. Eine perfektionistische Ordnung empfing die beiden Ermittler bereits im Flur der Zwei-Zimmer-Wohnung. Der Schlüssel, der in der kleinen Schüssel auf der Kommode seinen Platz gefunden hatte, die Taschentücher, die exakt auf der Kante des Holzes positioniert worden waren, jedes noch so kleine Detail schien seinen Platz in der Wohnung zu haben. Sie gingen durch den Flur und ins Wohnzimmer, in dem die SWAT-Einheit wartete.

»Oh mein Gott.« Lisa hielt sich zitternd die Hand vor den Mund.

Die Wände des Raumes waren mit Fotos aus den Ermittlungsakten tapeziert. Auch hier dominierte die krankhafte Analogie des Massenmörders. Das rechte Bild zeigte das lebende Opfer, das linke die Tatortaufnahmen der New Yorker Polizei. Die Fotos schienen im exakt gleichen Abstand an die Wohnzimmerwand geklebt worden zu sein. Lisas Blick wanderte zur nächsten Wand. Nick Trevis hatte sich die Kontoauszüge seiner blutigen Geschäfte vergrößert und wie Trophäen aneinandergereiht.

Wesleys Blick hingegen blieb am Schreibtisch, der sich rechts neben der weißen Ledercouch befand, haften. Darauf standen drei Monitore, lagen zwei Tastaturen und eine Vielzahl an kleinen leuchtenden elektronischen Geräten, die mit dem großen Rechner unterhalb des Schreibtisches verbunden waren.

»Auf der Mauer, auf der Lauer sitzt 'ne kleine Wanze«, begann Nick das Kinderlied zu singen. Bäuchlings fixiert, hob er seinen Kopf und feixte Lisa und Wesley teuflisch an.

»Respekt an das New Yorker Police Department. So dumm seid ihr gar nicht. Wo war der Fehler?« Mit schmerzverzerrtem Gesicht sah Nick Wesley eindringlich an.

Wesley zeigte auf das rote Cap der New York Yankees, das auf dem Schreibtisch lag.

»Das hier und dein Ostküstenakzent, Nick«, antwortete Wesley knapp und sah den FBI-Agenten ernst an.

Nick begann hämisch zu lachen und schüttelte den Kopf.

»Warum? Warum hast du das getan? Waren diese Menschenleben dir gar nichts wert?«, fragte Lisa und wischte sich die Tränen aus den Augen. Ihre Nerven lagen blank und sie dankte dem lieben Gott dafür, keine Angst mehr haben zu müssen. Das Monster war gefasst.

»Warum?!«, schrie Nick los. Seine Halsadern schwollen an und der pure Hass war in seinem hochroten Gesicht zu lesen. »Ich habe lange genug für die gute Seite gekämpft. Wofür? Für einen Hungerlohn und die Tatsache, den reichen Drogenbossen Jahr für Jahr Hunderttausende von Dollar abzunehmen. Ich wollte auch ein Stück vom Kuchen abhaben. Das ist mein verdammtes Recht, du dummes Stück!«, brüllte Nick wie von Sinnen los.

»Und die Tatsache, die polizeilichen Ermittlungen zu manipulieren und die Weichen so zu stellen, dass die Aufmerksamkeit von dir abgelenkt wurde. Du hast das Gute mit dem Bösen vermischt«, fügte Wesley hinzu.

»Das Böse? Oh nein, Wesley. Ich habe den Leuten nur gegeben, wonach sie verlangt haben. Angebot und Nachfrage.«

»DU HAST MENSCHEN GETÖTET«, schrie Lisa und hielt dem Blick des gefesselten Psychopathen stand.

»Sie standen mir im Weg. Nicht mehr und nicht weniger. Genauso wie ihr beiden Idioten irgendwann zu viele Fragen gestellt habt und die Ermittlungen in eine Richtung gelenkt habt, die mir gefährlich geworden wäre. Ich habe die Fortschritte in dem Fall seit Jahren beobachtet. Als der Fall euch beiden übertragen wurde, musste ich handeln, und das liebe FBI hat meine Hilfsbereitschaft geschätzt.« Nick kicherte.

Angewidert sah Lisa, wie ihm der Speichel aus dem Mundwinkel lief, während er die beiden Ermittler mit hochrotem Kopf angrinste.

»Ihr habt ja keine Ahnung, wie sehr mir das Netzwerk des FBI bei der Planung und Beschaffung der Waren geholfen hat!«, lachte Nick hysterisch weiter.

Wesley nickte langsam, während er das rote Cap vom Schreibtisch nahm und sich die Initialen der Footballmannschaft ansah.

»Ich denke, das reicht. Nick Trevis, Sie sind verhaftet. Sie haben das Recht …«

»Oh bitte, spar dir den Scheiß«, kreischte Nick hysterisch los und versuchte verzweifelt, die Fixierung zu lösen.

»Gut, werde ich tun. Führt ihn ab«, antwortete Wesley leise und wendete sich ab.

Nick Trevis wurde im September zu einer dreißigjährigen Haftstrafe mit anschließender Sicherheitsverwahrung im Psychiatric Center Manhattan verurteilt. Die Aufklärung des Falles löste große Erleichterung in der Bevölkerung aus und bescherte Lisa die Beförderung zum Deputy Inspector.

Wesley hingegen beschloss, vorzeitig in den verdienten Ruhestand zu gehen, und freute sich jeden Sonntag auf einen Besuch bei Lisa. Am ersten Sonntag im Dezember bestaunte Wesley stolz sein Werk. Endlich hatte sein Schokoladenkuchen die Form eines Kuchens akzeptiert.

Am gleichen Sonntagvormittag öffnete Charlotte das verzierte Eisentor, das zum Friedhof von Kermit führte. Der Schnee der letzten Nacht war liegengeblieben und bedeckte die vielen Gräber mit seiner weißen Pracht.

Vor zwei Monaten hatte Charlotte Olivias Bruder George kennengelernt. Der Pilot aus Boston hatte seine Schwester über das Wochenende besucht. Die beiden verstanden sich ab der ersten Minute und die Witwe gab der neuen Bekanntschaft eine Chance. Es war zu früh, um sich auf etwas Neues einzulassen, und dennoch trieb ihr Herz sie an, den Kontakt aufrechtzuerhalten.

Langsam ging sie auf dem kleinen Weg, der von beiden Seiten mit Gräbern gesäumt war. Am Ende des Weges blieb sie stehen. Charlotte betrachtete den glänzenden Grabstein, las Jacobs Namen und legte eine weiße Rose auf das Grab. Es war ihr erster Besuch an der Grabstätte. Sie wischte sich mit ihrem Handschuh eine Träne aus dem Auge und lächelte das Bild auf der Marmorplatte an.

»Es ist eine weiße Rose, Jacob. Die rote Rose steht für die Liebe. Weiß hingegen ist das Symbol für Abschied, Sehnsucht und Treue. Ich hoffe, sie gefällt dir.«

Eine halbe Stunde später ließ Charlotte nicht nur den Friedhof, sondern auch die dunkle und tragische Ära ihres Lebens für immer hinter sich.

Es war an der Zeit, weiterzugehen, Frieden zu finden und ein neues Kapitel in ihrem Leben aufzuschlagen.